Kai Meyers Mythenwelt 1

Die ewige Bibliothek

Roman von James A. Owen

Zu diesem Buch

In Wien taucht eine alte Handschrift auf: ein archaischer Codex, der die Fachwelt vor Rätsel stellt. Er enthält nordische Mythen, die weit in die Zeit vor der Edda zurückreichen. Doch damit nicht genug: Auf dem Pergament finden sich Anmerkungen des Komponisten Richard Wagner. Die Suche nach der Herkunft des Codex führt zu einer Bibliothek im Himalaya, die weder räumliche noch zeitliche Grenzen besitzt – und nach Bayreuth, wo sich die sagenhaften Gestalten des »Rings« der Gegenwart bemächtigen. »Die ewige Bibliothek« ist ein phantastisch-skurriler Roman, den James A. Owen nach einem Konzept des Bestsellerautors Kai Meyer schrieb.

James A. Owen, geboren 1969, schreibt und zeichnet seit seiner Kindheit. Er hat mehrere Bände seiner Comic-Reihe »Starchild« veröffentlicht, ein Kunstmagazin gestaltet und ein Zeichentrickstudio mitbegründet. Zur Zeit arbeitet er an seiner Karriere als Romanautor. Owen lebt mit Frau und Tochter in Arizona.

Kai Meyer, geboren 1969, ist einer der erfolgreichsten deutschen Phantastik-Autoren. Mehrere seiner Bücher wurden zu Bestsellern, darunter »Die Alchimistin« und »Die Fließende Königin«. Weiteres zum Autor: www.kaimeyer.com

Kai Meyers Mythenwelt 1

Die ewige Bibliothek

Roman von James A. Owen

Aus dem Amerikanischen von
Sara Schade

Piper München Zürich

Ungekürzte Taschenbuchausgabe
Piper Verlag GmbH, München
Oktober 2004

Originaltitel:
»The Festival of Bones. Book One of Kai Meyer's Mythworld«
Idee und Konzept: Kai Meyer
Umschlagkonzept: Büro Hamburg
Umschlaggestaltung: Nele Schütz Design, München
Druck und Bindung: Clausen & Bosse, Leck
Printed in Germany ISBN 3-492-26556-1

www.piper.de

EINLEITUNG

»Und unter welchem Pseudonym schreiben Sie?«

Diese Frage stellte mir vor rund zehn Jahren ein populärer deutscher Heftroman-Autor, als ich ihm während eines Verlagsbesuchs vorgestellt wurde. Nun mag Meyer nicht der verheißungsvollste aller Namen sein, und mir wäre vermutlich einer eingefallen, der poetischer klingt, aber ich hatte durchaus vor, mein erstes Buch unter meinem wahren Namen zu veröffentlichen. Das sagte ich ihm und erntete dafür einen verständnislosen Blick und ein Kopfschütteln.

Freilich muss der Fairness halber festgehalten werden, dass besagter Autor seine Karriere zu einer Zeit begonnen hat, als sich andere Mitglieder der Unterhaltungsbranche Namen wie »Roy Black« gegeben haben.

*

Ich erwähne das, weil es vor noch gar nicht langer Zeit für deutsche Autoren durchaus üblich war, sich amerikanisch oder britisch klingende Pseudonyme zuzulegen. Was wiederum als Rückschluss dazu führen könnte, dass eine Reihe wie *Mythenwelt,* die von einem Deutschen konzipiert, jedoch von einem Amerikaner ausgearbeitet und geschrieben wurde, bei manchen Lesern zu Missverständnissen führt.

Deshalb, um es gleich vorweg zu nehmen, mein Ehrenwort: »James A. Owen« ist kein Pseudonym. Er ist in den USA geboren und lebt noch immer dort. Die meisten Orte, über die er in diesem und den kommenden sechs Romanen schreibt, hat er nie selbst bereist – einschließlich jener in Deutschland. Als wir uns kennen lernten, wohnte er in einer viktorianischen Villa, die ein Geistlicher im 19. Jahrhundert auf einer abgeschiedenen Insel nördlich von Seattle erbaut hat. Heute lebt er in Arizona und durfte, nebenbei bemerkt, während der Arbeit am fünften *Mythenwelt*-Band die Fenster nicht öffnen – die Waldbrände, die im Juni und Juli 2002 weite Teile dieses Bundesstaats verwüstet haben, waren so nah an sein Haus herangerückt, dass der Rauch zu einem beträchtlichen Gesundheitsrisiko geworden war.

*

Vor ein paar Jahren, etwa zu der Zeit, als ich an meinem Roman *Loreley* arbeitete, sprachen mein damaliger Lektor Reinhard Rohn und ich darüber, einen phantastischen Roman während der Wagner-Festspiele

in Bayreuth anzusiedeln – eine Geschichte, in der die Figuren des Nibelungen-Mythos aus den Tiefen des Jungschen Unbewussten emporsteigen und in die Körper ihrer Darsteller fahren.
Das entsprechende Buch habe ich nie geschrieben, aber die Idee blieb hängen – etwas daran war faszinierend genug, um sie über die Jahre hinweg nicht beiseite zu legen oder gar zu vergessen.
Eine ganze Weile später diskutierte ich mit Frank Festa, dem Verleger dieser Reihe, die Möglichkeit, eine Serie von Romanen zu konzipieren, die von anderen Autoren geschrieben werden sollte. Ich fand das ungeheuer reizvoll, und zwar aus folgendem Grund: Ich sollte meinen Namen auf Bücher schreiben dürfen, ohne dabei die ganze Mühe zu haben, die das Schreiben eines Romans zwangsläufig mit sich bringt – wer eine Vorstellung davon hat, wie schreibfaul die meisten Schriftsteller sind, wird nachvollziehen können, wie verlockend diese Aussicht ist. (Es ist keine neue Beobachtung, dass Autoren sehr viel lieber geschrieben *haben*, als tatsächlich zu schreiben, und das trifft zu hundert Prozent auch auf mich zu.)
Auf den ersten Blick klang die Sache nicht schlecht: Ruhm und Reichtum, ohne selbst einen Handschlag dafür zu tun – Angebote wie diese finde ich viel zu selten in meinem Briefkasten.
Bei näherer Überlegung sah die Sache allerdings ein wenig anders aus: Wollte ich denn überhaupt meinen Namen auf einem Buch sehen, das ein anderer geschrieben hat? Es ist schlimm genug, einen Blick in die eigenen Bücher zu werfen und dabei über Sätze zu stolpern, die man heute anders und hoffentlich besser formulieren würde. Viel schlimmer musste es jedoch sein, wenn ein *Anderer* diese Sätze geschrieben hat – und trotzdem der eigene Name darüber steht.
Nach einigem Hin und Her sagte ich zu, unter dem Vorbehalt, dass nur dann etwas aus der Sache werden würde, falls wir Autoren fänden, denen ich vorbehaltlos vertrauen könnte. Ich hatte nie vor, jedes Buch exakt zu planen, die Entstehung von A bis Z zu betreuen oder gar das Ganze stilistisch auf eine Linie mit meinen eigenen Romanen zu bringen. Es musste also jemand her, der sehr genau weiß, was er tut – und von dem ich es auch wußte.
Um so erstaunlicher, dass dieses Kriterium ausgerechnet ein Autor erfüllen sollte, der mit *Mythenwelt* seine ersten Romane vorlegt.

*

James Owen ist einer der talentiertesten Comic-Künstler seiner Generation. Seine Serie *Starchild* – selbst verfasst und selbst gezeichnet – erscheint seit 1992 in seinem Verlag Coppervale Press, wurde zeitweise aber auch vom Branchenriesen Image vertrieben. Das bizarre Phantastik-Epos im Stil von Washington Irving oder den *Mythago Wood*-Büchern Robert Holdstocks hat ihm tausende Fans, zahllose euphorische Kritiken und das Lob der namhaftesten Autoren eingebracht: So schrieb etwa Neil Gaiman nicht nur die Einleitung zu einem der *Starchild*-Sammelbände, er spielt sogar unter dem Namen ›Little Neil‹ eine regelmäßige Nebenrolle in der Saga um die magische Familie Higgins, die wundersame Taverne ›Two Penny Inn‹ und das düstere Waldland, in dem sich das Schicksal der Helden erfüllt.

Meine erste Begegnung mit *Starchild* fand durch den Hardcover-Band *Awakenings* statt, der den ersten Zyklus der Serie sammelt. Ich war so begeistert, dass ich beim Autor einen signierten Druck bestellte, der im hinteren Teil eines *Starchild*-Heftes beworben wurde. Das Problem war – der Druck kam und kam nicht. Ein Fax, ein Telefongespräch und mehrere Monate später traf er schließlich doch noch ein (das Erscheinen war mehrfach verschoben worden), zusammen mit einem handkolorierten Titelbild-Entwurf, einer Widmung und einer Entschuldigung für die Verzögerung. In einem Fax dankte ich James, versicherte ihm, sich keine Gedanken wegen der Wartezeit machen zu müssen und erwähnte nebenbei, wie sehr ich es bedauere, ihm im Austausch keines meiner eigenen Bücher schicken zu können – es sei denn, er sei in der Lage, es auf Deutsch zu lesen. (Wir einigten uns schließlich auf ein französischsprachiges Exemplar, das er zumindest im Ansatz entziffern konnte.)

Dann hörten wir lange Zeit nichts mehr voneinander. In einem Katalog entdeckte ich eine Weile später die Ankündigung eines vierfarbigen, hochkalibrigen Kunstmagazins: *International Studio,* herausgegeben von keinem anderen als James A. Owen. Wie ich später erfuhr, waren von der recht hohen Auflage ganze *dreißig* Exemplare in den Verkauf gelangt, alle durch jenen Händler, in dessen Katalog ich den Titel entdeckt hatte – alle übrigen Hefte verstauben bis heute aus rechtlichen Gründen in irgendeinem Lagerhaus.

Ich erhielt mein Exemplar postwendend, blätterte darin, las hier und da einen Artikel – und kam schließlich zum Impressum. Dort fand ich zu meinem grenzenlosen Erstaunen folgenden Eintrag: »European Correspondent: Kai Meyer«.

*

Wieder einmal schickte ich ein Fax, dieses Mal mit der Bemerkung, wie erstaunt und erfreut ich sei, zum Korrespondenten eines solchen Magazins aufgestiegen zu sein – dass es allerdings nett gewesen wäre, mich darüber zumindest in Kenntnis zu setzen.
Die Antwort kam wenige Minuten später, ein höfliches und ein wenig verdattertes Entschuldigungsschreiben: Der eigentliche Korrespondent sei kurzfristig abgesprungen, und nun habe man einen europäisch klingenden Namen einsetzen wollen. Statt einfach einen zu erfinden, hatte James sich an meinen erinnert und ihn kurzerhand in die freigewordene Zeile des Impressums gesetzt – vermutlich in der Annahme, dass ich es ohnehin nie erfahren würde. Wie hätte er auch ahnen können, dass gerade ich eines jener dreißig ausgelieferten Exemplare in die Hände bekommen sollte?
Um den Rest abzukürzen: Seither sind James Owen und ich in regelmäßigem E-Mail-Kontakt, tauschen Meinungen und Ideen aus und haben eigentlich nur darauf gewartet, dass sich die Gelegenheit einer Zusammenarbeit ergeben würde.
Als das Projekt *Mythenwelt* allmählich Gestalt annahm, fragte ich James, ob er Interesse habe, den zweiten Band – der in den USA spielt – zu schreiben. Aufgrund seiner langjährigen Arbeit an *Starchild* wusste ich, dass er ein Meister ausgefeilter und wirklich lustiger Dialoge ist; zudem hatte er mir einige Zeit zuvor ein paar Dutzend Seiten eines Romanentwurfs geschickt, mit dem er hoffte, auf dem amerikanischen Buchmarkt Fuß zu fassen. Seither wusste ich, wie talentiert und originell er schreibt. Daher hoffte ich, dass er mein Angebot, Band Zwei zu verfassen, annehmen würde.
Seine Antwort war eine Überraschung: Er bot an, die gesamte siebenbändige Reihe zu schreiben. Er wollte, basierend auf meinem groben und nicht besonders geordneten Konzept, den kompletten Handlungsbogen entwerfen, einschließlich der meisten Figuren, Schauplätze und Ereignisse. (Das Vorhaben, alle sieben Bücher durchgehend zu illustrieren, musste er aus Zeitgründen aufgeben.)
Das alles ist typisch James: Er weiß sehr genau, was er kann, und überschätzt sich nur selten – wenn doch, dann hat es in der Regel mit den zeitlichen Grenzen zu tun, die er sich setzt.
Wenn es überhaupt etwas gibt, das ich an seiner Arbeit auszusetzen habe, dann allerhöchstens die Tatsache, dass er Texte überarbeitet und überarbeitet. Und noch mal überarbeitet. Aber ich bin kein Verleger, daher muss ich mir über Abgabetermine nicht den Kopf zerbrechen.

*

Während ich diese Einleitung schreibe, liegen die ersten vier Bände von *Mythenwelt* bereits komplett in meiner Schublade, der fünfte ist so gut wie abgeschlossen, der sechste und siebte sollen in den nächsten Monaten eintrudeln. Nichts von all dem, was in diesen Romanen zu finden ist, habe ich so erwartet – selbst jene Elemente, die von mir stammen, haben durch James' Talent eine Wandlung erfahren, die so kaum abzusehen war. *Mythenwelt* ist – und das darf ich sagen, obwohl mein Name im Titel steht, denn im Grunde ist das Ganze das Werk von James Owen – die verblüffendste, verrückteste, humorvollste und cleverste Geschichte, der ich seit langem begegnet bin. Wenn Sie den ersten Band, *Die ewige Bibliothek,* gelesen haben, werden Sie ganz genau wissen, was ich meine.

Es läge nahe, all die Einflüsse und Inspirationen aufzuzählen, die ich darin gefunden habe – aber sie beziehen sich auf so unterschiedliche Autoren, Bücher und, ja, Comics, dass es den unvorbereiteten Leser vermutlich eher verwirren als begeistern würde. Nur so viel: *Die ewige Bibliothek* bewegt sich mit solch ungeheurer Sicherheit auf einem spiegelglatten Terrain zwischen Charles Dickens, Umberto Ecos *Foucaultschem Pendel* und den Visionen des Comic-Altmeisters Jack Kirby, dass einem beim ersten Lesen buchstäblich der Atem stockt. Die Begründung etwa, die James für den Bayreuth-Vorfall und seine Folgen entwickelt hat, ist einer der wahnwitzigsten Weltentwürfe der modernen Phantastik. Und noch mal: Ich darf so etwas behaupten, weil alles, was Sie gleich lesen werden, so turmhoch über mein anfängliches Konzept hinausgeht, dass es im Grunde etwas vollkommen Eigenständiges ist. Mittlerweile lese ich diese Bände wie fremde Bücher, unabhängig von meinem Namen auf dem Cover, und das ist vermutlich das größte Kompliment, das ich dem Autor machen kann.

Ach ja, und eine Warnung: Erwarten Sie von den nächsten Bänden auf keinen Fall einfach nur mehr von den gleichen Zutaten – Sie könnten eine ziemliche Überraschung erleben. Jedes Buch unterscheidet sich vollkommen von seinen Vorgängern; jedes ist auf seine Weise ein kleiner Geniestreich. Glauben Sie mir oder lassen Sie es bleiben – am Ende, in ein paar Jahren, werden sie gewiss ganz meiner Meinung sein.

Kai Meyer
Juli 2002

PROLOG

Der Rabe

Juda wartete.

Er wartete schon lange. Er hatte noch nie in seinem Leben auf etwas so lange gewartet wie auf dieses Ereignis. Und er hatte nicht etwa passiv gewartet, sondern mit der Geduld, der es bedarf, ein Spinnennetz zu weben, dessen Fäden sich nach vielen Monaten behutsamer Arbeit zu einem Gewebe von bemerkenswerter Vielschichtigkeit verbinden.

Im Laufe seiner nicht einmal zwanzig Lebensjahre hatte Juda manches Mal anderen Menschen in die Augen geschaut und darin nicht sein eigenes Spiegelbild, sondern das eines Tieres erblickt. Er wusste, dass dies nicht nur der Einschätzung anderer entsprach, sondern auch seiner eigenen. Bezeichnenderweise waren es für einen Gegner die kaltblütige Präzision seines Handelns und die tiefe Gleichgültigkeit seiner Augen, die ihn als Tier kennzeichneten. Für ihn selbst war es die Erkenntnis, dass nur animalischer Nachwuchs in der Lage ist, kurz nach der Geburt für sich zu sorgen und ein Gefühl für die Umwelt zu entwickeln. Menschen unterscheiden sich von Tieren durch ein Bewusstsein ihrer selbst, doch da die meisten Leute, denen Juda begegnet war, diese Empfindung entweder ignorierten oder sie verkümmern ließen, fand er es nicht weiter schlimm, als Tier zu gelten.

Das Elendsviertel im Londoner Osten war deutlich in seine Erinnerung eingebrannt. Dort war er als Sohn einer Frau geboren worden, die sich zu gleichen Teilen aus Faulheit und Wodka zusammensetzte. Ein Vater folgte dem anderen. Ein stämmiger Mann namens Vaughn, der sein Geld mit dem Ausnehmen von Fischen verdiente, blieb am längsten.

Er bemerkte als Erster, dass der dreijährige Junge dem durchgeweichten Zeitungspapier mehr Aufmerksamkeit schenkte, als dem darin eingewickelten Schellfisch.

»Junge,« sagte er barsch, denn niemand hatte sich bisher die Mühe gemacht, dem Kind einen Namen zu geben, »bring mir diese Zeitung!« Der Junge tat wie ihm geheißen, denn die Erfahrung hatte ihn gelehrt, wie schnell Ungehorsam eine Ohrfeige zur Folge hatte. Vaughn deutete auf ein Wort und sah ihn erwartungsvoll an. Sofort las das Kind das Wort ›Königliche‹ laut vor, sowie ›Prozession‹ und ›Haus‹ und ›Fawkes‹ und jeden weiteren Begriff, auf den sein Stiefvater zeigte; es hatte noch nicht gelernt, dass niemand mit seinen Fähigkeiten rechnete und eine solche Überlegenheit seinen Eltern gegenüber ihm statt Lob nur eine Tracht Prügel einbringen würde.

Er erinnerte sich, dass er das Wort »Exzentrizitäten« lesen sollte, was er unverzüglich tat. Daraufhin verspürte er einen heftigen Schmerz hinter dem linken Ohr, und dann nichts mehr. Offenbar endete die Toleranz seines Stiefvaters bei vier Silben.

So wurde der Junge während der nächsten drei Jahre seines Lebens in den Augen seiner Eltern zu einem stummen Analphabeten – zumindest nachts, wenn er zum Schlafen in seinen Winkel hinter der Treppe gesperrt wurde. Tagsüber jedoch wurde der Abfall auf den Straßen der Stadt zu seiner Bibliothek – Zeitungen, Magazine, sogar die wenigen Fetzen von Büchern, die den Weg in den Londoner Osten fanden, landeten unweigerlich im Rinnstein und schließlich im geheimen Versteck des Jungen, unter einer losen Diele. Diese Gedankenfetzen auf Papier waren seine einzige Freude, und seine Schwester, nicht ganz ein Jahr nach Vaughns Ankunft geboren, war seine einzige Passion. Sie verfügte nicht über die Fähigkeiten ihres Bruders, doch war es ihr glücklicherweise erspart geblieben, die unmenschliche Trägheit ihrer Mutter zu erben.

Jeden Mittag, wenn Vaughn zur Arbeit ging und die Mutter der Kinder inmitten eines Haufens halbleerer Flaschen zusammenbrach, saßen die beiden Geschwister beisammen und lasen Geschichten über eine Welt, die für sie auch dann unerreichbar gewesen wäre, wenn sie nur einige Straßen weiter gelegen hätte. Aus ihrer Sicht war diese Welt jedoch weiter entfernt als die Sonne. Der Junge las mit Begeisterung vor, denn er liebte seine Schwester über alles; sie hörte mit Begeisterung zu, denn er war ihr Held. Beide achteten darauf, dass weder Vaughn noch ihre Mutter sie je mit ihrem Lesestoff antrafen. Ihre Eltern ernährten und kleideten sie auch so schon dürftig genug, und sie nötigten ihnen fauliges Brot und Lumpen auf. Dem Jungen war es gleich, da er ihre spärliche Nahrung heimlich durch Gemüse bereicherte, das er sich mit Treppenkehren im Laden am Ende der Straße verdiente. Er kam zu der Schlussfolgerung, dass es für ihre Eltern schlichtweg einfacher war, sie am Leben zu erhalten, als sie verhungern zu lassen.

Der Junge hatte ein Buch gefunden – das erste vollständige Buch, das er je gesehen hatte: *Im Dunkeln* von Thomas Hardy. Es war wundervoll geschrieben, und die Figuren faszinierten ihn. Die Geschichte schien ihm mit großer Leidenschaft erzählt. Am meisten beeindruckte den Sechsjährigen der tragische Höhepunkt. Darin erfährt ein kleiner Junge, der wie sein Vater Juda heißt, dass er mit seinen Eltern und zwei kleinen Schwestern aus der Wohnung gejagt und auf die Straße gesetzt werden soll, »weil sie zu viele sind«. Der Vater und seine Frau kehren am nächsten Morgen in die Wohnung zurück; sie haben Arbeit gefunden, die es ihnen ermöglicht, mit ihrer Familie in eine ausreichend große Unterkunft umzuziehen. Sie finden eisige Stille vor, und einen an die Schlafzimmertür gehefteten Zettel: »Weil wir zu viele sind ...«. Drinnen hängt der Junge Juda leblos von der Decke und schaukelt leicht hin und her. Er wirft einen Schatten über die reglosen Körper seiner Schwestern, und eine dünne

Schnur schneidet tief in seine schmale, bleiche Kehle.

Bis zu dieser Stelle hatte der Junge gelesen, als ihm das Taschenbuch unvermittelt aus den Händen gerissen wurde. Er war so in die Geschichte vertieft gewesen, dass er nicht bemerkt hatte, wie die Schatten länger geworden und Vaughn nach Hause gekommen war, bedeckt mit Fisch und Schmutz. Der stämmige Mann blätterte in dem zerfledderten Buch, bemerkte das offene Versteck unter der Diele, und bedachte das Kind mit einem verachtenden Blick. Der Junge starrte zurück, und er ließ zu – noch immer verdrossen über den Verlust seines Buches –, dass sich der schützende Nebel vor seinen Augen lichtete. Vaughn sah hinein und erblickte dort eine Intelligenz, die größer war als die seine; und er erkannte, dass sich der Junge dessen bewusst war. Fest schlug er seinem Stiefsohn ins Gesicht, doch der Junge schüttelte nur den Kopf und starrte ihn an, während ihm das Blut aus den Mundwinkeln rann. Genauso beim zweiten Schlag, beim vierten und beim achten. Der Mann geriet in Wut und sah sich gerade nach einer Waffe um, nach irgend etwas, das dem Jungen einen Schrei der Angst, des Schmerzes oder des Entsetzens entlocken würde, als beide hörten, wie sich im Nachbarzimmer etwas regte.

Die Schwester des Jungen, die unter dem Küchentisch geschlafen hatte, wurde nicht schnell genug wach, um die Bosheit in den Augen ihres Vaters zu bemerken, oder die plötzliche Angst im Blick ihres Bruders. Erst als Vaughn sie grob am Arm packte und zur Tür hinauszerrte, begann sie hoch und schrill zu weinen. Der Junge schlug all seinen Stolz in den Wind, und flehte seinen Stiefvater inständig an, von seinem Vorhaben abzulassen.

Vaughn zerrte die Kinder durch die schmutzigen Straßen zum Hafen hinunter und stieß sie – achtlos und wachsam zugleich – in ein winziges, ramponiertes Boot. Er löste die Leine aus der Verankerung und ruderte mit ihnen in den dunkler werdenden Dunst hinaus.

Wie viel Zeit verging, konnte der Junge nicht feststellen, der Nebel wischte jedes Zeitgefühl fort. Sein Stiefvater drehte sich gelegentlich mit einem bösen Grinsen zu ihnen um; seine Schwester trug den Ausdruck eines gehetzten Tieres, dem bewusst war, dass der Todesschuss bereits gefallen war und bald sein Ziel finden würde. Das Gesicht des Jungen war ausdruckslos. Er wartete einfach, als hebe er seine Gefühle für ein Ereignis auf, das noch nicht eingetreten war, sich jedoch bereits am Horizont abzeichnete.

Als das Boot eine Stunde später in den Hafen zurückkehrte, saß der Mann allein darin.

Seine Frau fragte ihn weder nach dem Verbleib der Kinder, noch kümmerte es sie – er hatte eine volle Flasche Wodka mitgebracht. Sie leerten sie innerhalb kürzester Zeit und schliefen noch immer ihren Rausch aus, als eine kleine, zitternde Gestalt zögernd zur Tür hereintappte, stehen blieb und sie betrachtete.

Der Junge stand stundenlang da, reglos, die Kleider durchnässt und mit Seetang bedeckt, und starrte diejenigen an, die einem Kind alles Nötige hätten vermitteln sollen, um sich in der Welt zurechtzufinden. Ihm war bewusst geworden, dass *er* eine solche Unterstützung nie erfahren würde.

Es bedurfte großer Mühe – der zweitgrößten Anstrengung seines Lebens –, doch als er schließlich fertig war, hingen seine Eltern von der Decke herab. Wie sie dort keinen halben Meter über dem Teppich schaukelten, sahen sie nicht anders aus als sonst, zusammengesunken auf der Couch. Es wirkte nicht wie ein Mord, sondern wie ein Versuch, Ordnung zu schaffen. Der Abend hätte kein anderes Ende finden können. Ein Zettel wurde nicht hinterlassen; das war nicht nötig.

Als der Morgen anbrach, verließ der Junge die Wohnung ohne einen Blick zurück. Zu diesem Zeitpunkt gab er sich den Namen Juda – er hatte zu sich selbst gefunden.

Juda hockte im Schneidersitz auf einer Bank vor dem Festspielhaus. Der Herbstregen der vergangenen Nacht hatte einen angenehm kräftigen Geruch in der Luft hinterlassen und eine Feuchtigkeit, die sich wie ein Schleier über seine Augen legte. Die Menschen, die vor dem gewaltigen Bau aus Holz und Backstein hin und her liefen, schienen in ihren Konturen verschwommen, fast unscharf. Von den Dutzenden Menschen im Park, den Hunderten in dem Gebäude, den Tausenden in der umliegenden Stadt, den Millionen überall auf dem Kontinent und den Milliarden, die auf dem Planeten Atem holten, wusste allein Juda, dass dieser Dunst keine vom Regen verursachte Illusion war. Es spielte auch keine Rolle – die Welt würde schon bald ihre klaren Konturen zurückgewinnen.

Er musste keinen Blick auf seine Uhr werfen, um zu wissen, dass nur noch wenige Minuten blieben, bevor das Chaos losbrach. Er fragte sich, wie viel Zeit das Publikum benötigen würde, ehe es begriff, was auf der Bühne vor sich ging. Er präzisierte den Gedanken: ehe das Publikum begriff, was *scheinbar* auf der Bühne vor sich ging.

Wie auf ein Zeichen drangen vereinzelte Schreie durch die Pforten des Festspielhauses. Das waren wohl die treuen Anhänger, möglicherweise die Veranstalter des Festivals. Sie bemerkten als Erste, dass die Oper nicht wie vorgesehen ablief. Jetzt würde es nur noch wenige Augenblicke dauern.

Juda wollte dafür sorgen, dass einer der unvermeidlichen Agenturberichte Van Hassel erreichte. Ein Spiel ohne Gegner war schließlich kein Spiel. Sollte der New Yorker Zen-Journalist – das einzige andere lebende Wesen, das diesen Titel mit vollem Recht in Anspruch nahm, wie geistlos er auch klingen mochte – tatsächlich über einen Zusammenhang stolpern, der ihm selbst entgangen war, konnte er die Informationen leicht an sich bringen und für seine eigenen Zwecke verwenden. Außerdem war Van Hassel bereits involviert, wenn nicht gar – wie sich Juda widerwillig eingestehen musste – der Auslöser für alles, was sich ergeben hatte. Ausschlaggebend war jedoch, dass Van Hassel nicht aufgepasst hatte. Der wichtigste Zusammenhang war ihm entgangen, und in einem Spiel, in dem die Einsätze so hoch waren, würde dies sein Ende bedeuten und Judas Sieg.

Juda griff in die Tasche seiner Windjacke und spürte das beruhigende Knittern des Zeitungsausschnittes, der bereits über ein halbes Jahr alt war. Es erstaunte ihn, dass ein Kieselstein tatsächlich eine Lawine auslösen konnte, wenn er nur richtig angestoßen wurde. Wer hätte gedacht, dass das Lesen eines einspaltigen Artikels über einen rätselhaften Mord in Silvertown, New York, eine Kette von Ereignissen in Gang setzen würde, die hier in Bayreuth, auf der anderen Seite der Welt, zu einem Mord führten. Oder dass angesichts von Millionen folgenloser Todesfälle die Koordinierung eines Todes am exakt richtigen Ort, zum exakt richtigen Zeitpunkt und unter den exakt richtigen Bedingungen ... ja, was? Die Welt stillstehen ließ? Ihre Umdrehungsrichtung änderte? Es gab keine Gewissheit – er musste nur warten, bis die Ereignisse den Verlauf nahmen, den er festgelegt hatte. Und Warten war für Juda kein Problem.

Sein Grübeln wurde unterbrochen, als die Rufe und Schreie, die aus dem Gebäude drangen, lauter wurden – jäh gefolgt von einer plötzlichen Flut von Festivalbesuchern, die ins Freie strömten. Ebenso abrupt flackerte die sichtbare Welt und nahm ruckartig wieder scharfe Konturen an. Es war Zeit zu gehen.

Juda schob den Zeitungsausschnitt in seine Tasche zurück, stand auf und ignorierte das Lärmen der entsetzten Menschenmenge, die glaubte, gerade Zeuge eines Mordes gewesen zu sein. Sie hatten nicht einmal Unrecht – es würde einen Mord geben, doch der bedeutungslose Todesfall im Festspielhaus war erst der Anfang. Am Ende würde die gesamte Welt in einem Sturm aus Eis und Feuer untergehen, und wenn der Mahlstrom schließlich versiegt war, würde es eine neue Welt geben, aus der Asche der alten geboren – das Erbe all jener, die das Glück haben würden, zu überleben, die Kraft, zu bestehen, und die Geduld, sich durchzusetzen.

Mit einem feinen Lächeln auf den Lippen eilte Juda die Stufen zum Festspielhaus hinauf, öffnete die Tür und trat ein.

KAPITEL EINS
Der Gelehrte

Michael Langbein hatte mehr als genug ungewöhnliche Tage erlebt. Doch dieser Frühlingstag stellte die Krönung einer ganzen Woche ungewöhnlicher Tage dar. Jeder einzelne dieser Tage hätte problemlos den Amateurstatus der Olympischen Spiele übersprungen, seinen Platz im Pantheon der ungewöhnlichen Tage eingenommen und jeden anderen Favoriten von seinem Podest verdrängt.

Am Montag hatte er sich aus seinem Bett gerollt und war zur Treppe gegangen, um die Morgenzeitung zu holen – nur um festzustellen, dass aus Seite Drei eine ganze Spalte fein säuberlich herausgeschnitten worden war. Als er heimlich einen Blick auf die Zeitung seiner Nachbarn warf, entdeckte er nicht nur, dass sie Opfer desselben Vandalismus' geworden waren, er wurde obendrein des versuchten Zeitungsdiebstahls beschuldigt.

Im Laufe des Tages stellte er fest, dass die längliche Lücke in seiner Morgenlektüre kein Einzelfall war. Jeder Zeitung in jeder Verkaufsstelle und jedem Kaffeehaus zwischen seiner Wohnung und der Universität fehlte mindestens ein Teil einer Seite: Seite Drei in den deutschen Zeitungen, Seite Sieben in den britischen, Seite Zwölf in den französischen, Seite Dreiundzwanzig in den amerikanischen und Seite Eins der *Ontario Daily Sun*, die im Briefschlitz seines Büros auf ihn wartete. Diese Zeitung hatte er abonniert, weil seine Tochter gelegentlich als freischaffende Fotografin dafür arbeitete. Er hoffte, der ausgeschnittene Artikel sei nicht von ihr gewesen. Vor über zehn Jahre hatten sie das letzte Mal miteinander gesprochen, und er freute sich stets auf den flüchtigen – wenn auch unzureichenden – Kontakt, den ihm das Verfolgen ihrer Karriere ermöglichte.

Am Dienstag wurden achtundzwanzig Studenten aus verschiedenen Fachbereichen der Universität Wien – an der Michael als Gastprofessor für Ältere Literatur und Geschichte arbeitete – bei Trepanationsexperimenten überrascht, was bedeutet, dass sie Löcher in ihre Schädel bohrten. Jemand hatte ihnen offensichtlich die fixe Idee in den Kopf gesetzt, der uralte Glaube, man könne durch das Anbohren des eigenen Schädels sein Bewusstsein befreien, werde sich als zulässige Lernhilfe erweisen. Die Fakultät war anderer Meinung, ebenso die Behörden, die den ganzen Haufen festnahm. Später mussten sie alle Achtundzwanzig wieder freilassen, weil sie kein Gesetz fanden, das die grausige Unsitte verbot.

Direkt im Anschluss organisierten die soeben auf freien Fuß gesetzten Trepanierer eine spontane Demonstration und feierten die Rechte der Studenten. An die siebzig weitere Studenten wollten den neusten heißen Trend nicht verpassen und bohrten sich im Verlauf der Veranstaltung ebenfalls Löcher in ihre Köpfe.

Am Mittwoch wurden über das ganze Universitätsgelände verstreut dreizehn Leichen gefunden – Opfer von erfolglosen Trepanationsversuchen.

Am Donnerstag ertappte man rein zufällig einen stellvertretenden Verwaltungsangestellten der Fakultät für Wirtschaftswissenschaften und Informatik dabei, wie er einen dünnen Eisenstab in den Schädel einer Studentin hämmerte, die zum Unterricht gejoggt war. Der ziemlich aufgebrachte und wutschäumende Mitarbeiter wurde festgenommen. Dabei kam ans Licht, dass er schon immer den Wunsch gehegt hatte, ein Serienmörder zu werden und in der jüngsten Begeisterung der Studenten für Trepanation die perfekte Gelegenheit erblickt hatte, seinen Horizont zu erweitern. Bis zum Abschluss der offiziellen Ermittlungen wurde er – bei fortlaufender Gehaltszahlung – seines Amtes enthoben.

Am Freitag verfielen zwei Seminarleiter des Fakultät für

Katholische Theologie unvermittelt in Trance und wurden zu Medien für die Geister zwanzigtausend Jahre alter Magier, die behaupteten, in Atlantis gelebt zu haben. Sie gerieten in Streit, woraufhin einer der Magier seinen Wirtskörper verließ und seinen Wohnsitz in den Vizerektor der Fakultät für Protestantische Theologie verlegte. Der Vizerektor (und Magier) erklärte den Katholiken daraufhin den Krieg, und einige gespannte Stunden lang schien es, als würde sich der gesamte Campus selbst zerstören – bis ein dritter atlantischer Magier von einem der Professoren für Soziologie Besitz ergriff und damit drohte, die Mormonen ins Spiel zu bringen, was den gesamten Konflikt innerhalb von Minuten beendete.

Am Samstag Morgen rückte jeder Gegenstand in Michaels Wohnung um das Fünftel eines Zentimeters nach links, und er verbrachte den Rest des Tages damit, abzustauben und alles wieder an seinen Platz zu schieben.

Am Sonntag rutschte jeder Gegenstand in seiner Wohnung ein Stück nach rechts, und er vermutete, dass dies keine spiegelverkehrte Wiederholung des Ereignisses vom Vortag war, sondern dass sich der erste Vorfall lediglich rückgängig gemacht habe. Spuren im Staub hatten ihn die erste Bewegung erkennen lassen, obwohl er sie nicht mit angesehen hatte.

Er beobachtete die zweite, als er gerade im Begriff war, eine Teetasse zurück auf ihre Untertasse zu stellen. Die Teelache verursachte einen großen Fleck auf seinem Teppich; von der Eingangstür aus hatte er Ähnlichkeit mit einer Kuh oder einem großen Hund mit einem Lymphdrüsenleiden.

Aus einem Impuls heraus beschloss Michael, seine Tochter anzurufen, nur um nach einem sehr kurzen und wie üblich angespannten Gespräch mit ihrer Großmutter herauszufinden, dass sie von einem Tag auf den anderen beschlossen hatte, in die Vereinigten Staaten zu ziehen. Michael schleuderte das Telefon zum Fenster hinaus und ging ins Bett.

Nun war wieder Montag, und die seltsamen Ereignisse der letzten Woche schienen allem Anschein nach Überstunden einzulegen (wenn auch auf weit unauffälligere Weise). Michaels Seminare verliefen ohne Zwischenfall, doch als er nach Hause kam, fand er im Arbeitszimmer seiner Wohnung einen kleinen pflaumenfarbenen Umschlag vor, der geduldig inmitten des wuchernden Papierwaldes auf seinem Schreibtisch lag. Er war schlicht an Professor Michael Langbein adressiert, ohne weitere Beschriftung oder Absender.

Michael stellte seine Aktentasche direkt neben der offenen Tür ab, steckte seinen Schlüssel ein und nahm den Umschlag in die Hand. Er drehte ihn um, schob einen Fingernagel unter die Klappe und riss ihn entlang der Kante auf.

Zum Vorschein kam eine einfache, einmal gefaltete Briefkarte, die aus dem gleichen Papier bestand wie der Umschlag. Er öffnete sie und las folgende kurze Nachricht:

Professor Langbein –
Eine Angelegenheit von höchster Wichtigkeit – im akademischen wie im historischen Sinne – würde von Ihrem fachlichen Rat außerordentlich profitieren. Wenn Sie die Freundlichkeit besäßen, meine Vorstellung am heutigen Abend zu besuchen (Eintrittskarte liegt bei), werde ich Ihnen im Anschluss die betreffende Situation erläutern, woraufhin sie sich nach Belieben wieder verabschieden können.

Die Nachricht war mit einem nicht zu entziffernden Kringel unterzeichnet, und Michael konnte weder auf der Briefkarte, noch auf dem Umschlag etwas Besonderes feststellen. Er kicherte, warf beides beiseite, und sah sich die Eintrittskarte an. Es handelte sich um eine gewöhnliche orangene Behelfskarte, wie sie in Fünfhunderterrollen verkauft und bei Wohltätigkeitsveranstaltungen zur Verlosung von Gegenständen verteilt wurden, für die normalerweise kein Mensch Geld ausgeben würde. Auf die Rückseite waren die Worte »*Rutland & Burlington´s* – Montag, 20:30 Uhr« gekritzelt.

Er kannte den Laden – ein Nachtclub nur ein paar Straßen entfernt, der sich unter Studenten großer Beliebtheit erfreute. Wie dem auch sei, er musste sich um weit wichtigere Angelegenheiten kümmern. Es blieb ihm kaum Zeit, einer geheimnisvollen Einladung zu folgen, die aller Wahrscheinlichkeit nach ein Verkaufstrick war, mit dem man ihm eine Ferienreise in die Schweiz andrehen wollte.

Unter dem pflaumenfarbenen Umschlag auf seinem Schreibtisch lag ein dünner Brief auf sehr teurem Papier, der das Universitätssiegel und die Büroadresse des Rektors trug.

Michael ließ sich in den ramponierten, mit Kissen überladenen Sessel fallen, der dem Fenster gegenüber stand. Mit einem Seufzer drehte er den dünnen Brief hin und her. Dünne Briefe von Universitäten enthielten nie gute Neuigkeiten. War man ein Student, der sich bewarb, so hoffte man auf ein dickes Zulassungspaket. Ein dünner Brief dagegen begann immer mit den Worten: »Wir danken Ihnen für Ihre Bewerbung, aber ... «, gefolgt von einer Reihe zuckersüßer Lügen, die den Bewerber zu dem Glauben verleiten sollten, eine andere Universität werde ihn sicher zu schätzen wissen – ungeachtet der Tatsache, dass einem wenige Zeilen zuvor mitgeteilt worden war, man sei Kaugummi an den Sohlen ihrer Schuhe. Ein dünner Brief an einen Fakultätsmitarbeiter ließ normalerweise nur auf eine von zwei Möglichkeiten schließen: eine Gehaltsabrechnung – unmöglich, denn Zahltag war bereits letzten Donnerstag gewesen – oder eine schlechte Nachricht, die ihm niemand persönlich mitteilen wollte, die andererseits jedoch zu unbedeutend war, um sie von einem Ausschuss auf mittlerer Ebene bearbeiten zu lassen.

Michael kratzte sich einen Augenblick lang mit dem Umschlag an der Nase, riss ihn dann an einer Seite auf und faltete den Brief auseinander.

Sehr geehrter Professor Langbein,
da wir Ihre Beiträge zum Lehrplan der Universität außerordentlich zu schätzen wissen, bedauern wir sehr, Ihnen mitteilen zu müssen ...

Der Rest des Briefes lieferte nähere Angaben hinsichtlich einer Konferenz mit dem Rektor, zwei Vizerektoren, dem Verwaltungsleiter und drei Fakultätsmitarbeitern der Senatsvertretung des Fachbereichs, während deren er die weitere Finanzierung seines Institus rechtfertigen sollte. Michael musste zweimal hinschauen – tatsächlich, er sollte sich nicht nur für seine eigene Stelle einsetzen, sondern für die Zukunft des ganzen beschissenen Instituts.

Verdammt, dachte Michael. Ich hätte auf meine Mutter hören und Buchhalter werden sollen.

Michael Langbein war hochgewachsen – fast konnte man ihn schlaksig nennen, ohne dass es wie eine Beleidigung geklungen hätte. Und er war so muskulös, dass ihm niemand ins Gesicht gesagt hätte, er sei schlaksig, ganz gleich wie er es aufnehmen mochte. Er hatte ein sympathisches, glatt rasiertes Gesicht, einen dichten Schopf lockiger brauner Haare und er liebte es, mit dem Fahrrad unterwegs zu sein. Angesichts der Tatsache, dass er eine dreihundert Kilometer lange Rundreise an einem Tag durchhalten konnte und danach immer noch Zeit für ein gemütliches Abendessen und eine Vorlesung fand, machte sich auch darüber niemand lustig.

Den größten Teil seiner beruflichen Laufbahn hatte er als Philosophielehrer an verschiedenen Gymnasien verbracht. So sehr ihn das auch persönlich erfüllt hatte, war es doch nicht mit dem wechselseitigen Gewinn zu vergleichen, den ihm eine Hochschule bot, oder mit der Möglichkeit, Feldforschung zu betreiben und zu publizieren, wie sie ihm an der Universität Wien geboten wurde. Sein offizieller Titel –

den er sich spontan ausgedacht hatte, als man ihn fragte, für welche (noch zu gründende) Abteilung er sich bewerben wolle – lautete »Gastprofessor für Ältere Literatur und Geschichte«. Aber niemand nannte ihn jemals so. Michael war nie ein großer Freund von Förmlichkeiten gewesen; die meisten seiner Studenten nannten ihn beim Vornamen, und diejenigen, die ihn besser kannten, nannten ihn »Langbein«.

Die Universität war die älteste im deutschsprachigen Raum und setzte sich aus acht Fakultäten zusammen, die sich in zweihundertzweiundsiebzig Abteilungen aufgliederten. Die festgesetzte Konferenz bezog mehr Verwaltungsbeamte mit ein, als in einer gewöhnlichen Abteilungsbesprechung konsultiert wurden, denn Michael hatte es geschafft, innerhalb von drei Jahren mehr Gelder anzufordern und auszugeben, als jedes andere Institut der gesamten Fakultät, mit Ausnahme der Fakultäten für Naturwissenschaften und Medizin.

Das Institut für Ältere Literatur und Geschichte (niemand hatte einen anderen Namen vorgeschlagen) konzentrierte diese Mittel normalerweise auf den Erwerb von Handschriften – sehr, sehr alten Handschriften. Nicht einfach alte und brüchige viktorianische Romane – Manuskripte, die aussahen, als habe man sie überstürzt in *Christie´s* Auktionshaus ersteigert –, sondern Handschriften, auf die man durch Untersuchungen und Feldforschungen stieß, die Indiana Jones wie einen Stümper hätten aussehen lassen. Der größte Teil rangierte in einer Kategorie mit Noahs Merkzettel oder Konstruktionsplänen für den Turmbau zu Babel, die natürlich aus vom Kriegsrecht regierten Ländern »exportiert« werden mussten, für Beträge, die dem Jahresbudget eines mittelgroßen Dritte-Welt-Landes nahe kamen.

Das Hauptproblem bei Anschaffungen dieser Art bestand darin, dass sie in den Bereich der Grundlagenforschung fielen. Was nicht weiter schlimm gewesen wäre, hätte man sie nicht mit Hilfe von Summen erworben, die sich der Fünf-Millionen-Grenze näherten. Man konnte sie bestenfalls als gegenstandsbezogene Forschung rechtfertigen, doch die diesbezüglichen Budgeteinschränkungen waren noch schlimmer. Um seine Argumentation für eine weitere Finanzierung wirklich zu untermauern, musste Michael zumindest nachweisen, dass die Anschaffungen als Hilfsmittel für die angewandte Forschung nutzbar seien, oder noch besser, dass sie von einer anderen Abteilung im Rahmen der interdisziplinären Forschung verwendet werden könnten. Leider hatte er keine Ahnung, wie er auch nur eine dieser Forderungen erfüllen sollte.

Michael hatte hinsichtlich seines schnellen und lockeren Spiels mit dem Mammon der Universität immer wieder mäßigende Briefe erhalten – stets kurz vor einer offiziellen Zurechtweisung. Doch er nahm an, dass der Tropfen, der das Fass zum Überlaufen gebracht hatte, wohl das Aethelberht-Schriftstück gewesen war.

Der westsächsische Aethelberht war Anfang der siebziger Jahre des neunten Jahrhunderts König von England gewesen. Er hatte die Nachfolge seines in ästhetischer Hinsicht gleichermaßen namensgestraften Vaters Aethelbald und seines Großvaters Aethelwulf angetreten. (Wie so oft bei Kindern mit unglücklich gewählten Namen, verspürte auch Aethelberht traurigerweise das Bedürfnis, die von väterlicher Seite geerbte Folter seinem eigenen Sohn aufzuerlegen. Er nannte ihn Aethelred. Aethelred wollte sich damit allerdings nicht abfinden, und nannte seinen Sohn der Familientradition zum Trotz Alfred.)

Michael nannte es das Aethelberht-Schriftstück. Eigentlich war es eine aus Schafshaut hergestellte Pergamentrolle, die in den Ruinen einer Moschee auf Zypern entdeckt worden war. Das archäologische Team, das die Ausgrabung leitete, vermutete, dass das Schriftstück etwa dreihundert Jahre nach

Aethelberht auf die Insel gebracht worden war, nur wenige Jahre vor dem Dritten Kreuzzug. Die Historiker – insbesondere die britischen – konnten jedoch nur schwer glauben, was Fragmente anderer Schriftstücke am Fundort und mit ihnen in Beziehung stehende historische Quellen bezeugten: Das Schriftstück sei absichtlich auf Zypern zurückgelassen worden, und zwar von keinem Geringeren als Richard Löwenherz.

Der Grundstein für die Empörung unter den Gelehrten wurde auf einem Symposium in Wien gelegt, das Michael kurz nach der Entdeckung und seinem anschließenden Kauf des Schriftstücks organisierte. Die Übersetzung enthüllte, dass es sich mit der Abstammung und biografischen Einzelheiten einer quasi-historischen Persönlichkeit befasste, die buchstäblich den Archetyp des englischen Königtums darstellte: Artus Pendragon – König Artus von Camelot. Es versteht sich von selbst, dass sein Inhalt wenig schmeichelhaft war. Der Autor des Schriftstücks blieb namenlos; die zu Tage geförderten Informationen erlaubten jedoch eine Datierung auf die Mitte des neunten Jahrhunderts, was zur Bezeichnung Aethelberht-Schriftstück führte. Diesem Autor zufolge versammelte Pendragon eine Reihe von Männern auf Camelot. Seine Gründe dafür waren jedoch wenig ritterlich und mehr als ein wenig unappetitlich. Das Schriftstück schilderte außerdem eine Beziehung ganz anderer Art zu einem Ritter, der historisch als Lancelot DuLac bekannt ist. Weiterhin war die Rede von einer Person, die als die oft romantisierte Guinevere interpretiert werden konnte. Angesichts jener Passage der Erzählung, in der berichtet wird, wie die Ritter sie grillten und verspeisten, spielte sie in der Auseinandersetzung eine eher untergeordnete Rolle.

Die Tatsache, dass Richard bemüht war, das Schriftstück weit entfernt von Englands Küsten zu verbergen, sprach für die Authentizität des Textes. Löwenherz war selbst Historiker und hätte ein solches Werk nicht vernichtet. Er konnte es außerdem nicht in Reichweite irgendwelcher Gelehrten belassen. So ließ er das Schriftstück auf Zypern zurück, das er als Festung gegen die Moslems eingenommen hatte. Anschließend handelte er ein Durchfahrtsrecht nach Jerusalem aus, entlang eines schmalen Küstenstreifens, und entband damit jeden Engländer, ob Gelehrter oder nicht, von der Notwendigkeit, jemals nach Zypern zu fahren.

Wäre es lediglich um die Verleumdung eines gefeierten kulturellen Mythos gegangen, hätten die britischen Gelehrten Michael möglicherweise verzeihen können, dass er sie ins Licht der Weltöffentlichkeit gerückt hatte. Es war jedoch die Tatsache, dass er sich korrekt verhalten und sie zuerst vertraulich zu Rate gezogen hatte, über die er nicht hinweg kam. Sie hatten das Schriftstück als Fälschung abgelehnt, ohne sich die Mühe zu machen, es einer chemischen Untersuchung zu unterziehen, den Ausgrabungsbericht zu prüfen oder gar eine vollständige Übersetzung vorzunehmen.

Michael übergab es daraufhin einer Gruppe von Gelehrten in Dänemark, denen es gleichgültig sein konnte, in wessen Kissen König Artus es sich bequem gemacht hatte. Sie führten eine chemische Analyse durch, begutachteten drei unterschiedliche Ausgrabungsberichte, gaben eine vollständige Übersetzung in Auftrag – und erklärten das Schriftstück für echt.

Die Briten waren außer sich, und die Franzosen nicht weniger. Die Türkei und Griechenland, die gemeinsam Zypern regierten, verlangten die Auslieferung der Person, die das Schriftstück von der Insel geschmuggelt hatte; bis sich herausstellte, dass ein niederer türkischer Regierungsbeamter die Ausfuhrpapiere tatsächlich abgezeichnet hatte, im Gegenzug für drei traute Minuten mit einer der Archäologieassistentinnen in einer Besenkammer.

In Amerika veröffentlichten Turner Classic Movies die Filmfassung von Lerner und Lowes *Camelot* unter dem Titel *Artus und Lance,* und die Verkaufszahlen der Videokassette reichten an jene von *Titanic* oder *Star Wars* heran. Allerdings kam es auch zu einem kleinen Skandal, als die Produzenten dieser Filme die Verkaufszahlen anfochten und aufgedeckt wurde, dass neunzig Prozent der Kassetten im Auftrag des Britischen Parlaments und des Prinzen von Wales aufgekauft und vernichtet worden waren.

Und in Wien gab es eine gewaltige Explosion – dem Verwaltungsleiter der Universität blies es die Schädeldecke weg, als die Quittungen über das ganze Debakel aus der Abteilung Ältere Literatur und Geschichte bei ihm eintrafen. Insgesamt ergab die Bilanz einer achtmonatigen Ausgrabung in Zypern, der Beschaffung nicht ganz legaler Ausfuhrpapiere, der dreiwöchigen Inbeschlagnahme eines dänischen Chemielabors und der Veranstaltung eines hochkarätig besetzten Symposiums einen Betrag von etwa drei Millionen und zwölf Dollar. Die zwölf waren angefallen, weil die Briten das Schriftstück auf dem Postweg nach Wien zurückgesandt hatten – unfrei.

Öffentliche Erklärungen und Rechtfertigungen wurden abgegeben, und all die anderen diplomatischen Dinge getan, die getan werden, wann immer derartige Situationen es erfordern. Das Endergebnis des ganzen Spektakels bestand jedoch darin, dass die Universität Wien in den Besitz eines sehr teuren, vermutlich vollkommen authentischen, über die Maßen skandalösen Schriftstücks gelangt war, das bereits die einzige Kultur in große Verlegenheit gebracht hatte, die die Kosten hätte senken können, indem sie es als Studienobjekt anerkannte.

Während des Symposiums wurde das Aethelberht-Schriftstück in einer Kassette verschlossen, die sich im Sicherheitsbereich der Universitätsbibliothek befand. Irgendwann im Laufe des seither verstrichenen Monats ging der Schlüssel verloren, in der vergangenen Woche verschwand die Kassette selbst. Daher stellte der Brief, den Michael erhalten hatte, keine allzu große Überraschung dar.

Es schloss den Kreis einiger Jahre, dass der Gegenstand, der zu Michaels größter persönlicher Niederlage hätte führen können, nach einem sächsischen König benannt worden war. Der Stammbaum seiner Familie konnte nach Sachsen zurückverfolgt werden, genau genommen nach Dresden, einer Stadt, an der er im Laufe der Zeit großen Gefallen gefunden hatte. Manchmal bildete er sich ein, dass diese Stadt das Zentrum des Universums sei, obwohl beinahe jeder, der dort lebte und über Dreißig war, zugeben würde, dass Dresdens längst vergangenes goldenes Zeitalter im frühen achtzehnten Jahrhundert lag, als Sachsen auch einen Großteil von Polen regiert hatte. Natürlich besitzt die Stadt einige Schätze – Kunstschätze und architektonische Schätze – doch dasselbe könnte man auch über Budapest oder Prag sagen, ebenso wie über ein halbes Dutzend anderer Städte in diesem Teil Europas. Als junger Mann hatte er einmal geträumt, er sei die Elbe entlang bis zum Atlantik hinunter gewandert. Als Erwachsener setzte er es in die Tat um und kam zu dem Schluss, dass es wirklich keinen besseren Ort als Dresden gab, um Wurzeln zu schlagen.

Doch das war vor Wien.

Und vor Elena.

Michael und Elena hatten sich kennen gelernt und ineinander verliebt, als seine Familie gerade erst von Linz nach Wien umgezogen war. Michaels akademische Karriere war jedoch wichtiger geworden, und er wurde nach Oxford geschickt. Eine Zeitlang schrieben sie sich noch, doch Elenas Antworten wurden allmählich seltener und hörten schließlich ganz auf. Als er nach Wien zurückkehrte, erfuhr er, dass sie verheiratet war. Nicht lange nach seiner Rückkehr wurde sie schwanger.

In jener Nacht, als Elenas Tochter geboren wurde, erkannte Michael die Gelegenheit, die verlorene Spur seines

Lebens wieder aufzunehmen. Noch am selben Abend verschwand Elenas Mann aus Wien – grundlos und unauffindbar. Einige Monate später traten Michael Langbein und Elena Strugatski vor den Traualtar.

Die beiden zogen kurzzeitig nach Oxford um, damit Michael sein Studium beenden konnte, und kehrten dann endgültig nach Wien zurück, wo er an Oberschulen Philosophie unterrichtete. Als sie genug Geld gespart hatten, bezogen Michael und Elena eine dreihundert Jahre alte Villa in den malerischen Wäldern am Nordrand von Wien. Elenas erster Mann wurde nie wieder gesehen, obwohl Michael vermutete, dass er hin und wieder Kontakt zu seiner Tochter aufnahm, über Briefe an ihre Großeltern, die Michael nur widerwillig akzeptierten.

Michaels Eltern, die die Heirat niemals gutgeheißen hatten, starben nur wenige Jahre nach der Eheschließung. Einige Jahre lang lebten Michael, Elena und Elenas Tochter Meredith ein äußerst erfülltes Leben. All das hätte eine erfreuliche Geschichte abgegeben, wäre sie an dieser Stelle zu Ende gewesen. Das war jedoch nicht der Fall. Eines Abends, bevor Meredith ihr Studium in Oxford begann – mit einem Stipendium, dass sie dank der Hilfe ihres Vaters erhalten hatte – wendete sich das Blatt.

Sie war zu Besuch bei ihren Großeltern gewesen, um sich von ihnen zu verabschieden. Doch als sie nur wenige Minuten vor Mitternacht zurückkehrte, war Michael der einzige, von dem sie sich in jener Nacht verabschiedete – mit einem kalten, zornigen Glühen in den Augen. Sie hatte beschlossen, nicht mehr mit ihm zu sprechen, ein Schwur, dem sie all die Jahre hindurch treu geblieben war. Sogar als Elena im vergangenen Jahr nach langem beschwerlichen Kampf an einer Lungenentzündung starb, redete Meredith kein Wort mit ihm. Die Fahrt von Oxford nach Wien dauerte so lange, dass sie die Beerdigung verpasste. Und obwohl Michael später herausfand, dass sie beschlossen hatte, nach Wien zurückzukehren und sogar ihre Karriere als Photojournalistin in Angriff genommen hatte, betrat sie die Villa kein einziges Mal, noch suchte sie ihn an der Universität auf. Einige Monate nach Elenas Hinscheiden räumte er das Haus aus, das er so sehr geliebt hatte, und kehrte in die Innenstadt zurück.

Die Wohnung im Herzen von Wien, direkt nördlich der Universität gelegen, war eine sensationelle Entdeckung. Sie bot kaum weniger Platz als die Villa – auf Michael aber wirkte sie noch größer, waren in ihr doch keine Geister zu Hause.

Auslandsreisen besaßen für Michael einen großen Reiz, und die greifbare Möglichkeit, einfach die Hose herunterzulassen und der Universität seine schillernde Kehrseite zu zeigen, war äußerst verlockend. Wenn er die Universität Wien verließ, musste er keine Seminarpläne mehr aufstellen, sich nicht mehr rechtfertigen oder an Budgets halten – all jene notwendigen Übel, die eine Menge mit dem Lehrbetrieb zu tun hatten und so gut wie nichts mit dem Lehrstoff selbst. Es würde vermutlich auch das Ende seiner Laufbahn als geachteter Akademiker bedeuten, bedachte man, dass ein großer Teil seiner Glaubwürdigkeit auf dem Briefkopf der Universität beruhte, und dass ihn nach dem Fiasko um das Aethelberht-Schriftstück nur noch ein Forschungslabor in Dänemark oder das griechische Außenministerium einstellen würden.

Dennoch war es mehr als sein Ruf, was ihn in Wien hielt – er glaubte, dass es Orte gab, an denen das Herz hing, und an diese Orte knüpften sich Bande, die stärker waren als Furcht, stärker als Liebe, sogar stärker als der Tod. Der einzige Ort, an dem er jemals eine vergleichbar starke Gefühlsregung verspürt hatte, war Bayreuth, während seiner alljährlichen Pilgerfahrt zum dortigen Festival.

Außerdem galt es noch die Käufe zu bedenken, die er für

die Universität getätigt hatte – wenn die Beamten des Fachbereichs nachlässig genug waren, ein drei Millionen Dollar teures Schriftstück verschwinden zu lassen, das sich weniger als einen Monat in ihrem Besitz befand, dann war der Rest der Sammlung so sicher wie eine Henne im Fuchsbau. (Obwohl er argwöhnte, dass das Verschwinden des Aethelberht-Schriftstücks möglicherweise mit dem Eingang einer beachtlichen Spende an die Universität seitens eines anonymen britischen Wohltäters zusammenhing, dessen Scheck ein königliches Siegel trug.) Wenigstens genügten die Bandbreite, der Umfang und die offensichtliche Qualität der Bücher und Schriftstücke, die Michael angehäuft hatte, um ihm eine Fußnote in jedem Forschungsjournal der nächsten fünfzig Jahre zu sichern.

In den Vereinigten Staaten wusste man von mindestens drei Vorläufern der Unabhängigkeitserklärung, doch erst Michael Langbein hatte das von Thomas Jefferson mit Anmerkungen versehene Pergament entdeckt, das die Grundlage für die wohlbekannte Urkunde darstellte. Offensichtlich war es von einem Holländer geschrieben worden, der im sechzehnten Jahrhundert bei den Irokesen gelebt hatte. Dieses Geschäft hatte die Universität Wien davon überzeugt, die Abteilung für Ältere Literatur und Geschichte zu finanzieren – die Summe, die die Vereinigten Staaten dafür gezahlt hatten, das dünne Schriftstück aus geklopfter Baumrinde »zurück zu kaufen«, genügte der Universität, um damit die gesamte Zentralbibliothek für Physik zu finanzieren.

In den drei Jahren von Michaels Professur war dies der einzige Verkauf gewesen; alles andere war in der Bibliothek verblieben.

Es gab einen frühen Entwurf der Magna Charta – vermutlich der einzige, in dem die Invasion von Ägypten als ein Grundrecht des englischen Adels festgelegt wurde. Es handelte sich dabei wahrscheinlich nur um Bemühungen König Johanns, den Adel zu beschwichtigen und seine Macht über das Land aufrecht zu erhalten. Sie gelangten jedoch nicht in die Endfassung, die er ohnehin nicht einzuführen gedachte. Aus diesem Grund baten die Adligen König Louis VII von Frankreich, Johann vom Thron zu stoßen. Wäre die von Michael gefundene Version übernommen worden, hätte sich seiner Ansicht nach die gesamte erbärmliche Geschichte schlechter britischer Kochkunst vermeiden lassen.

Vor etwa achtzehn Monaten hatte er ein Pergament mit Schriften eines bis dahin unbekannten Schülers des Philosophen Parmenides gefunden, der darin eine frühe Version dessen formulierte, was die Welt schließlich als Einsteins Relativitätstheorie kennen lernen sollte. Parmenides These, dass Realität notwendigerweise unbewegt und unveränderlich sein müsse, im Gegensatz zur veränderlichen Vielfalt der Alltagswahrnehmung, erhielt durch den Standpunkt seines Schülers Thiassus eine bis dahin unerwartete Bedeutungsebene. Parmenides ließ ihn kurzerhand hinrichten. Wenn Thiassus nur wenige Jahre länger gelebt hätte, und zwar bis zum Aufschwung der Atomisten, dann hätte die Anwendung seines methodischen Denkens auf ihre Ideen das Aufkommen der Kosmologie um zweitausend Jahre beschleunigen können.

Betrachtete man diese beiden Schriftstücke als das Rückgrat von Michaels Sammlung, so war der »Upsala-Tanz« ihr Kopf und ihr Herz zugleich.

Benannt nach einem entfernt verwandten und äußerst bedeutenden Schriftstück namens »Codex Upsaliensis«, war der »Upsala-Tanz« das kleinste, teuerste und am häufigsten untersuchte Objekt unter allen Schätzen Michaels. Der »Tanz« – ein nicht einmal fünfzehn Zentimeter breiter und zwanzig Zentimeter langer Pergamentfetzen – wurde so genannt, weil er in einem Versmaß geschrieben war, der im zwölften Jahrhundert in Island beliebt war und aus sechs Vierzeilern bestand. Sein Inhalt war bisher nur in drei anderen bekannten Schriftstücken aufgetaucht. Darunter war der

»Codex Upsaliensis« derjenige, zu dem Michael am leichtesten Zugang hatte. Der Codex wurde irgendwann in den ersten Jahrzehnten des vierzehnten Jahrhunderts auf Pergament geschrieben und stellte eine der bedeutenderen Handschriften von Snorri Sturlusons Prosa-Edda dar. Das war aus zwei Gründen von Bedeutung: Die Edda wurde als verbesserte Darstellung der Mythologien der isländischen, altnordischen und germanischen Volksstämme betrachtet; und zweitens war sie Michael Langbeins glühende Leidenschaft.

An den Codex kam er im Gegensatz zu den beiden anderen Schriftstücken leichter heran, weil er erst dann versucht hatte, ihn in die Finger zu bekommen, als er über akademische Referenzen und eine offizielle Einladung verfügte. Es war reines Glück, dass er über den »Tanz« stolperte und herausfand, dass dieser in der selben Handschrift geschrieben war wie der Codex. Unglücklicherweise war der Schmuggler, der ihn Michael zum Kauf anbot, gebildet und wusste nur allzu gut, was er da besaß.

Michael benötigte weniger als einen Herzschlag, um in das Geschäft einzuwilligen; einige weitere Sekunden, um den Scheck zu unterzeichnen, und – sogar mit Unterstützung durch Kollegen von der Universität Reykjavik – mehrere Tage, um dem Verwaltungsleiter der Universität Wien zu erklären, warum er 6,2 Millionen Dollar für schlechte Lyrik auf einem zerfledderten Pergamentbogen von der Größe eines Tempo-Taschentuchs hingeblättert hatte.

Die Bedeutung des Pergaments lag gleichermaßen in der Form wie im Inhalt. Als ›Tanz‹ bezeichnete man eine vierzeilige Improvisation aus Alltagswörtern, zu einem lockeren Rhythmus angeordnet, der sämtliche Regeln und Einteilungen der Metrik vollständig außer Acht ließ. Sturluson verabscheute Tanzdichtung und ging sogar so weit, in der Edda einen Abschnitt zu verfassen, der die richtige Verwendung dichterischer Formen sorgfältigst beschrieb. Er warnte ausdrücklich davor, dass ein Großteil der historischen Schriften und des Verständnisses der Menschen für ihre eigene Mythologie verloren gehen würde, sollten diese Formen außer Acht gelassen oder vernachlässigt werden.

Die Aufnahme von Material aus der Prosa-Edda in den »Upsala-Tanz« konnte nur gedeutet werden, wenn man herausfand, zu welchem Zeitpunkt er niedergeschrieben worden war. War er zur selben Zeit verfasst worden wie der Codex, dann ließ er auf einen bedeutenden Wandel in der Rezeption Sturlusons nicht lange nach seinem Tod schließen. War er davor oder danach geschrieben worden, konnte man ihn einfach als die Bemühungen eines anderen Möchtegern-Dichters abtun – allerdings waren die Schriftzüge des »Tanzes« und des Codex' identisch, und die chemische Analyse wies außerdem nach, dass sie auf gleichartigem und ähnlich gealtertem Pergament geschrieben waren.

Michael hatte voll und ganz damit gerechnet, dass die Entdeckung des »Upsala-Tanzes« trotz der astronomischen Kosten zur dauerhaften Etablierung seines Instituts an der Universität führen würde. Doch zu Semesterbeginn, weniger als eine Woche nachdem er den »Tanz« gefunden hatte, unterzeichnete die Universität einen Arbeitsvertrag mit einem mathematischen Wunderkind, das noch nicht einmal alt genug war, um Alkohol trinken zu dürfen. Und da man nach einer Möglichkeit suchte, die Aufmerksamkeit der Presse auf die neue Zentralbibliothek für Physik zu lenken, wurde der neue Professor zur Attraktion, und Michael mit seinem siebenstelligen Tempo-Taschentuch war schnell vergessen.

Das war vor mehreren Monaten gewesen, und seine Zukunftsaussichten hatten sich nicht eben verbessert. Michael war bis zum Ende des Semesters als Lehrkraft verpflichtet und hatte gehofft, auch über das Sommersemester bleiben zu können, damit er seine Reise nach Bayreuth im August besser finanzieren konnte. Doch bevor er einen Schritt in irgendeine Richtung unternahm, musste er entscheiden, wohin er gehen wollte. Im Ausland könnte er ungehindert seiner Forschung nachgehen, doch er würde die Ressourcen einer Institution verlieren, und obwohl er viele Reisen unternommen hatte, war er noch nie ohne einen festen Wohnsitz gewesen, an den er zurückkehren konnte. In Wien hatte er Fuß gefasst, auch wenn er nicht vollkommen glücklich war, und er liebte seine Arbeit.

Michael seufzte und ließ sich tiefer in den Sessel sinken. Es gab zu viele gute Gründe, hier zu bleiben, statt das Risiko einzugehen, eine feste Anstellung in den Wind zu schreiben. Wenn er lange genug bleiben wollte, um überhaupt für eine Anstellung in Betracht gezogen zu werden, sollte er besser dafür sorgen, dass es eine Abteilung gab, in der er lehren konnte. Die beste Gelegenheit dazu bot die Konferenz, um die der Rektor gebeten hatte. Michael hob den Brief auf, suchte hastig nach dem Termin und stöhnte laut auf. Die Konferenz war auf diesen Nachmittag festgesetzt worden – vor vier Stunden.

Die Aussicht von dem alten Sessel aus liebte er über alles – ihm bot sich ein weites Panorama der Stadt und der Wiener Berge, und auf der äußersten rechten Seite sah er ein Stückchen Donau. Er knüllte den Brief von der Universität zusammen und warf ihn gegen die Fensterscheibe.

Schließlich hatte er es satt, mit den Fingern zu trommeln und vor sich hin zu brüten. Er warf einen Blick auf den Schreibtisch, wo noch immer die pflaumenfarbene Einladung und die orangene Eintrittskarte lagen – und fasste einen Entschluss.

Michael griff nach einer Jacke und der Einladung, öffnete die Tür und ging hinaus, bevor er es sich anders überlegen konnte.

KAPITEL ZWEI

Der Solist

Ein Ton hing hell und klar in der frischen Luft des frühen Abends – ein Ton von solcher Reinheit, dass die Kakophonie der Straßengeräusche, die durch die offenen Balkontüren hereinwehte, ihn nicht übertönen konnte. Passanten, die in dem geschmackvollen Wohngebiet am Rande Wiens unter dem Balkon vorübergingen und hören konnten, wie der Ton in die herannahende Nacht hinaus drang, mochten sich fragen, ob es sich um einen großen, gefeierten Sänger handelte, der sich auf ein Konzert vorbereitete, oder um einen unbekannten Virtuosen, der am Beginn einer wunderbaren Karriere stand. Nur wenige waren sich bewusst, dass es sich um eine Aufnahme handelte, und kaum jemand erkannte, dass diese Aufnahme über zehn Jahre alt war.

Mikaal Gunnar-Galen schaltete den Plattenspieler aus. Dann schaltete er ihn mit einem Zucken seiner Daumen wieder ein, und die reinen, herrlichen Melodien stürmten erneut in den Abend hinaus.

Selbst in einer Stadt, in der musikalische Virtuosität praktisch in den Genen der Kinder liegt, war Mikaal Gunnar-Galen ein noch nie dagewesenes kulturelles Phänomen. Im Alter von drei Jahren trat er den berühmten Wiener Sängerknaben bei und war bald der Mittelpunkt jeder Aufführung. Zwei Dinge wurden schnell offensichtlich: Die üblichen Aufführungsorte, wie bedeutend sie auch sein mochten, konnten seinem Talent nicht gerecht werden, und sein Ego gestattete es ihm nicht, jemals ein echter Ensemblekünstler zu werden.

Als er älter wurde, wurden ihm wegen seiner Fähigkeiten Zugeständnisse gemacht und viele Einschränkungen der Jugendzeit aus dem Weg geräumt, damit er sich stärker auf die Ausbildung seiner Stimme konzentrieren konnte. Für Unterkunft wurde gesorgt, und ein Universitätsstudium lieferte man ihm praktisch an die Haustür, bevor er sich auch nur um eine Bewerbung bemüht hatte. Die Wiener waren weitgehend davon überzeugt, dass der selbe Glücksfall, der Mozart hervorgebracht hatte, in Gestalt dieses blonden Wunderkindes erneut eingetreten war. Sollte es mit seiner Hilfe gelingen, eine neue Identität für Österreich als unangefochtenen kulturellen Mittelpunkt Europas zu schmieden, so musste man auf dem Weg zu diesem Ziel möglichst alle Hindernisse wegräumen.

Obwohl der Wunderknabe nichts dagegen hatte, dass ihm die Wiener die Welt auf einem Silbertablett servierten, hatte er hinsichtlich seiner Karriere andere Pläne.

Galen lehnte die Angebote zahlreicher Opernensembles ab, die er in ihrem Festhalten an Traditionen alle für altbacken und unbeweglich hielt. Stattdessen gründete er sein eigenes Ensemble und bahnte sich in Europa mit den Fähigkeiten eines Caruso und der Entschlossenheit eines jungen Orson Welles seinen Weg. Fast wie Kenneth Branagh, der mit seiner Schauspieltruppe Shakespeare revolutioniert hatte, bot das Gunnar-Galen-Opernensemble die besten Opern dar, die jemals geschrieben wurden, in aufwändig gestalteten Inszenierungen, aufgeführt in den Sälen der Kaiser und Könige. Und Galen spielte alle großen Rollen – das heißt, alle bis auf eine.

Seine erste große Tour wurde in jeder Hinsicht ein erstaunlicher Erfolg. Für Galen war sie jedoch lediglich die Aufwärmphase für das, was eine Karriere beispielloser Errungenschaften zu werden versprach. Aufnahmen seiner Aufführungen hatten ihn reich gemacht, und er konnte sich aussuchen, wann, wo und wie er auftreten wollte. Bald wurde die einmalige Einladung an Galens Ensemble ausgesprochen, eine der alljährlichen Inszenierungen von Wagners Ring-Zyklus im Wagner-Festspielhaus in Bayreuth zu orchestrieren, auszugestalten und aufzuführen – und Galen nahm an. Während der letzten Jahre hatten die verschiedenen Inszenierungen des Rings die ganze Skala von innovativ bis skandalös durchlaufen. Welche Richtung Mikaal Gunnar-Galen der Aufführung auch geben wollte, man würde sie mit offenen Armen und stolzem Lächeln begrüßen. Das jährliche Festival in Bayreuth war ein Symbol nationaler Tradition und Identität, und Galen war zu diesem Zeitpunkt (sehr zum Verdruss der Österreicher) Deutschlands liebster Adoptivsohn.

Das Ensemble gab eine letzte Aufführung in der Schweiz. Danach würde der Rest des Jahres ganz den Vorbereitungen auf den Ring gewidmet sein.

Da bei der Planung ihrer Aufführungen in Brüssel ein Fehler unterlaufen war, kam das Opernensemble frühzeitig in Luzern an, und bis zum Montagabend waren alle notwendigen Vorbereitungen für die erste Aufführung am Mittwoch getroffen. So blieb den Künstlern ein ganzer Tag, um sich zu entspannen und zu proben oder sich die Sehenswürdigkeiten anzuschauen. Galen entschied sich für letzteres, nachdem er einen Blick auf einige der Sehenswürdigkeiten geworfen hatte, die sich um den Eingang der Aufführungshalle drängten, ganz aus langen Beinen und Lächeln bestanden und bemüht waren, eine der gerade angekommenen Berühmtheiten kennen zu lernen. Was hatte man schließlich davon, eine angehende Berühmtheit zu sein, wenn man seinen Status, Ruhm und Charme nicht für etwas einsetzte, wofür man sich wirklich schämen konnte?

Sie hieß Ella und war das Idealbild eines jungfräulichen Mädchens – auch wenn Galen bereits nach wenigen Minuten allein mit ihr in den Ställen ihres Vaters davon überzeugt war, dass sie keineswegs jungfräulich war und ihr Bestes geben werde, um ihn ob dieser Tatsache überaus glücklich zu machen. Er hielt es zudem für das Klügste, nicht nach ihrem genauen Alter zu fragen.

Sie war ebenso groß wie er, und so konnte er an ihren Ohren knabbern, während er weiter unten vollkommen von ihr eingenommen war. Sie hatte große, volle Brüste und roch ganz leicht nach Orangenblüten. Sie kicherte, als er sich in ihr bewegte, und verschränkte ihre Beine hinter seinem Rücken, um ihn fester an sich zu ziehen.

Das war natürlich keine Situation, die ihm Anlass zu dem Gedanken gegeben hätte, dass sich seine Karriere dem Ende näherte. Ebenso wenig sah er voraus, wie sich dieses Ende gestalten würde.

Er konnte sich an einen schwachen Anflug von Beunruhigung erinnern, der über ihre Gesichtszüge huschte, bevor der Stoß erfolgte, doch zu jenem Zeitpunkt interpretierte er diesen Gesichtsausdruck völlig anders. Später bedauerte er zutiefst, dass er seiner Umgebung nicht mehr Aufmerksamkeit geschenkt hatte – er hätte den Vorfall verhindern können. Dennoch konnte er sich nicht entsinnen, jemals bereut zu haben, dass er sich in diese Situation gebracht hatte.

Der Vater des Mädchens war ein kultivierter Mann: ein Bankier, der normalerweise nicht mit gemeinem landwirtschaftlichen Gerät umging. Doch als er die beiden überraschte, fand er plötzlich die Fähigkeit und Lust dazu, von einer gewissen Kreativität in der Anwendung ganz zu schweigen. Als er dem Eindringling, der seine Tochter bestiegen hatte, die Heugabel von hinten in den Nacken rammte, waren Galens Lippen noch immer fest mit ihrer linken Brustwarze verbunden. Der Fehler war gemacht – die Zinken stießen direkt durch Galens Kehle in ihre Brust und durchbohrten ihr Herz.

Sie starb. Galen überlebte.

Doch er hätte ebenso gut tot sein können.

Die folgende Katastrophe hätte Galen fast vernichtet und erschütterte jeden in seinem Umfeld. Der trauernde Bankier, ein wohlbekanntes Mitglied der Gesellschaft, wurde wegen des Angriffs auf Galen festgenommen, verhört und auf Bewährung entlassen. Den Tod seiner Tochter legte man als tragischen Unfall zu den Akten. Galen selbst verbrachte fast vier Monate im Krankenhaus – zu seinem Glück hatten die Zinken sein Rückenmark und die wichtigsten Blutgefäße verfehlt. Zu seinem Unglück hatten sie jedoch seine Stimmbänder durchbohrt und schwer verletzt. Galen würde nie wieder singen.

Das Opernensemble löste sich notgedrungen auf. Eigentlich spielte das keine Rolle mehr, denn der Medienrummel, der Angriff, Prozess und Skandal umgab, führte zu hastigen Veränderungen des Spielplans in jeder Stadt, in der sie auftreten sollten. Niemand wollte sie haben – schon gar nicht ohne Galen. Wie schlimm es auch im restlichen Europa aussehen mochte, in Österreich hatte man den einstmals viel versprechenden Virtuosen zur persona non grata erklärt: Offiziell existierte er nicht mehr. Innerhalb eines Jahres stand Galen ohne Freunde da, sein berufliches Ansehen lag in Scherben und verblasste bereits im Gedächtnis der Öffentlichkeit, und er war so gut wie bankrott. Er fand nur eine untergeordnete Stelle als Musiklehrer an einer Grundschule in Portugal, wo die Qualität seiner Stimme unwesentlich war und sich niemand für die verblassende Narbe an seinem Hals interessierte.

Während seines gesamten Abstiegs plagte ein einziges, nie stattgefundenes Ereignis in Tag- und Nachtträumen Galens Gedanken: Er war nicht in Bayreuth aufgetreten. Er hatte den Siegfried nicht gesungen. Er hatte seine Chance verpasst.

Der Weg zurück zur Ehrbarkeit war so schwer, wie sein Aufstieg in das musikalische Pantheon leicht gewesen war. Galen bewegte sich tiefer in die Welt der Wissenschaft hinein und bildete seine angeborenen Fähigkeiten zu einem äußerst beachtlichen Talent für Musiktheorie und -analyse aus. Meist schrieb und lehrte er unter einem Pseudonym, und als er genug veröffentlicht hatte, ersetzte er die Bürde, der Musikvirtuose Mikaal Gunnar-Galen zu sein, durch den Titel *Mikaal Gunnar-Galen, Fachmann für Musik.*

Seine Stellung als Lehrer hatte er stufenweise von der Grundschule in Portugal über ein kleines College in Madrid bis zu einem angesehenen Musikkonservatorium in Flandern verbessert. Schritt für Schritt arbeitete er sich nach Bayern und schließlich in seine Heimat Wien zurück.

Die Wiener sind gegenüber Fehlern nicht nachsichtig. Als Künstler war Galen inzwischen nahezu vergessen. Als Akademiker hatte er es jedoch zu einigem Ansehen gebracht und erhielt eine Teilzeitstelle als Stellvertretender Chorleiter des Instituts für Musik an der Universität Wien. Es sollte nicht lange dabei bleiben.

Ungeachtet der Fehler seiner Jugendzeit und des Schadens an Stimme und Seele, besaß Galen noch immer ein beachtliches Ego und einen ebenso ansehnlichen Drang, sich hervorzutun – nicht alle seine früheren Erfolge waren auf angeborenes Talent oder Geschenke von Staatsseite zurückzuführen. Innerhalb von sechs Monaten wurde er zum Vollzeit-Assistenten, und noch vor Ende des Jahres war er Chorleiter. Am Ende seines zweiten Jahres in Wien hatte er den Vorsitz über die Abteilung für Musik inne, und vier Jahre später konnte er den Posten eines Vizerektors übernehmen. Auch wenn seine Rückkehr nach Wien etwas leiser vonstatten gegangen war als seine Abreise, schien sie nun abgeschlossen zu sein.

Als Teil seiner administrativen Pflichten sollte Galen am frühen Nachmittag an einer Anhörung teilnehmen. Es ging darum, ob der Posten eines Gastprofessors und die dazu gehörige Abteilung weiterhin finanziert werden sollten. Der betroffene Akademiker tauchte nicht auf, und das gesamte Komitee tat fast zwei Stunden lang wenig mehr, als wütend vor sich hin zu starren. Die Zukunft der Abteilung und des abwesenden Professors sah nach Galens Meinung nicht allzu rosig aus.

Er hatte den Abend damit verbringen wollen, eine Mitteilung an den Rektor zu schreiben, in der er vorschlug, die Machtbefugnisse der Vizerektoren so zu erweitern, dass sie einige der Pflichten mit einschlossen, die im Moment vom Akademischen Senat übernommen wurden. Doch aus irgendeinem Grund konnte er einfach nicht aufhören, seine alten Aufnahmen abzuspielen: alle Rollen, die er gespielt hatte, eine nach der anderen, und die eine Rolle, die er nicht gespielt hatte. Als er bei Siegfried angelangt war, sang er im Geiste leise mit. Aus irgendeinem Grund schien der Abend zu einer Nacht der erlebten und nicht erlebten Aufführungen werden zu wollen. Dieser Gedanke ging ihm gerade durch den Kopf, als er hörte, wie etwas leise unter seiner Tür hindurchgeschoben wurde.

Mit gerunzelter Stirn ging Galen zur Tür und öffnete sie. Im Flur war weit und breit niemand zu sehen, keine Tür wurde hastig geschlossen. Sein Blick verfinsterte sich und er rief den sonst so verlässlichen Portier an. Der aber teilte ihm mit, dass seit einer guten Stunde niemand das Gebäude betreten oder verlassen habe.

Galen schüttelte den Kopf und hob den kleinen pflaumenfarbenen Umschlag auf. Er war an ihn adressiert, trug sonst jedoch keine weiteren Kennzeichen. Möglicherweise ging es um einen Gesellschaftsempfang – im Laufe der Jahre hatte er viele derartige Einladungen erhalten, auch wenn er in seinem zweiten Leben in Wien weniger geneigt war, an ihnen teilzunehmen. Zusammenkünfte dieser Art waren keine Ereignisse, die seine Seele in Entzücken versetzten – jedenfalls heute nicht mehr.

Aus Neugier riss er die versiegelte Briefklappe auf und zog die blaue Karte heraus. Es war keine Einladung zu einer Party, sondern eine Aufforderung, sich eine Vorstellung in einem Nachtclub anzusehen. Man sprach ihn mit Namen an und bemühte sich ganz offensichtlich, ihn durch Schmeicheleien zum Kommen zu bewegen, trotzdem war es keine weltbewegende Einladung. Seine Schlussfolgerung, dass es sich um eine eher zweitklassige Angelegenheit handelte, wurde bestätigt, als er den Umschlag umdrehte und eine billige orangene Eintrittskarte zu Boden flatterte.

Galen knüllte die Einladung zusammen, warf sie in den Aschenbecher neben der Tür und bückte sich dann, um die Eintrittskarte aufzuheben. Dabei warf er noch einmal einen kurzen Blick auf den Umschlag. Ein seltsames Gefühl überkam ihn. Er sah den Umschlag genauer an, glättete dann die Einladung und bemerkte mit einem Mal, was ihn irritiert hatte: Beide waren an ihn adressiert, doch auf unterschiedliche Weise. Die Einladung sprach ihn lediglich als Professor Gunnar-Galen an. Doch der Umschlag selbst war an *Mikaal Gunnar-Galen, Rektor, Universität Wien* gerichtet.

Hätte er sich nicht so sehr auf diesen Unterschied und die möglichen Gründe – vorsätzliche oder sonstige – konzentriert, wäre ihm vielleicht aufgefallen, dass seine Hände zitterten. Galen konnte nicht glauben, dass es sich nur um einen Fehler handelte. Dennoch konnte er die Tatsache nicht leugnen, dass ihm die falsche Art der Anrede auf dem Umschlag im ersten Moment nicht aufgefallen war. Und sie war ihm nicht aufgefallen, weil er sich selbst in Zukunft tatsächlich als Rektor sah; allerdings war dies das erste Mal, dass ihn jemand – außerhalb der Pläne in seinem Kopf – auch so angesprochen hatte.

Der Rektor und die Vizerektoren, die die akademische

Leitung der Universität darstellten, blieben vier Jahre im Amt, und die derzeitige Amtsperiode lief in Kürze aus. Einer der anderen Vizerektoren, ein Linguistik-Professor, dessen Fähigkeiten sich auf die Handhabung von Mikrofiches zu beschränken schienen, stellte keinerlei Bedrohung dar und würde sehr wahrscheinlich nicht wiedergewählt werden. Ein anderer war ziemlich kompetent, mit einem Alter von Dreiundachtzig allerdings wohl auch keine Konkurrenz. Und der dritte Vizerektor war offenbar vor wenigen Tagen einer Art geistigen Besessenheit verfallen und würde voraussichtlich den Rest des Jahres in einem sehr angenehmen Krankenhaus in Linz verbringen und Körbe flechten.

Galen besaß seiner Einschätzung nach die Unterstützung des Senats, doch der Verwaltungsleiter, der das Gleichgewicht der Fakultät ins Wanken bringen konnte, stand hinter dem derzeitigen Rektor Andreas Räder. So blieben ihm drei Möglichkeiten, um sich den Weg in das Büro des Rektors zu ebnen: Er musste entweder die Unterstützung des Verwaltungsleiters gewinnen; Räders Unterstützung gewinnen; oder Räder völlig aus dem Rennen werfen. Alle drei waren problematisch, doch jede würde zum Ziel führen. Und war Galen erst einmal in der gewünschten Position, würde sich jede Taktik, die er auf dem Weg dorthin angewendet hatte, vertuschen und jedes angeschlagene Ego problemlos kaufen lassen.

Noch entscheidender war jedoch, dass Galen als Rektor der Universität Wien in der geeigneten Position sein würde, Einfluss auf eine Reihe prominenter Europäer zu nehmen. Und dadurch würde er den Fehler wieder gutmachen können, der ihn daran gehindert hatte, sich seinen größten Herzenswunsch zu erfüllen.

Der Rektor besaß Einfluss auf Opernintendanten in Berlin, München, Wien, Hamburg, Stuttgart, Frankfurt und Köln, und diese Intendanten beeinflussten gemeinsam die Stiftung, die den zukünftigen Leiter der Bayreuther Wagnerfestspiele berief.

Er besaß Einfluss auf ehemalige Studenten der Universität, unter denen sich Manager von Firmen wie Volkswagen, Siemens und Terminal Entertainment befanden, die allesamt die Wagnerfestspiele in Bayreuth sponserten.

Der Rektor hatte das letzte Wort, wenn es um die Verwendung von Überschüssen aus dem jährlichen Etat der Universität ging, der fast vierhundert Millionen Dollar umfasste. Und die Wahl sollte während des Sommersemesters stattfinden, direkt vor den Wagnerfestspielen in Bayreuth.

Kurz, jemand, der eine so einflussreiche und angesehene Position innehatte wie die des Rektors an der Universität Wien, konnte dort und anderswo verdammt viel erreichen. Sollte also eine solche Person all ihre Mittel und Beziehungen einsetzen, um sich eine sichere Ausgangsposition im Rahmen eines Festivals zu schaffen, dessen kreative und finanzielle Grundlage einer Achterbahnfahrt glich, würde niemand in der Lage sein, ihn davon abzuhalten.

Und wenn ein solcher Jemand während der Vorbereitungen für besagtes Festival einen skandalösen Besetzungsvorschlag machen sollte, wer könnte es ihm verwehren? Insbesondere, wenn er die Schecks unterschrieb?

Zugegeben, es blieb immer noch das Problem, dass er nicht in der Lage war, über längere Zeiträume hinweg zu sprechen, geschweige denn zu singen. Doch Galen war überzeugt, dass er jedes Hindernis überwinden würde, das sich ihm in den Weg stellte, wenn er erst einmal auf die Bühne des Festspielhauses in Bayreuth gelangt war.

Wenn er nur auf diese Bühne gelangen könnte, nur einmal, dann würde er die ganze Welt beherrschen.

Blieb immer noch die Frage, wer die rätselhafte Einladung geschickt hatte und aus welchem Grund man ihn als Rektor anredete. Galen betrachtete die Briefkarte und den Umschlag genauer, dann widmete er sich der Eintrittskarte. Auf der Rückseite stand der Name des Nachtclubs und der Veranstaltungsbeginn: in einer knappen Stunde. Er dachte einen Augenblick nach und griff dann zum Telefon.

Wenige Minuten später erschien ein junger Kurier an Galens Tür, der Sohn des Hausverwalters. Nach einer kurzen Anweisung sauste der Junge den Flur hinunter und verließ das Gebäude.

Galen versuchte ruhig zu bleiben, ging zum Plattenspieler und legte eine Aufnahme von *Orlando Furioso* auf. Dann schenkte er sich einen Drink ein und setzte sich an das offene Fenster. Er versuchte sich einzureden, dass er nur die Abendluft genoss, ertappte sich aber dennoch dabei, wie er von Zeit zu Zeit einen Blick auf die Straße warf und auf die Rückkehr des Jungen wartete. Die erste Seite der Schallplatte war nahezu abgelaufen, Becken wurden geschlagen und Hörner trompeteten in einem Triumph aus Klang und Energie, als er den jungen Kurier die Straße unter dem Fenster entlang eilen sah.

Galen öffnete ihm die Tür und tauschte einige Scheine aus seiner Brieftasche gegen ein gelbes Blatt Papier – einen Handzettel des Clubs, wie sie unter Scheibenwischer geschoben und an Telefonmasten geheftet wurden. Der Junge bedankte sich überschwänglich für das Geld, doch Galen nahm ihn gar nicht mehr wahr. Ebenso wenig bemerkte er, dass die Schallplatte abgelaufen war und das Knistern der Auslaufrille im Zimmer widerhallte. Er starrte voller Ehrfurcht und Ungläubigkeit auf den Handzettel, und sein Gesicht zeigte heftigste Verwirrung.

Den Zettel zierte ein Name, von dem er schon gehört hatte, wenn auch nicht in diesem Zusammenhang, und die entsprechende Person machte alles nur noch rätselhafter, stellte sie doch selbst ein Rätsel dar, seit sie Galen bekannt war. Soweit er wusste, hatte diese Person keinen Grund, ihn in einen Nachtclub einzuladen, geschweige denn, ihn mit

Rektor anzureden. Dennoch war diese Verkettung von Ereignissen so faszinierend, dass Galen ernsthaft darüber nachdachte, an der Veranstaltung teilzunehmen. Er warf einen Blick auf die Kaminuhr und stellte fest, dass er immer noch genug Zeit hatte, zu Fuß zu dem Club zu gehen. Wenn er die Sache allerdings ganz umgehen wollte, würde die Verlockung innerhalb weniger Stunden vorbei sein und er hätte sich erspart, wozu auch immer man ihn einlud. Doch ebenso verpasste er die Gelegenheit, mit jener Person zu sprechen, die möglicherweise darüber Bescheid wusste, dass er Rektor werden wollte. Und diese Angelegenheit sollte vielleicht am besten so schnell wie möglich geklärt werden.

Galen starrte lange aus dem Fenster, wandte sich dann wie unter Zwang seinem polierten Mahagoni-Schreibtisch zu und betrachtete die Briefkarte.

Plötzlich wirbelte er in einer einzigen heftigen Bewegung herum und riss sie vom Schreibtisch. Er stopfte die Einladung und die Eintrittskarte in die Innentasche eines Überwurfs und eilte zur Tür hinaus.

KAPITEL DREI
Im Kabinett des Magiers

Rutland & Burlington´s war ein ausgesprochen vielseitiger Nachtclub. Er lag mitten in einem Restaurantviertel, das von den fast neunzigtausend Studenten der Universität frequentiert wurde. Von außen wirkte er eher unauffällig, und es existierte kein Namensschild. Dennoch wartete draußen eine erstaunlich lange Schlange von Gästen.

Michael erreichte den Club um Viertel nach acht, fünfzehn Minuten vor dem angegebenen Veranstaltungsbeginn, und stellte sich an. Das übliche Studentenpublikum drängte sich auf dem Kopfsteinpflaster des Gehsteigs und inhalierte oder schluckte heimlich das, was man im weitesten Sinne als »bewusstseinserweiternde Mittel« beschreiben konnte. Michael erkannte die Joints am Geruch, doch die meisten Tabletten konnte er beim besten Willen nicht identifizieren. Als er vor Jahren einmal im Rahmen eines Lehreraustauschs mehrere Monate durch die Vereinigten Staaten gereist war, hatte er in Albuquerque zur Untermiete bei einem Künstler namens Mike Bomba gewohnt. Bomba war ein lebenslustiger Typ und im allgemeinen das, was man von einem erstklassigen Mitbewohner erwartete: Er war sauber, rücksichtsvoll und hatte nicht die Angewohnheit, nackt in der Wohnung herumzulaufen. Außerdem war er ein begeisterter Kinogänger und schleppte Michael mit, so oft er ihn nur dazu bewegen konnte. Als sie sich das erste Mal zusammen einen Film ansahen, blieb Bomba einen Augenblick lang allein im Auto sitzen und stieg dann mit einem dämlichen Grinsen im Gesicht aus. Er erklärte, dass er lediglich ein »filmerweiterndes Mittel« zu sich genommen habe, und aus Besorgnis, seinen Mitbewohner beleidigt zu haben, bot er Michael den noch immer glimmenden Joint an.

Michael hatte schon in jungen Jahren herausgefunden, dass er auf jede Art von Rauschgift überempfindlich reagierte, und dass allein der Geruch von Gras genügte, um ihm zuerst ein leichtes Schwirren und dann dröhnende Kopfschmerzen zu verursachen. Allerdings spielte Sylvester Stallone die Hauptrolle in dem Film, den sie sich anschauen wollten, und das bedeutete, es würde ihm bestenfalls so vorkommen, als hätten sie sich einen Kurosawa angesehen, und schlimmstenfalls hätte er dröhnende Kopfschmerzen, was bei einem Stallone-Film ohnehin mit fünfzigprozentiger Wahrscheinlichkeit eintrat. Er führte den Joint an den Mund und nahm einen langen, tiefen Zug.

Noch Stunden nach dem Film saß er mit Bomba auf dem leeren Parkplatz im Auto. Tränen flossen in Strömen über ihre Gesichter. »Mann«, sagte Bomba, »ich hab nicht gewusst, dass Stallone so schön sein kann.«

»Ich auch nicht«, erwiderte Michael. »Er ist wunderschön, so wunderschön ... Hee – was ist mit meinen Daumen passiert?«

Seither hatte er nie wieder Gras geraucht. Er fragte sich allerdings, warum ihn ausgerechnet jetzt die Erinnerung an jenen Augenblick mit einem seltsamen Gefühl der Vorahnung erfüllte.

Michael reckte seinen Kopf aus der Schlange und überlegte, wann man mit dem Einlass beginnen werde, als er sah, wie sich vom anderen Ende der Straße ein eleganter, gut gekleideter Mann näherte, dessen Haltung und Auftreten in krassem Gegensatz zu seiner Umgebung standen. Er trug förmliche Abendkleidung, mit einem hohen, gestärkten Kragen und einem dunklen Trenchcoat, der vermutlich mehr gekostet hatte, als das Jahreseinkommen jeder Person betrug, an der er vorbeiging. Es war nicht allein seine Kleidung, die ihn abhob – schließlich befand man sich in Wien, und viele der Passanten hatten sich in Schale geworfen –, sondern ebenso die Art, wie er ging, als würde sich hinter ihm ein Umhang aufbauschen, der dafür sorgte, dass ihn jedermann bemerkte.

Er blieb kurz am Eingang stehen und blickte nach links und rechts. Dann drehte er sich in Michaels Richtung und ging die Schlange entlang auf ihn zu. Als er näher kam, trafen sich ihre Blicke, und er schien dabei etwas zu bemerken, das ihn inne halten ließ.

»Entschuldigung«, sagte Michael freundlich, »kennen wir uns?«

Der Mann zögerte leicht, als sei er es nicht gewohnt, nicht sofort erkannt zu werden. »Ich nehme es an. Ich bin Mikaal Gunnar-Galen, Vizerektor an der Universität.«

»Natürlich, natürlich«, sagte Michael, schlug sich gegen die Stirn und streckte die Hand aus. »Michael Langbein. Es tut mir Leid, dass ich Sie nicht erkannt habe – ich schätze, ich bin einer von den Dozenten, denen es genügt, innerhalb der Grenzen ihres eigenen Rattennests zu bleiben.«

»In der Tat«, sagte Galen. »Welche Ironie, dass wir uns heute Abend begegnen, wenn man bedenkt, dass ich just an diesem Nachmittag eine Menge Zeit in der Erwartung verbracht habe, Sie zu treffen.«

»Wie meinen Sie das?«

»Schon gut«, sagte Galen. »Was hat Sie an diesem Abend aus dem Haus gelockt?«, fragte er, und musterte die noch immer unbewegliche und weiter wachsende Schlange. »Ein Spaziergang? Oder treffen Sie vielleicht Freunde zum Abendessen?«

»Nein«, sagte Michael. »Ich bin heute Abend allein unterwegs. Und ich vermute, ich werde mir irgend eine Vorstellung ansehen, wenn man uns jemals einlässt.«

»Mmm. Verzeihen Sie meine Vermessenheit, Professor, aber diese Sorte von Veranstaltung, an einem solchen Ort, sieht mir nicht gerade nach Ihrer Art von Entspannung aus.«

»Ich wurde eingeladen.«

»Genau wie ich. Das Ganze hat nicht zufällig etwas mit

›einer Angelegenheit von höchster Wichtigkeit, im akademischen wie historischen Sinne‹ zu tun?«

Michael starrte ihn mit offenem Mund an. »Woher wissen Sie ...?«

Galen hielt einen pflaumenfarbenen Umschlag hoch, der mit jenem identisch war, den Michael erhalten hatte.

»Nun«, sagte Michael schicksalsergeben, »ich frage mich, in welcher Klemme unser rätselhafter Gastgeber sitzt, dass er die Unterstützung eines Professors für Ältere Literatur benötigt und die eines ... Was war es gleich, das sie unterrichten?«

Die Andeutung eines finsteren Blicks glitt über Galens Gesicht, bevor er antwortete: »Musiktheorie. Aber unser Gastgeber ist nicht ganz so rätselhaft.«

»Wie meinen Sie das?«

»Lesen Sie den Handzettel«, sagte Galen und reichte ihm ein gelbes Blatt, das mit auffälliger schwarzer Schrift bedeckt war. »Er ist Zen-Illusionist, was immer das sein mag. Er nennt sich Obskuro.«

Die dünne Schicht Sägemehl, die den Boden bedeckte, war ein erstes Anzeichen dafür, dass es sich nicht um einen gewöhnlichen Nachtclub handelte – eine Schlussfolgerung, die sich bestätigte, wenn man einen Blick auf die Speisekarte warf, die die Größe einer Boulevardzeitung hatte und das Bildnis eines fröhlichen Mexikaners mit einem Sombrero auf der Vorderseite trug, auch wenn nichts auf der Speisekarte im Entferntesten als mexikanisch zu bezeichnen war. Das Angebot schien hauptsächlich aus alkoholischen Getränken ungewisser Herkunft sowie Wiener Gebäck zu bestehen, und – der Kartenrückseite zufolge – aus verschiedenen Körperpflege- und Hygieneprodukten.

Nach einer scheinbar endlosen Wartezeit wurden schließlich die Leute eingelassen. Michael und Galen zeigten einem mürrischen, bärtigen Mann mit dunklem Teint und tiefsitzendem Hut ihre Eintrittskarten und betraten den Hauptraum durch einen mit Vorhängen abgetrennten Eingangsbereich. Es gab etwa zwanzig Tische, die in Dreiergruppen über eine rechteckige Fläche verteilt standen. Am einen Ende des Raums befanden sich Bar und Küche, am anderen eine kleine, improvisierte Bühne, die von Vorhängen verhüllt wurde und aus zwei Treppen und einer Plattform bestand.

Links von der Bühne lehnte eine schöne, alte Staffelei, aufwändig geschnitzt mit geschwungenen Schnörkeleien und plastisch ausgeführten Putten, die eine aluminiumgerahmte schwarze Tafel trug, wie sie für Speisekarten in Kaffeehäusern benutzt wurden oder in Konferenzhallen, in denen Bankette für Freimaurer veranstaltet wurden. Darauf kündigten winzige weiße Buchstaben die Höhepunkte des Abendprogramms an, wenn auch mit einem fragwürdigen Maß an Glaubwürdigkeit: *Der meisterhafte Zen-Illusionist OBSKURO vollbringt wundersame und erstaunliche Kunststücke – nur heute.*

Auf den Tischen lag ein grober, grau-grüner Stoff und sie wurden von einem ziemlich kleinen, behäbigen Mann bedient, der bis auf seinen Bart ein identisches Gegenstück des Kartenabreißers war. Michael und Galen wählten einen Tisch auf der linken Seite, etwa drei Meter von der Bühne entfernt, und gaben dem Kellner ein Zeichen.

»Ja?«, sagte der barsch. »Was woll´n Sie?« Er sprach Deutsch, allerdings mit einer seltsamen Betonung, als habe er es von Cornflakes-Packungen gelernt.

»Ich hätte gern einen Wodka Orange«, erwiderte Galen.

»Und ich nehme einen ... ähm, einen Gin Tonic«, sagte Michael.

Der gedrungene kleine Mann schüttelte heftig den Kopf – einer räudigen Katze nicht unähnlich, die sich schüttelt, nachdem sie in einen Fluss getaucht worden war. »Nee – hab kein Wodka und hab kein Gin.«

Galen stieß einen Seufzer der Enttäuschung aus und verdrehte seine Augen gen Himmel, während Michael die Speisekarte genauer unter die Lupe nahm. Der Kellner fing an, ungeduldig mit dem Fuß auf den Boden zu klopfen. Andere Gäste hatten sich bereits erwartungsvoll niedergelassen und hielten Ausschau nach der einzigen Bedienung.

Michael sah zu Galen auf. »Macht es Ihnen etwas aus, wenn ich uns einfach einen Krug von irgendwas bestelle? Ich lade Sie ein.«

Galen zuckte unverbindlich die Schultern und Michael deutete auf die Speisekarte. Der kleine Mann kritzelte etwas auf seinen Bestellblock und eilte davon. Wenige Minuten später kehrte er mit einem Krug Wodka Cola und zwei Tuben Zahnpasta mit Pfefferminzgeschmack zurück. Galen warf einen Blick auf die Ausbeute und sah Michael fragend an.

»Schauen Sie mich nicht so an«, protestierte Michael. »Ich hatte Bier bestellt.«

»Sie verlangen nach Bier und er bringt uns Wodka Cola und Zahnpasta?«, fragte Galen verärgert, während er den Hals reckte und sich nach dem mürrischen Kellner umsah.

»Äh, die Zahnpasta ist für mich«, gab Michael zu. »Sie ist mir vor einigen Tagen ausgegangen und ich dachte, wenn ich schon mal hier bin ... Trotzdem, Wodka Cola?«

Galen murmelte einen Fluch und schob ihm sein Glas hin.

»Ich höre schon seit Monaten von diesem ›Obskuro‹«, sagte Galen, »seit er im letzten Herbst an der Universität angefangen hat. Soweit ich weiß, sind seine Vorstellungen ziemlich ungewöhnlich, selbst für einen Illusionisten.«

»Mmm«, sagte Michael. »Und Sie sagen, er sei ein Student?«

»Nein«, antwortete Galen mit einer Spur Selbstgefälligkeit.

»Er gehört zum Lehrkörper. Sie haben vielleicht Anfang des Jahres von ihm gehört – das Wunderkind, das nur einen Namen hat?«

Michael blickte mit neu erwachtem Interesse zu der immer noch leeren Bühne hinüber. »Wollen Sie damit sagen, dass der Zauberer, den wir uns ansehen werden ... «

»Illusionist.«

»Was auch immer – in Wirklichkeit jene neue Berühmtheit ist, der Kopf der Abteilung für Mathematik an der Universität?«

»Genau der.«

»Interessant. Haben Sie irgendeine Ahnung, warum er uns einladen wollte? Ich meine, ich kann zwischen den drei Fachrichtungen nicht eben viele Zusammenhänge erkennen, nicht einmal irgendwelche gemeinsamen Interessen, wenn ich ehrlich bin.«

»Da haben sie Recht – obwohl ich in Ihrer Abhandlung über angelsächsische bardische Formen einige interessante Ideen entdeckt habe.«

Michael lächelte geschmeichelt und mehr als ein wenig überrascht. »Sie lesen meine Artikel?«

»Hin und wieder, wenn sie sich mit meinen eigenen Interessen überschneiden«, antwortete Galen. »Als Vizerektor gehört es zu meinen Pflichten, über alle wissenschaftlichen Veröffentlichungen der Fakultät auf dem Laufenden zu bleiben. Aber einige ihrer Schriften waren nicht ohne einen gewissen Reiz.«

»Äh, ich danke Ihnen«, sagte Michael. »Publizieren Sie selbst?«

Galen rührte in seinem Getränk, blickte zur Bühne hoch und sah dann wieder seinen Tischgenossen an. »Nein, nur noch ganz selten. Seit ich nicht mehr auftrete, habe ich auch das Schreiben fast sein gelassen. Meist beschränke ich mich auf Vorlesungen.«

»Sie sind früher aufgetreten?«

Galens Augen weiteten sich, als könne er nicht glauben, was er da gefragt wurde. Dann verdüsterten sie sich wieder und seine Augenlider sanken schwer herab, als er antwortete. »Ich bin oft aufgetreten. Das ist allerdings schon einige Jahre her.«

»Es tut mir Leid, dass mir das entgangen ist«, sagte Michael aufmunternd, dem die Veränderungen im Gesichtsausdruck seines Tischgefährten entgangen waren. »Wenn Sie vielleicht ...«

Er hielt inne, als die Beleuchtung des Raumes flackerte, erst einmal, dann noch einmal. Der Vorstellung würde gleich anfangen.

Die Lampen im Club gingen langsam aus und ließen nur den matten Schein der Teelichter zurück, die auf einigen Tischen standen. Dann drang eine sanfte Stimme aus der Dunkelheit.

»Alles, was es auf der Welt gibt, ist Berührung und Deutung.«

Während der unsichtbare Sprecher dies sagte, wurde ein einzelner Scheinwerfer auf den geschlossenen Bühnenvorhang gerichtet. Durch den Schlitz erschienen zwei Hände, die Handflächen dem Publikum zugewandt.

Michael blickte zur Lichtquelle zurück und stellte erstaunt fest, dass es keine gab.

Die Stimme sprach weiter. »Eine Berührung ist jener Augenblick, in dem wir zu uns selbst geführt werden und die Welt zu uns. Eine Berührung festigt, bestätigt, überzeugt. Eine Berührung schafft die Grundlage, auf der wir unser Verständnis des uns umgebenden Universums aufbauen.«

Die Hände falteten sich, als würden sie sich waschen. Dann nahmen sie die Stellung des bekannten Kinderzaubertricks ein, bei dem ein Zeigefinger, der über beide Daumen gelegt wird, von denen einer eingeknickt ist und der andere sichtbar bleibt, einen der Daumen scheinbar von der Hand abtrennt.

Einige der Gäste, viele davon abgestumpfte Intellektuelle, ließen ein lautes Stöhnen vernehmen.

»Jede Wechselwirkung, jedes echte Verständnis findet im Augenblick der Berührung statt. Ohne Berührung kann nichts bewiesen werden. Deshalb ist Berührung von entscheidender Bedeutung.«

In diesem Augenblick vollführten die Hände den Daumentrick – mit beiden Daumen – und warfen sie geradewegs in das fassungslose Publikum.

Niemand schrie oder sprang auf, allerdings schnappten nicht wenige nach Luft und einige der Gäste bekreuzigten sich. Einer der Daumen war mit seinem runden, blutleeren Stumpf auf einen der unbesetzten Tische vor der Bühne gefallen. Der andere war vom selben Tisch abgeprallt und lehnte an der unteren Treppenstufe auf der rechten Bühnenseite. Die nunmehr daumenlosen Hände drehten sich langsam, um allen eine vollständige, ungehinderte Sicht zu ermöglichen und zu zeigen, dass es weder diskret versteckte Finger gab, noch die Daumen verdeckt waren. Sie befanden sich einfach nicht mehr an den Händen.

Ein untersetzer Mann links von dem Tisch mit dem Daumen stand auf und wollte zum Ausdruck zu bringen, was jeder im Raum empfand: dass es ein kindischer und dilettantischer Trick für einen Illusionisten war, eine Vorstellung damit zu beginnen, ein paar falsche Plastikdaumen auf Gäste zu schleudern, die gutes Geld bezahlt hatten, um ihn zu sehen, obwohl sein Ankündigungsschild miserabel war und er weder über interessante Requisiten oder Tiere noch über eine Assistentin mit hübschen Brüsten verfügte, wie jeder andere Künstler in seiner Branche, der etwas auf sich hielt.

Zumindest hatte er das sagen wollen. Was er tatsächlich sagte, war unklar und klang ein wenig wie »Ürk« oder »Gürk«, und niemand sonst sagte etwas, denn alle hatten das selbe gesehen wie er – genau im selben Augenblick. Fairerweise muss man sagen, dass »Gürk« nicht die peinlichste aller Reaktionen war – nicht wenn sich der Himmel grün färbte oder Wasser sich in Karotten verwandelte oder ein Hund in eine Preiselbeertorte. Oder Daumen, von denen man angenommen hatte, sie bestünden aus Plastik, plötzlich zu geschäftigem Leben erwachten.

Die Zuschauer sahen sprachlos zu, wie der Daumen auf dem Tisch einen Moment lang zappelte, sich dann umdrehte und wie ein dicker, zentimeterlanger Wurm mit einem glänzenden Panzer auf die Tischkante zukroch. Einige Leute zuckten zusammen, als er auf den mit Sägemehl bedeckten Boden fiel und einen schnurgeraden Weg zu seinem Gefährten neben der Treppe einschlug, der sich jetzt ebenfalls krümmte.

An der Treppe begannen die Daumen zusammenzuarbeiten. Obskuro war offenbar Rechtshänder, denn der rechte der beiden war stärker. Er hielt den schwächeren Finger im Gleichgewicht und stieß ihn nach oben, bevor er selbst einen Satz über die Kante machte, wo ihm der andere herauf half. Dann begann der Tanz von vorn.

Achtmal beobachteten die ungefähr siebzig Augenzeugen im Publikum atemlos, wie sich dieser Bewegungsablauf wiederholte, während die kriechenden Fleischstummel zur Mitte der Bühne wanderten, genau unterhalb der Hände. Die Daumen hielten inne, als würden sie um Erlaubnis bitten, und verschwanden dann unter der verblichenen Samtkante der geschlossenen Vorhänge. In dem Lichtkreis eineinhalb Meter darüber ballten sich die Hände, die sich weder bewegt hatten, noch verschwunden waren, zu Fäusten. Einen Augenblick später öffneten sie sich, mit den Handflächen nach außen – acht Finger, zwei Daumen, beide fest angewachsen, beide in funktionsfähigem Zustand, kein Blut, kein Aufruhr, kein Durcheinander.

Der Lichtkreis weitete sich langsam aus, bis er eine Größe erreicht hatte, die es dem Besitzer der Hände gestattete, auf die sichtbare Bühne zu treten.

»Seid gegrüßt und wohl bekomm´s«, säuselte der geschmeidige, äußerst scharfsichtige junge Mann, der hervortrat, die Arme einladend ausgebreitet. »Beachten Sie bitte, dass meine Finger meine Hände zu keiner Zeit verlassen haben«, sagte er ernst. »Meine Daumen jedoch haben andere und weiterreichendere Ziele. Ich bin Obskuro, und wenn der Abend gut verläuft, können wir vielleicht etwas lernen, während ich Sie unterhalte. Wenn nicht, dann werden sich zumindest diejenigen unter Ihnen, die Wodka Cola trinken, morgen nicht mehr an diese Erfahrung erinnern.«

»Wovon spricht er?«, flüsterte Galen, der sein Getränk noch nicht angerührt hatte.

»Die Cola«, antwortete Michael. »Sie muss mindestens 40 Prozent haben.«

Beide warfen dem Kellner einen fragenden Blick zu, der seinen Unterkiefer vorschob und ihnen den aufgerichteten Daumen entgegenhielt.

Obskuro sprach weiter. »Für meine nächste Vorführung brauche ich einen Freiwilligen. Ist jemand mit einem künstlichen Bein im Publikum? Holz wäre ideal, aber jedes andere Material tut es auch.«

In der Menge breitete sich ein Kichern aus, ebenso einige ungläubige Bemerkungen, doch nach dem Daumentrick war niemand wirklich geneigt, allzu laut zu sprechen.

»Aha!«, rief Obskuro aus, und zeigte triumphierend auf eine dunkle Ecke im hinteren Teil des Raumes. »Sind wir fündig geworden?«

»Ja«, sagte die Frau, die aufgestanden war und errötete. »Ich habe ein Holzbein.«

»Großartig, großartig!«, sagte Obskuro. »Liebe Freunde, heute ist tatsächlich eine Nacht der Wunder! Kommen Sie, kommen Sie, gute Frau«, sagte er, während er ihr bedeutete, zur Bühne zu gehen. Sie begab sich zur Stirnseite des Raumes und entschuldigte sich mit einem schüchternen Lächeln, als sie Galen im Vorbeigehen streifte. Der Illusionist nahm sie bei der Hand und führte sie die Treppe hinauf, griff dann über seinen Kopf und zog einen Stuhl aus dem Nichts.

»Mein Gott«, rief Michael leise aus. »Wo hatte er den versteckt? Es gibt da oben kaum Lampen, geschweige denn einen Ort, an dem man einen Stuhl verbergen könnte.«

Galen kniff nur die Augen zusammen und schaute weiter zu.

Obskuro setzte die Frau, die um die Vierzig war, leicht rundlich und von dunkler Schönheit, direkt in der Mitte der Bühne auf den Stuhl. Er sah sie mit einem durchdringenden Blick an, legte dann eine Hand auf ihre Brust und die andere auf ihr rechtes Bein.

»Woher er wohl gewusst hat, welches das Holzbein ist?«, sagte Michael.

»Psst«, zischte Galen, »ich will zuhören.«

Obskuro blickte der Frau konzentriert in die Augen. Sie bewegte sich nicht und wagte kaum zu atmen. Die Zuschauer in der ersten Reihe konnten das schwache Heben und Senken ihrer Bluse sehen, wenn sie einatmete, und das leichte Flattern ihres Herzschlags, wo seine Hand auf ihrer Brust lag. Seine andere Hand zeichnete langsam eine unsichtbare Tätowierung auf ihrem Oberschenkel nach, glitt dann zu ihrem Knie hinunter und weiter zu ihrer Wade. Konzentriert zog er die Augenbrauen zusammen und bewegte seine Hand weiter hinab zu ihrem Schienbein, ihrem Knöchel, dann zu ihrem Fuß – und plötzlich leuchtete ein Funke in seinen Augen auf und er bedachte sie mit einem strahlenden Lächeln.

»Ihr Fuß und Ihre Zehen, um genau zu sein. Das ist es, was Ihnen fehlt, nicht wahr?« Er flüsterte leise, doch so eindringlich, dass man ihn überall im Club, in dem es so still war, dass man eine Stecknadel hätte fallen hören, deutlich verstehen konnte. »Durch das Gras im Wienerwald zu laufen, zu den Wasserfällen – das war das Gefühl, das Sie am meisten vermissen, seit Sie Ihr Bein verloren haben, nicht wahr?«

Sie nickte. Tränen liefen ihr über das Gesicht. »Ja«, flüsterte sie. »Als ich klein war, nahm mich mein Vater immer auf lange Waldspaziergänge mit und nachdem ich bei dem Unfall mein Bein verloren habe ... «

»Ganz ruhig«, wisperte der Illusionist. »Konzentrieren Sie sich. Richten Sie Ihre Aufmerksamkeit nur auf mich. Ich möchte, dass Sie mir jetzt gut zuhören. Ich kann Ihnen Ihr Bein nicht zurückgeben. Aber ich kann Ihnen helfen, das wiederzuerlangen, was Sie am meisten vermissen. Das kann ich tun, weil Berührung stärker ist als Deutung und niemals wirklich verlorengeht. Vertrauen Sie mir? Werden Sie mir vertrauen?«

Ein Nicken. Ein Zögern. Dann ein erneutes Nicken, dieses Mal entschlossener.

Obskuro lächelte zustimmend, schloss dann seine Augen und ließ den Kopf auf die Brust sinken. Einen Augenblick lang schien es, als sei nichts geschehen. Plötzlich öffneten sich die Augen der Frau weit, und sie sprang vom Stuhl auf. Der Illusionist trat mit schweißgebadetem Gesicht aus dem Rampenlicht und sah zu.

Sie stand zitternd da und schaute ungläubig auf ihre Füße hinunter. Im Publikum hatte sich ein Murmeln ausgebreitet, denn niemand hatte eine Ahnung, was auf der Bühne vor sich ging, oder ob überhaupt irgendetwas geschehen war. Da streifte die Frau ihre Schuhe ab, zog die Hosenaufschläge hoch und enthüllte zwei gesunde menschliche Füße mit zehn beweglichen Zehen.

»Ach, das ist Schwindel!«, sagte der untersetzte Mann vor der Bühne laut. »Sie steckt mit ihm unter einer Decke. Woher sollen wir wissen, dass sie jemals ein künstliches Bein gehabt hat?«

Als Antwort darauf zog die Frau wie in Trance ihre Hosenbeine weiter hoch und enthüllte rosa Fleisch auf der linken Seite ...

... und auf der rechten, direkt über dem Knöchel, poliertes, glänzendes Walnussholz.

Sie setzte sich unbekümmert auf den Stuhl und zerstreute weitere Betrugsvorwürfe, indem sie ihre Hose auszog: erst das linke Bein, dann das rechte. Schließlich stand sie entblößt da, eine tränenüberströmte Venus, vor aller Augen wiedergeboren. Auf der rechten Seite, unterhalb des Spitzenbesatzes ihres Höschens, befand sich etwas, das aussah wie ein Strumpfhalter aus der Eisenzeit, der eine schwere hölzerne Prothese hielt. Das dunkle Holz war hier und da von glänzenden Metallscharnieren durchbrochen, die für die Beweglichkeit von Knie und Knöchel sorgten. Aber unterhalb dieser Konstruktion befand sich lebendiges Fleisch.

Obskuro blieb im Schatten und beobachtete schweigend die Reaktion seines Publikums. Vor allem beobachtete er seine beiden geladenen Gäste, die jedoch – wie jeder andere im Raum – zu verblüfft waren, um das zu bemerken.

»Erstaunlich«, stotterte Michael.

»Es könnte eine Art Hohlform sein«, sagte Galen. »Ich wüsste zwar nicht wie, aber ...«

Ein ähnlicher Gedanken fing an, im Raum die Runde zu machen, doch kein anderer hatte ihn bisher ausgesprochen, als die Frau im Stehen nach unten griff, das Geschirr aufschnallte ...

... und ihr Bein abnahm.

Daraufhin trat Obskuro vor und half ihr, zum Stuhl zurückzuhüpfen. Sie hielt das Bein wie ein Kind an sich gedrückt, und er legte erneut eine Hand auf das glatte Holz und die andere auf ihre Brust.

»Schließen Sie die Augen«, sagte Obskuro, »und denken Sie an die Wälder, durch die Sie als Kind gelaufen sind. Das ist keine erfundene Geschichte und kein Märchen – Sie waren dort und Sie haben das Gras gespürt, taunass und scharfkantig zwischen Ihren Zehen; das Rascheln von gefallenem Laub, das sich noch nicht verfärbt hat.«

Während er sprach, bogen sich die Zehen am unteren Ende des Beines langsam nach innen, streckten und rollten sich ab, als wanderten sie einen unsichtbaren Pfad entlang. Obskuros Augen zuckten kurz nach unten, dann beugte er sich weiter vor und flüsterte in einer rauchigen, monotonen Stimme, die im ganzen Raum hörbar war. Die Kerzen warfen Schatten in die Luft, die sich zu verdichten schienen, und es sah aus, als nehme das verstreute Sägemehl einen grünlichen Farbton an. Von draußen drang kein Geräusch herein und sogar das Geklapper aus der Küche war verstummt. In diesem Augenblick existierte nichts außer der Erinnerung an eine Berührung, die durch das eindringliche Flüstern eines kleinen, ernsthaften Illusionisten an Dutzende von Leuten weitergeleitet wurde, und die normalen Bewegungen eines Phantomfußes, die in Trance und Rauch Wirklichkeit geworden waren.

Das Flüstern wurde unhörbar, als Obskuro näher an ihr Ohr heranrückte und mit seinen Händen sanften Druck ausübte. Sie flüsterte eine Antwort und einige der Gäste begannen sich leicht unbehaglich zu fühlen, als seien sie Zeugen eines Geschlechtsaktes, was in gewissem Sinne auch der Fall war. Er zeichnete weiter die feinen Muster auf dem Holz nach, das in dem trüben Licht wie Ebenholz aussah. Ihre Hände, mit denen sie es umklammert hielt, spannten und entspannten sich in einem willkürlichen Rhythmus. Schweiß stand in glänzenden Perlen auf seinem Gesicht und seinen entblößten Unterarmen, und er beugte sich so weit zu ihr vor, dass seine Zunge hin und wieder leicht ihre Haut berührte. Seine Finger glitten kaum merklich auf ihre Brust, und er fühlte, wie sie sich ihm entgegenschob. Sie atmete schneller und ihre Zehen rollten sich an beiden Füßen noch fester zusammen. Er hob sein Kinn und sprach mit durchdringenderer Stimme. Ihre Augen verdrehten sich und sie versteifte sich im Sitzen. Ihre Oberschenkel schlossen sich um den feuchten Fleck, der sich auf dem Spitzenbesatz ihrer Unterwäsche bildete und ihr Atem kam in kurzen, schnellen Stößen. In dem Moment, als ihre Füße sich abrupt hochwölbten, konnten die Zuschauer den metallisch blauen Nagellack auf den Nägeln ihres linken Fußes sehen, und reine, durchsichtige Nägel auf der rechten Seite.

Nach einer Weile öffneten sich langsam ihre Augen, und sie sah den Illusionisten an, der ihren Blick erwiderte. Vorsichtig hob er zunächst eine Hand, dann die andere und trat zurück. Er kniete nieder und hob ihre zerknitterte Hose auf; dann half er ihr, das Bein wieder zu befestigen und zog den Vorhang vor, damit sie sich ungestört wieder anziehen konnte.

Nur drei Leute im Raum, Obskuro eingeschlossen, bemerkten, dass der rechte Fuß der Frau wieder aus dunklem, nahtlosem Holz bestand.

Er ließ seinen Blick über die Tische schweifen und verbeugte sich langsam und majestätisch. Michael eröffnete das von Herzen kommende, wilde Klatschen, unmittelbar gefolgt von Galen und dem untersetzten Zweifler vor der Bühne. Dann explodierte der Raum in donnerndem Applaus.

Die Lichter gingen wieder an und der Kartenabreißer gab bekannt, dass eine kurze Pause folgen werde. Michael bestellte noch einen Krug Wodka Cola – Galen stürzte das Getränk inzwischen mit großer Hast hinunter, begleitet von einigen Gebäckstücken. Die Frau, die auf die Bühne gegangen war, trat hinter dem Vorhang hervor. Ihr Gesicht war noch immer gerötet, obwohl sie sehr viel beherrschter wirkte als während der Vorführung. Sie nahm in der Nähe einiger anderer Gäste Platz, doch niemand wollte mit ihr über das ungewöhnliche Erlebnis sprechen, das bei Licht und in der wieder aufgenommenen Geschäftigkeit des Clubs Tage zurückzuliegen schien.

In Michaels Kopf wirbelten Spekulationen und Mutmaßungen durcheinander. Er wollte Galen gerade einige seiner

Schlüsse mitteilen, als sie eine höfliche Stimme ansprach: »Professor Gunnar-Galen, Professor Langbein – ich danke Ihnen, dass Sie gekommen sind. Es freut mich sehr, dass Sie das einrichten konnten.«

Obskuro, der Zen-Illusionist, stand an ihrem Tisch. In der Hand hielt er ein Tablett mit einem Krug Wodka Cola und zwei Schokoriegeln, und in seinen Augen spiegelte sich das Kerzenlicht.

»Nennen Sie mich Galen.«

»Und ich heiße Michael. Danke für die Einladung.« Michael schüttelte enthusiastisch die Hand des kleineren Mannes, während dieser das Tablett auf den Tisch stellte. Galen wollte gerade etwas sagen, schielte dann jedoch mit einem unverhohlenen Ausdruck des Ekels auf die Schokoriegel.

Obskuro nickte verständnisvoll. »Mr. Rutland und Mr. Burlington beziehen ihre gesamte Versorgung von Lieferanten, die sonst Lebensmittelläden und Tankstellen beliefern«, sagte er, während er ihnen nachschenkte, »und das scheint beim studentischen Publikum gut anzukommen.«

»In Wien?«, schnaubte Michael. »Keine zwanzig Meter entfernt von einem Dutzend der besten Bäckereien Europas?«

»Ich will Ihnen eine Geschichte erzählen«, sagte Obskuro, drehte einen Stuhl herum und setzte sich. »Als ich einmal in Portland war, besuchte ich einen Autor, dessen Hauptanspruch auf bleibende Berühmtheit in einem Comic-Heft bestand, aus dem man einen Kinohit mit einem dieser blonden Starlets gemacht hatte, die mehr aus Silikon zu bestehen scheinen als aus Fleisch und Blut, und diese Tatsache nur mit zwei Punkten und einem Strich verhüllen. In seinem Studio habe ich allerdings seine anderen, weniger bekannten Arbeiten gesehen: Geschichten und Bilder von bemerkenswerter Tiefe und Vielschichtigkeit, die zeigten, dass er ein Künstler mit großartigen und feinen Begabungen war. Ich habe ihn gefragt, wie jemand mit so offensichtlichem Talent so viel

Zeit und Mühe darauf verschwenden konnte, Material auf niedrigstem Sex-und-Knarren-Niveau zu produzieren, wenn er sich doch bedeutenderen Werken widmen könnte. Er hat mich angeschaut, gelächelt und gesagt: ›Manchmal will man eben nur einen Schokoriegel.‹«

Michael prustete lachend seinen Wodka Cola heraus. Galen blinzelte nur.

»Hat Ihnen die Show bisher gefallen?«, fragte der Illusionist.

»Um die Wahrheit zu sagen, wir sind beide ziemlich erstaunt über das, was wir gesehen haben«, sagte Michael aufrichtig. »Äußerst erstaunt.«

»Wirklich?«, sagte Obskuro, mit einer Spur Überraschung, die echt zu sein schien. »Das verstehe ich nicht ganz – sie haben noch gar nicht gesehen, weswegen ich Sie eingeladen habe.«

»Nun«, sagte Michael, »allein die Sache mit den Daumen war den Besuch wert, aber was mit dieser Frau passiert ist ...«

»Das hatte mit mir nur wenig zu tun«, wandte Obskuro bescheiden ein. »Ich habe nicht gesehen, was sie gesehen hat, und ich habe auch niemals ein Bein verloren. Ich habe sie heute Nacht kurz berührt, das stimmt – aber alle Magie, die auf dieser Bühne stattgefunden hat, ist mit ihr zur Tür hereingekommen.«

»Sie meinen, für sie war es Magie«, sagte Galen. »Für uns kann es genauso gut eine Illusion gewesen sein.«

Obskuro zog eine Augenbraue hoch und lächelte dann zufrieden. »Ich sehe, meine Schlussfolgerung ist Ihnen nicht entgangen, Professor. Wenn Sie den Rest des Abends genauso scharfsinnig bleiben, dann kann ich, glaube ich, garantieren, dass Sie Ihre Zeit hier nicht verschwenden. Ach, aber ich sehe, ich muss meinen Auftritt fortsetzen.« Auf ein Zeichen des missmutigen bärtigen Kellners hin stand er auf. »Wenn es den Herrn nichts ausmacht, etwas länger zu bleiben, würde ich mich nach der Vorstellung gern mit Ihnen unterhalten.«

»Sicher«, sagte Galen. »Wir haben noch nicht über diese

Angelegenheit von ›historischer Bedeutung‹ gesprochen, die Sie in Ihrer Einladung erwähnten.«

»Seien Sie unbesorgt, verehrter Professor, das werden wir.«

»Ich habe noch eine Frage, wenn Sie gestatten«, sagte Michael. »Warum ›Zen- Illusionist‹?«

Obskuro sah ihn neugierig an. »Weil Illusionen manchmal das sind, was sie sind, und kein Maß an Zauberei kann diese Wahrheit verbergen.«

»Wie der Fuß der Frau?«, fragte Michael und sah hinüber zu dem Tisch, an dem sie saß und sich bemühte, dem Illusionisten keine scheuen Blicke zuzuwerfen. »Was war da nun die Wahrheit? War es wirklich oder nicht?«

»Ganz genau«, sagte Obskuro. Mit einer leichten Verbeugung wandte er sich um, stieg rasch die Stufen hoch und verschwand hinter dem Vorhang.

Es wurde wieder dunkel. Als Obskuro dieses Mal auf der Bühne erschien, saß er auf einem einfachen Holzstuhl. »Alles, was es auf der Welt gibt, ist Berührung und Deutung. Leider setzt echte Berührung wahre Hingabe voraus, und ein ungeheures Maß an Zeit für diejenigen unter uns, denen nur eine begrenzte Lebenszeit bestimmt ist.« Als der Illusionist dies sagte, hatte Michael das seltsame Gefühl, dass er es absichtsvoll betonte und es ebenso absichtlich vermied, sie dabei anzusehen. »So muss denn der Rest der Menschheit sich mit den flüchtigeren Möglichkeiten der Deutung zufrieden geben und kann nur hin und wieder von einer wirklichen Berührung zehren, wie ein Stein, der über die Oberfläche eines Sees hüpft. Doch Deutung hat einen Vorteil – ihre Macht ist vielfältig und kann viele Menschen gleichzeitig beeinflussen. Und jeder von Ihnen kann die Berührung auf seine Weise erleben, sei es einfach als unterhaltsamer Abend, oder« – er zwinkerte in Richtung eines der

Tische im linken hinteren Teil des Raumes – »als Spaziergang im Wienerwald.«

Obskuro hielt inne. Dann beugte er sich mit funkelnden Augen vor, so dass das Scheinwerferlicht einen schwachen Schatten über seine Gesichtszüge warf.

»Illusionen werden gebildet«, fuhr er mit nebelfeiner Stimme fort, »wenn eine Wirklichkeit auf besondere Weise zur Deutung dargeboten wird.« Während er sprach, hob sein Stuhl schlingernd von der Bühne ab und entfernte sich mehrere Zentimeter weit vom Boden. »Doch sollte nur eine – irgendeine – der Deutungen, die Wirklichkeit als das erkennen, was sie ist, dann bricht die Illusion zusammen.«

Der Stuhl stieg höher und höher. Plötzlich wurde die Stille vom rauen, wiehernden Lachen des untersetzten Mannes in der vorderen Reihe durchbrochen, der mit dem Finger auf die Bühne zeigte. »Hahaha! Eine Stange! Der Stuhl wird von einer verdammten Stange gehalten!«

Wie auf ein Stichwort wurden die Lichter einen Moment lang heller und enthüllten eine breite, samtschwarze Stange, die an der Rückseite des immer noch höher steigenden Stuhls befestigt war. Durch die Vorhänge konnte man kurz einen Blick auf eine elektrische Winde werfen, die leise surrend die Illusion erzeugte.

Der Mann lachte. »Ich wusste es. Ich wusste, dass er nicht ...«

Er hörte auf zu lachen, denn der Stuhl hatte angehalten – und begann sich langsam zu drehen. Sekunden später hatte er eine Drehung um hundertachtzig Grad vollführt und der Illusionist stand nunmehr auf dem Kopf. Obskuro sprach weiter, als habe niemand etwas gesagt.

»Dieser Augenblick der Deutung ist es auch, in dem Magie geschehen kann. Denn wenn eine Deutung stark genug ist, kann sie ihre eigene Wirklichkeit erzeugen – und das sind die Augenblicke, in denen Welten erschaffen werden.«

Während er sprach, stand Obskuro von dem Stuhl auf und schlenderte lässig über dem Publikum die Decke entlang.

Unter dem Staunen und entzückten Flüstern des Publikums folgte der Illusionist dem unregelmäßigen Pfad, der von den Lichtern gebildet wurde, und hielt nur hin und wieder inne, um glitzernden Staub von einer der Glaskugeln zu pusten, die direkt unterhalb seines Kopfes hingen.

»Weiß irgendjemand von Ihnen, was er sieht? Kann mir jemand sagen, dass ich nicht an der Decke laufe?«

»Sie laufen nicht an der Decke«, sagte Galen scherzhaft.

»Nicht?«, sagte Obskuro mit gespielter Überraschung. »Nun gut – ich laufe nicht an der Decke.« Er verbeugte sich tief und einen knappen Herzschlag später stellte sich der gesamte Raum auf den Kopf.

Einige Frauen – und mehr Männer, als es später zugeben würden – schrien auf. Schmuck und Brillen fielen aus offenen Taschen zur Decke hinunter, und die meisten Leute im Publikum klammerten sich verzweifelt an ihre Tische, in dem Bemühen nicht hinunterzufallen, während der Illusionist mit einer Spur Belustigung in seinen Augen zu ihnen aufblickte.

Michael, dem ein wenig schwindlig war, versuchte, sich nicht zu übergeben und starrte auf den Fußboden über seinem Stuhl. »Hee«, sagte er und kaute auf seiner Lippe. »Was hält eigentlich die Stühle unten? Ich meine, oben?«

Galen antwortete ihm gelassen, »Sie bleiben, wo sie sind, weil er an der Decke läuft. Seine Deutung ist die stärkste.«

»Das ist richtig«, sagte Obskuro. »Meine Deutung, und also auch meine Magie.«

Er schnipste mit den Fingern und der Raum kam wieder ins Lot. Die noch immer schwankenden Gäste ließen auf der Suche nach dem Illusionisten ihre Blicke über die Decke wandern, die sich nun wieder an ihrem Platz befand. Obskuro saß bereits auf dem Stuhl in der Mitte der Bühne.

»Und jetzt«, fuhr er mit offenen Armen fort, »möchte ich für meine letzte Illusion um ein paar Freiwillige bitten – sie sollen nicht daran teilnehmen, sondern etwas beisteuern.«

Er griff über seinen Kopf in die Luft und zog einen Zylinder hervor, der so abgetragen war, als habe er schon auf Lincolns Kopf gesessen. Der Illusionist drehte ihn um und blies über seinen Deckel, was etwas Staub aufwirbelte.

»Verzeihen Sie«, sagte er mit einem herzlichen Lächeln, »dieser Hut hat in letzter Zeit nicht viel Verwendung gefunden – jedenfalls keine angemessene Verwendung. Aber ich habe die Erfahrung gemacht, dass die Dinge, die aus einem Hut herauskommen, oft interessanter sind – oder zumindest aufschlussreicher – als diejenigen, die darin verschwinden.«

Obskuro machte eine weit ausholende Geste zur Menge hin. »Also, was sollen wir als erstes hineintun? Ich hab's – hat jemand einen silbernen Kamm? Irgendjemand? Ah, ja, hier haben wir einen«, sagte er, als der Gegenstand zur Bühne vorgereicht wurde. »Vielen Dank. Jetzt brauche ich noch eine Herrenuhr – möglichst eine sehr teure? Haben wir ...? Ah, ja ... danke schön.«

So ging es etwa eine Viertelstunde lang weiter, bis der Illusionist von jedem im Raum einen Gegenstand erhalten hatte, mit Ausnahme von Michael, Galen, der Frau mit dem Holzbein und dem untersetzten Zwischenrufer in der vordersten Reihe. »Sehr gut«, sagte Obskuro zufrieden. »Das ist eine gute Mischung, eine ausgezeichnete Mischung.«

Er machte Anstalten, in den Hut zu greifen, hielt dann jedoch mit erhobener Hand inne. »Aber«, sagte er, »das hier ist auch eine Zaubershow, nicht wahr? Und wie kann ich ohne die richtigen Zauberworte anständig zaubern? Kennt jemand ein Zauberwort, das ich benutzen könnte?«

Die Menge war begeistert darüber, endlich an der Show teilnehmen zu dürfen und bot eifrig althergebrachte Losungen an, »Abrakadabra!« und »Sesam, öffne dich!«, doch Obskuro wischte sie alle beiseite. Er wollte offensichtlich erst weitermachen, wenn er über zufrieden stellende Zauberwörter verfügte.

Einzelne Zuschauer begannen die Namen ihrer Lieblingshaustiere zu rufen – »Molli!«, »Hölderlin!«, »Tiger!«, »Mohrchen!« – ebenso wie alltägliche Dinge – »Mohrrüben!«, »Türklinken!«, »Fensterscheibe!«, »Meerwasser!« – und sogar Nonsenswörter – »Fermel!«, »Miksel!«, »Arrabord!«, »Flurkel!« – doch der Illusionist wollte sich mit keinem zufrieden geben.

Plötzlich schlug er sich vor den Kopf, als sei er sich gerade eines Anfängerfehlers bewusst geworden. »Natürlich! Natürlich funktioniert keines dieser Wörter – Deutung ist eine Illusion, und durch Ihre Anteilnahme bin ich mit zu vielen von Ihnen in Berührung gekommen – sie würden die Illusion durchschauen. Nein, um den Zauber zur Wirkung zu bringen, brauche ich Wörter von jemandem, der nur die Illusion sehen wird – Sie!«, rief er aus und zeigte auf den untersetzten Mann. »Ein Wort! Schnell!«

Der Mann sah sich einen Moment lang um und sagte dann: »Porträt!«

»Gut! Hervorragend! Noch eins! Sie!« Dieses Mal zeigte er auf Michael.

»Äh, urzeitlich?«

»Wunderbar! Fabelhaft! Noch eins!«

»Rückwärts«, schlug die Frau mit dem Holzbein vor.

»Bemerkenswert! Phantastisch! Eins noch!«

»Anfang«, sagte Galen.

»Aha«, sagte Obskuro und deutete auf ihn. »Eines der besten und wunderbarsten Zauberwörter. Jetzt lassen Sie uns nachschauen, was diese Wörter bewirkt haben«, schloss er mit einer schwungvollen Bewegung und tauchte seine Hand tief in den rauchgrauen Hut.

Der erste Gegenstand, den er herauszog, war der erste, der hineingewandert war – der silberne Kamm. »Wem gehört der? Bitte melden Sie sich!« Eine ältere Dame, die in der Nähe der Bar saß, hob ihre Hand. »Vielen Dank, gnädige Frau!«, sagte Obskuro und schleuderte den Kamm durch die Luft. Funkelnd drehte er sich in dem dämmrigen Licht, beschrieb einen anmutigen Bogen und landete in der ausgestreckten Hand seiner Besitzerin ...

... die sich plötzlich in Obskuro, den Zen-Illusionisten verwandelte.

Die sprachlose Menge starrte auf die Stelle, an der sich die Frau befunden hatte und wo nun der Illusionist saß und mit dem Kamm spielte. Die Verwandlung hatte sich übergangslos vollzogen – in einem Moment saß sie da, im nächsten Obskuro ...

... der auf der Bühne mit seiner Vorstellung fortfuhr. Statt eines Illusionisten gab es nun zwei.

»Als Nächstes«, sagte er, als sei nichts Ungewöhnliches geschehen und als sei es vollkommen natürlich, dass er auf der Bühne stand, während er gleichzeitig an der Bar einen Drink bestellte, »hätten wir eine Herrengolduhr.«

»Und eine Uhrtasche«, warf der beleibte bayerische Kaufmann ein, der sie beigesteuert hatte.

»Und eine Uhrtasche«, sagte Obskuro und warf sie dem Kaufmann aus dem Handgelenk zu, der sich, in dem Moment, in dem er sie berührte, in Obskuro verwandelte.

Wieder und wieder zog der Obskuro auf der Bühne Gegenstände aus dem Hut, bedachte sie mit bizarren Erklärungen und warf sie dann dem jeweiligen Besitzer zu, der sich unweigerlich in einen weiteren Obskuro verwandelte. Nach einer knappen Stunde war der Raum voll von identischen Illusionisten, die allesamt Wodka Cola tranken, Schokoriegel aßen und im Übrigen ein äußerst dankbares Publikum abgaben.

Schließlich war der letzte Gegenstand zurückgegeben, der letzte Obskuro verwandelt, und über den Raum legte sich eine erwartungsvolle Stille. Die Vier, die vom ursprünglichen Publikum übrig blieben, saßen wie festgenagelt da, und verspürten mehr als nur ein wenig Beklommenheit und einen Hauch Furcht. Der Illusionist auf der Bühne sah sich um; Anstrengung begann sich auf seinem Gesicht abzuzeichnen. »Äußerst interessant«, sagte er leise, als er den Raum musterte.

»Hier gibt es so viel, was ich für Deutung gehalten hatte und was stattdessen Berührung war. Schauen Sie sich um, Sie Vier – was haben Sie heute Abend gesehen?«

»Ich habe ein Wunder gesehen«, sagte die Frau mit dem Holzbein, »und einen Teil von mir, von dem ich nicht wusste, dass es ihn noch gab.«

»Ich weiß nicht, was ich gesehen habe«, gab der untersetzte Mann aufrichtig zu.

»Nun ja«, sagte Michael, »ich glaube, ich habe den Unterschied zwischen Illusion und Zauberei gesehen.«

»Ich sehe«, sagte Galen und betonte die Gegenwartsform, während er sich im Raum umblickte, »einen Zen-Illusionisten.«

»Wohl gesprochen«, sagte Obskuro. »Und dies ist das Ende unserer Show.« Mit einer Drehung seiner Hand setzte er den Hut auf und einen Augenblick später gingen die Lichter fast vollständig aus. Als sie einige Sekunden später wieder flackernd aufleuchteten, waren alle Personen, alle Kopien von Obskuro verschwunden. Michael, Galen, die Frau und der Mann saßen allein inmitten von zwanzig leeren Tischen.

Die Lichter gingen ein zweites Mal aus, leuchteten dann auf und alles war wieder wie vorher – ein Raum voller Menschen, die aßen, tranken und sich nach Kräften bemühten, Gefallen an einer Vorstellung zu finden, die zugleich verwirrend und Furcht einflößend gewesen war.

Michael und Galen sahen einander mit sprachloser Erschütterung an. Bevor einer von beiden etwas sagen konnte, wurde der Scheinwerfer ein weiteres Mal auf die Mitte der Vorhänge gerichtet, und die inzwischen vertrauten Hände des Illusionisten, die den Hut hielten, erschienen erneut. »Ah«, ließ sich die sanfte Stimme vernehmen, »wir sind noch nicht ganz am Ende, oder? Jede gute Vorstellung verlangt nach einer Zugabe, und ich glaube, das war ein Abend, wie er sich so bald nicht wiederholen wird.«

Die Vorhänge teilten sich, Obskuro trat auf die Bühne und

stieg eine der Treppen hinunter. Mit dem Hut auf dem Kopf schlängelte er sich an den Tischen vorbei direkt auf die Frau in der Ecke zu, die tapfer lächelte, allerdings auch sichtlich zitterte. Der Illusionist erwiderte ihr Lächeln und blickte ihr in die Augen. Dann legte er ihr erneut die Hände auf Brust und Bein – doch anstatt zarte Muster nachzuzeichnen, packte er ihr Bein diesmal mit einer Heftigkeit und einem Druck, dass seine Zähne knirschten und die Sehnen auf seinem Unterarm hervortraten. Sie schrie auf und ein jähes splitterndes Geräusch war zu hören. Die anderen Gäste am Tisch rutschten tiefer in ihre Sitze, und Galen und Michael wollten ihr gerade zu Hilfe eilen, als ihr ängstliches Kreischen sich in einen Schrei der Überraschung und Freude verwandelte.

Obskuro trat zurück und sank gegen die Wand. Die Frau sprang auf die Füße – und beide waren echt. Ihr rechter Fuß war blass und rosa, und deutlich schmaler als der linke, aber er bestand aus Fleisch. Zögernd bewegte sie sich Schritt für Schritt von den Holzspänen und Splittern weg, die sich im Sägemehl um ihren Tisch herum aufhäuften, taumelnd vor Schreck und Ungläubigkeit. Sie sah Obskuro mit tränenerfüllten Augen an und humpelte aus dem Raum, während er ihre unausgesprochene Dankbarkeit mit einem Nicken quittierte.

Wortlos nahm er den Hut ab und trat zu dem Mann, der ihn während der Vorstellung mit Zwischenrufen gestört hatte. Als Obskuro näher kam, stand dieser auf, und der Illusionist musterte ihn von oben bis unten. Obskuro hob eine Augenbraue – eine direkte Frage, und der größere Mann nickte, während er sich auf die Unterlippe biss und seinen Hut in der Hand drehte.

Michael reckte seinen Hals und betrachtete den großen Mann sorgfältig – warum kam er ihm so bekannt vor? Michael war sich sicher, dass er ihm schon einmal begegnet war. Es konnte jedoch kein wichtiger Anlass gewesen sein, sonst würde er sich besser an ihn erinnern. Er gab es schließlich auf – möglicherweise war der Kerl einmal Hilfsarbeiter bei einer Ausgrabung gewesen oder etwas Ähnliches.

Der Illusionist maß den Mann noch einen weiteren Moment mit seinen Blicken, dann griff er in den Zylinder und zog eine Eisenstange hervor, die er dem untersetzten Mann kurzerhand in die Stirn rammte.

»Mein Gott!«, schrie Michael, eine halbe Sekunde nachdem er gesehen hatte, wie Galen aufsprang und Obskuros Arme packte. »Was zum Teufel haben Sie getan?« Die Gäste schrien laut und kletterten über Tische und Stühle, um zum Ausgang zu gelangen. Wenige Augenblicke lang befand sich der Illusionist im Zentrum eines menschlichen Wirbelsturms.

Als Antwort auf Michaels verzweifelte Frage breitete Obskuro einfach seine Hände aus und nickte dem aufgespießten Mann zu, der noch immer neben seinem Tisch stand. Merkwürdigerweise gab es fast kein Blut, nur ein zähes Rinnsal rann über seinen Nasenrücken. Die Stange hatte den Schädel des Mannes glatt durchstoßen und ragte ganze zwanzig Zentimeter aus seinem Hinterkopf und mehr als dreißig Zentimeter aus seiner Stirn heraus. Einmal abgesehen von seiner Besorgnis über den Aufruhr um ihn herum, schien er vollkommen unbeeindruckt von dem, was gerade geschehen war. Im hinteren Teil des Raumes, bei der Küche, fingen Rutland und Burlington mit großen, flachen Besen an sauber zu machen.

Galen lockerte seinen Griff um den Arm des schlanken, jungen Mannes – in Anbetracht der Ereignisse dieses Abends würde es ihn nicht wundern, wenn auch das nur eine Illusion war. Michael stand mit wildem Blick über einen Stuhl gebeugt da und atmete schwer.

Obskuro griff in seinen Hut und zog ein Taschentuch heraus, das er dem untersetzten Mann reichte. »Hier«, sagte er sanft. »Tut mir Leid, falls es Flecken gibt. Wenn Sie nach hinten gehen wollen – ich bin sicher, dass Mr. Burlington Ihnen helfen kann.«

Der Mann nahm das angebotene Taschentuch, wandte sich mit einem dankbaren Blick um und verschwand hinter der Bar.

»Ich muss doch müder sein, als ich dachte«, sagte Obskuro. »Die Stange sollte eigentlich ganz hindurchgehen. Wenn ich sie vielleicht in einem anderen Winkel ...«

»In einem anderen Winkel?«, rief Michael. »Haben Sie verdammt noch mal den Verstand verloren?«

»Sie haben Recht«, sagte Obskuro resigniert. »Es ist nur eine Frage unzureichender Kraft, so einfach ist das. Beim nächsten Mal mit etwas mehr Glück, was?«

Galen griff nach seinem Mantel, sein Gesicht eine steinerne Maske. »Das reicht. Ich habe genug von diesem Wahnsinn.«

»Aber Professor«, sagte der Illusionist. »Ich habe Ihnen noch nicht die Lösung Ihres Dilemmas mitgeteilt.«

»Mein Dilemma?«, rief Galen erstaunt. »Sie und Ihr Dilemma und Ihre Angelegenheit von historischer und akademischer Wichtigkeit, ganz zu schweigen von Ihrem widerlichen Wodka Cola! Dieser ganze Club mitsamt seinen Schokoriegeln kann von mir aus zur Hölle fahren.«

»Ich denke, ich schließe mich ihm an«, sagte Michael. »Danke für einen interessanten ... äh ... also, einfach danke.«

»Aber meine Herren«, sagte Obskuro, »mein Hut ist noch nicht ganz leer.«

Galen machte bereits Anstalten hinaus zu stolzieren, und auch Michael hatte sich der Tür zugewandt, als sie den weichen Aufschlag des Pakets hörten, das der Illusionist aus seinem Hut gezogen und auf den Tisch hatte fallen lassen.

»Der Hut«, sagte Obskuro theatralisch, »ist jetzt leer und die Show wirklich zu Ende. Bleibt nur noch dieses Rätsel, das vielleicht Antworten in sich birgt, mit denen Sie Ihre eigenen Rätsel lösen können.«

Michael wandte sich wieder dem Tisch zu und betrachtete neugierig den länglichen Gegenstand, der aussah wie ein in Leinen gewickeltes Bündel Pergament, das zwischen zwei dünnen Holzplatten befestigt war. Auf Obskuros einladendes Nicken hin öffnete er die Verpackung und betrachtete eingehend die kaffeebraunen Bögen.

Galen war bereits an der Tür, als er Michaels heiser gemurmelten Fluch hörte. »Mein Gott, ist das wirklich, wofür ich es halte? Das kann unmöglich echt sein.«

Obskuro zuckte mit den Schultern. »Sie halten es in Händen – die Echtheit ist also nicht zu bezweifeln. Über seine Authentizität zu urteilen erfordert allerdings größere Kenntnisse als die meinen. Und wenn ich von Ihrer raschen Einschätzung ausgehe, Professor Langbein, dann könnten Sie genau der Fachmann sein, den ich brauche. Wenn das hier aber tatsächlich das ist, was ich vermute –«, sagte er, während er sich umdrehte und seinen Arm um Galen legte, den die Neugier überwältigt hatte – »dann wird seine erfolgreiche Nutzung ebenso des Sachverstands von Professor Gunnar-Galen bedürfen.«

»Nutzung? Nutzung von was?«, fragte Galen gereizt und warf einen finsteren Blick auf das Pergament. »Was ist das, Langbein?«

Mit zitternden Händen strich Michael über die graubraunen Runen, die in das brüchige Blatt geritzt waren. Dann wandte er sich mit weit aufgerissenen Augen seinem Gefährten zu – entweder war er am Rande der Verzückung oder des Wahnsinns.

»Es ist etwas undeutlich und in einem Dialekt, den ich nicht so gut kenne, weil bisher noch nie jemand ein Schriftstück gelesen hat, das zur Gänze darin geschrieben war.«

»Was ist es?«

»Isländisch ... Alt-Isländisch«, sagte Michael. »Nach dem Wenigen, was ich übersetzen kann, ist das hier die Ur-Edda – eine Mythologie der isländischen, altnordischen und germanischen Volksstämme, die ...« Er hielt inne, konnte sich fast nicht mehr bewegen und starrte einfach mit offenem Mund auf das Pergament.

»Ich habe mich gefragt, wann es Ihnen auffallen würde«, sagte Obskuro.

»Sturluson?«, fragte Galen. »Es ist nicht wirklich mein Fachgebiet, aber das Schriftstück ist wahrscheinlich eine Fälschung.«

Michael würgte und sprach dann wie in Trance weiter. »Es ist echt. Das hier ist die Ur-Edda – sie ist älter, als alle anderen bekannten Schriften von Sturluson, und dieses Exemplar ist die vollständigste Sammlung seines Werks, die existiert.«

»Woher wollen Sie das wissen?«, fragte Galen. »Sie haben selbst gesagt, dass es schwer zu übersetzen ist, und Sie halten es erst ein paar Sekunden in Händen.«

»Weil«, sagte Michael mit zitternden Händen, während er nach Galens Arm griff und auf eine dunkle Schriftzeile am Rand des Textes deutete, »es mit Anmerkungen versehen ist, und die Anmerkungen im Deutsch des Neunzehnten Jahrhunderts verfasst sind.«

»Anmerkungen von wem?«

»Von allen Gelehrten sollten gerade Sie diese Handschrift erkennen, Galen«, sagte Obskuro mit einem Anflug von Sarkasmus. »Schauen Sie genau hin.«

Mit geschürzten Lippen beugte sich Galen näher heran und fluchte. Er hielt eine Seite hoch, dann noch eine und noch eine, und blätterte den Stoß schließlich mit kaum beherrschter Aufregung durch.

»Der andere Groschen fällt«, sagte Obskuro, »und ich nehme an, wir sind uns einig.«

Galen und Michael, die beide die Seiten umklammert hielten, blickten gemeinsam den ironisch grinsenden jungen Illusionisten an, der seine Arme in der inzwischen vertrauten Geste ausbreitete. »Soweit ich es beurteilen kann, ist dies die Ur-Edda – ein völlig unbekanntes Werk von Snorri Sturluson. Darüber hinaus scheint dieses Schriftstück zeitweilig Franz Liszt gehört zu haben, der an einer Übersetzung arbeitete, bevor er es einem jüngeren Bekannten überließ, den er mit

Teuerster Freund anredete. Der Freund begann auf diesen Seiten mit einer Nacherzählung der darin enthaltenen Geschichten, die er schließlich nach anderem, weniger vollständigem Quellenmaterial zu Ende führte.«

»Wagner«, hauchte Galen, »das war Wagner.«

»Richtig«, sagte der Illusionist, »und wenn unsere anderen Vermutungen zutreffen – was ich glaube – dann ist das, was Sie in Ihren Händen halten, nicht nur ein historisches Schriftstück von unschätzbarem Wert, sondern auch die erste und authentischste Fassung eines der größten Opernzyklen, die je geschrieben wurden.«

»Mein Gott«, sagte Michael. »Aber Obskuro, wie sind Sie ...?«

Der junge Mann winkte ab und wies auf die missmutigen Clubbesitzer, die an der Bar warteten. »Wir haben bereits geschlossen, meine Herren. Ich schlage vor, wir ziehen uns an einen Ort zurück, der weniger öffentlich und sehr viel gemütlicher ist. Außerdem«, schloss er mit einem boshaften Funkeln in seinen Augen, »war das Obskuros letzte Show – ich habe ihn in den Ruhestand geschickt. Nennen Sie mich von jetzt an Juda.«

KAPITEL VIER

Dreimal erzählte Geschichten

Michaels Wohnung lag am nächsten und war zudem der unauffälligste Ort, um das ungewöhnliche Schriftstück eingehender zu untersuchen. Eines der Gartenrestaurants oder Kaffeehäuser auf dem Weg kam nicht in Frage. Der Bekanntheitsgrad zweier Professoren der Universität, ebenso wie der des kürzlich in den Ruhestand getretenen Illusionisten, hätte für zahlreiche potentielle Unterbrechungen gesorgt – außerdem zogen alle drei es vor, das Paket lieber nicht noch einmal an einem ungeschützten Ort zu öffnen.

Michael wollte das Edda-Manuskript unbedingt in der Hand halten, doch als Juda es nicht nahm, sondern mit einer einladenden Handbewegung darauf wies, griff Galen mit dem Eifer eines Fanatikers zu und drückte es sich an die Brust, als sei es ein kranker Säugling oder eine zerbrechliche Ming-Vase.

Sie legten den kurzen, hastigen Spaziergang zur Wohnung schweigend zurück. Michael formulierte in Gedanken einige tausend Fragen, die er dem jungen Mann stellen wollte, der ihr Treffen arrangiert hatte, und er vermutete, dass Galen dasselbe tat. Juda hingegen schien zufrieden damit, die Sehenswürdigkeiten zu betrachten, an denen sie vorbeischlenderten. Der Abend war nicht zu kühl, und es war noch nicht so spät, dass die Gehwege menschenleer gewesen wären. Juda grinste andeutungsweise, wissend und dennoch nicht selbstgefällig, und seine Augen huschten hin und her, mit einer versteckten und gleichzeitig unersättlichen Intelligenz. Michael fragte sich, warum ein so offensichtlich begabter Mensch als Bühnenkünstler arbeitete, bevor ihm mit einem Mal wieder einfiel, dass der schlanke, junge Mann Mathematiker und universitätsweit der jüngste Institutsvorstand der letzten vier Jahrhunderte war. Nahm man noch sein unbestreitbares Charisma hinzu, so war es kein Wunder, dass seine Ankunft in Wien eine obskure, historische Entdeckung überschattet hatte. Immerhin aber konnte Michael eine gewisse Genugtuung aus dem Wissen ziehen, dass die Bibliothek für Physik, an der Juda angestellt war, ihre Gründung seinen früheren Entdeckungen und dem daraus resultierenden Verkauf des Jefferson-Schriftstücks an die Amerikaner verdankte.

Michael sah erst zu Galen hinüber, der das Paket an seine Brust presste, und dann zu Juda, der gleichzeitig nach allem und nichts Ausschau zu halten schien, und kam zu dem Schluss, dass dies schon jetzt einer der interessantesten Abende des Jahres gewesen war. Bestenfalls war ihm das Mittel zur Rettung des Instituts für Ältere Literatur und Geschichte in den Schoß gefallen – ein Resultat, an das er kaum zu denken wagte –, und schlimmstenfalls hatte er seinen Vorrat an Zahnpasta aufgefüllt. Kein schlechtes Ergebnis für einen im Großen und Ganzen erbärmlichen Tag.

»Woher haben Sie dieses Buch?«

Juda hatte es sich auf einem breiten, karierten Sofa bequem gemacht, neben den Doppeltüren, die in Michaels Arbeitszimmer führten. Michael, ganz der aufmerksame Gastgeber, verschwand unterdessen in der Speisekammer, um für das Trio Kaffee zu holen und eine Flasche Absinth, für den Fall, dass die Umstände ein stärkeres Getränk erforderten. Galen wiederum blieb stehen und hatte sich nicht einmal die Mühe gemacht, seinen Mantel auszuziehen. Er hielt das in Leinen gewickelte Paket auf Armlänge von sich und stellte die Frage erneut, mit gespannter, rauer Stimme: »Woher haben Sie dieses Buch?«

Juda lächelte, ließ seinen Kopf aufs Polster sinken und

musterte Galen. »Ich habe mir schon gedacht, dass das Ihre erste Frage sein würde, auch wenn ich sie eher von Professor Langbein erwartet hätte. Wenn Sie sich seiner Gastfreundschaft anvertrauen wollen, werde ich versuchen, alle Ihre Fragen zu beantworten, so gut ich kann.«

Galen blieb noch einen Augenblick stehen – so wurde seine offensichtliche innere Anspannung durch Bewegungsenergie ausgeglichen, als würde das Hinsetzen die Bewegungen aufhalten, zu denen er sich nicht entschließen konnte. Schließlich entspannte er sich, seine Schultern sackten nach unten und er zog sich einen Lehnstuhl von dem Schreibtisch neben der Eingangstür heran. Er legte das Paket auf den Schreibtisch, als wolle er es eigentlich gar nicht aus der Hand legen, während er andererseits ein wenig Angst hatte, es erneut zu öffnen.

Michael erschien in der Tür zur Küche; auf den Händen balancierte er unsicher eine dampfende Kanne und drei Tassen mit Untertassen. »Also, äh«, sagte er nervös und goss jedem von ihnen ordentlich Kaffee ein. »Woher haben Sie das Buch?«

Juda kicherte und sogar Galen hob eine Augenbraue und verbiss sich ein Grinsen.

»Was ist?«, fragte Michael.

»Schon gut«, sagte Juda. »Lassen Sie uns noch einmal einen Blick darauf werfen, und dann erzähle ich Ihnen alles, was ich weiß.«

Galen wickelte das Manuskript aus, während Michael einen niedrigen Tisch freiräumte und ihn in die Mitte des Zimmers zog. Juda richtete sich auf dem Sofa auf, machte jedoch keine Anstalten, näher zu rücken. Galen rutschte auf die Kante seines Stuhls vor und Michael schob seinen Sessel vom Fensterplatz an den Tisch, auf dem der Stoß Pergament lag.

Im helleren Licht der Wohnung konnten sie das Alter und die Empfindlichkeit des Schriftstücks noch deutlicher sehen. Woher es auch immer letztendlich stammen mochte, es handelte sich um ein Objekt, das genauster Studien bedurfte und mit der größten Sorgfalt behandelt werden musste. Galen strich das Leinen darunter glatt und ließ einen Finger leicht über die Kante des Deckblatts gleiten. Michael gab aus reiner Höflichkeit vor, zumindest an seinem Kaffee zu nippen, bevor er ihn beiseite stellte und sich Galen anschloss.

»Um die Herkunft dieses Buches zu verstehen, müssen Sie erst einmal wissen, wo und wie es in meinen Besitz gelangte«, sagte Juda, »und ich muss Sie warnen, dass die Geschichte an manchen Stellen äußerst unglaublich scheint.«

»Ich denke, nach der Vorstellung heute Abend bin ich geneigt, fast alles zu glauben«, sagte Michael aufrichtig.

»In der Tat«, sagte Galen, »obwohl mich die offenbare Umwandlung von Holz in Fleisch immer noch etwas beunruhigt.«

»Was beunruhigt Sie daran? Die Umwandlung oder die Tatsache, dass sie offenbar war?«, fragte Juda.

»Illusion oder nicht«, gab Galen zurück, »diese Frau hat etwas erlebt, das sie zutiefst beeinflusst hat und das sicherlich über die Grenzen einfacher Unterhaltung hinausging.«

»Und Ihr Urteilsvermögen«, sagte Juda, »ist vom Gebrauch zu vieler Adjektive beeinflusst und geschwächt. Manchmal sind die Dinge, was sie sind. Gab es eine Umwandlung?«

Galen hielt inne, dann sagte er: »Ja.«

»War es Unterhaltung?«

»Für wen?«

»Schon besser«, sagte Juda. »Für die meisten Gäste war es Unterhaltung – für die Frau selbst eine praktische Erfahrung.«

»Und für uns?«

»Was denken Sie?«

»Warum Holz?«, unterbrach Michael ihn. »Ich meine, Sie sagten, dass ein Holzbein besser sei. Warum nicht Plastik?«

»Plastik ist tote Materie – Holz ist lebendig«, sagte Juda. »Die Bewegungsenergie, die lebenden Dingen innewohnt, ist leichter umzuwandeln als jene anderer Materialien.«

»Wo haben Sie das gelernt?«, fragte Galen.

»Ein guter Illusionist verrät niemals seine Geheimnisse.«

»Außerdem gibt es da noch diesen Mann, dem Sie das Brecheisen durch den Kopf getrieben haben«, sagte Galen.

»Das war mehr Wissenschaft als Magie. Wenn man es richtig macht, gibt es allerdings eine verdammt gute Illusion ab.«

»Dann war es also echt? Glauben Sie, er wird es überleben?«

»Hatten Sie den Eindruck, dass er irgendwie unglücklich aussah?«

»Nein«, sagte Galen verwirrt. »Er sah ... dankbar aus.«

»Und da sage noch einer, dass ich mein Publikum nicht zufrieden gestellt hätte.«

»Aber«, warf Michael ein, der den anderen immer noch einige Schritte hinterher war. »Sie sind im Ruhestand, was hindert Sie also daran, die Karten auf den Tisch zu legen?«

Juda legte seinen Kopf in den Nacken und stieß ein volltönendes Lachen aus. »Na gut, na gut – Sie haben mich erwischt. Zufälligerweise ist die Antwort auf diese Frage in der Beantwortung ihrer ersten Frage enthalten.«

»Die riesigen Bögen von Geschichte, Mythologie und Religion sind untrennbar miteinander verschlungen«, sagte Juda und ignorierte ihre Abschweifungen, um seine Geschichte weiter zu erzählen. »Zu jedem beliebigen Zeitpunkt verursachen mindestens zwei von ihnen gewaltige Risse in den Fundamenten der Welt. Diese Fundamente können sich verschieben und das Angesicht der Welt verändern. Innerhalb von wenigen Augenblicken verändern sich Kontinente – Kulturen verschwinden, und in diesen Augenblicken versucht die Menschheit, mit Hilfe eines dieser großartigen Bögen die neue Welt und ihren Platz darin zu erklären. Aber sogar all diese Bereiche zusammen genommen können die Struktur des Lebens nicht hinreichend beschreiben. Es ist mehr von der Welt verloren gegangen, als wir auch nur ahnen. Aber stellen Sie sich vor, es gäbe einen Ort, eine geheime Lagerstätte für dieses verlorene Wissen, wo Generationen von Gelehrten die unausgelöschten Geschichten der Welt zusammengetragen und bewahrt haben?«

»Geschichte«, korrigierte Galen.

Juda sah ihn scharf an. »Verzeihen Sie – habe ich den Plural verwendet?«

»Wo ist dieser Ort?«, fragte Michael und musterte die Ur-Edda. »Der Vatikan hat eine außergewöhnliche, versiegelte Bibliothek, und in Europa existieren ein paar vorzügliche private Sammlungen. In Amerika gibt es das Huntington, aber die Art Sammlung, von der Sie sprechen ... Ist es die Bibliothek von Alexandria?«

»Durch glückliche Umstände erhalten und erweitert?«, fragte Juda und schüttelte den Kopf. »Nein, ich fürchte, sie wäre zu klein für diesen Zweck – und ganz davon abgesehen ist sie eher Mythos als Geschichte. Ich spreche von etwas weniger Auffälligem und weit weniger Berüchtigtem. Um die Stabilität zu gewährleisten, die notwendig ist, um ihr Werk vor den tektonischen Spannungen der Welt zu schützen, müsste eine solche Bibliothek an einem Ort errichtet werden, an dem die Linien von Mythos, Geschichte und Religion an einem Nullpunkt zusammenlaufen.«

»Shangri-La«, sagte Michael.

»Na, klar doch«, sagte Galen, verdrehte die Augen und schob seinen Kiefer vor.

»Er hat Recht«, sagte Juda, sehr zum Erstaunen seiner Zuhörer und selbst nicht wenig überrascht. »Nicht direkt das Shangri-La aus dem Roman von Hilton, sondern ein verborgenes ... Kloster, fast so wie Shangri-La beschrieben wird.«

Ohne Überzeugung warf Galen Michael einen gleichermaßen fragenden und verzweifelten Blick zu – ein Ausdruck, der Michael nicht fremd war. »War das ein Schuss ins Blaue oder war Shangri-La eine wohl durchdachte Antwort?«

»Sowohl als auch«, sagte Michael, stellte seinen Kaffee ab und beugte sich über den kleinen Tisch, auf dem das Buch lag. »Sprache und Buchstabenform sind zwar alt-isländisch, aber das Manuskript ist gedruckt und nicht niedergeschrieben worden. Soweit ich das beurteilen kann, wurde es in Tibet gedruckt.« Er sagte das mit so offener und klarer Kompetenz, dass die anderen nicht widersprachen, sondern sich nur in ihren Sitzen zurücklehnten – Juda mit einem schmalen Lächeln und Galen mit einem respektvollen, neugierigen Blick. Michael Langbein mochte manchmal ein wenig zerstreut wirken, doch jemand, der nach einer flüchtigen Untersuchung solch definitive Urteile fällen konnte, war entweder ein Genie oder ein Irrer, und Galen neigte nicht zur letzteren Annahme.

Michael wertete ihr Schweigen als Anerkennung seiner Sachkenntnis und fuhr fort. »Nehmen Sie die Buchstaben selbst: Sie entsprechen beinahe – wenn auch nicht ganz – den Standardformen des Isländischen. Hier tragen sie Merkmale einer tibetanischen Schriftform, die im Holzblockdruck verwendet und als Buchstaben ›mit Kopf‹ bezeichnet wird, das heißt mit einem Deckstrich. Sie wurde von den Tibetanern auf der Grundlage indischer Alphabete und Buchstabenformen entwickelt. Das Papier ist ein weiterer Hinweis – tibetanische Papierherstellung ist eine Kunst, die von den Chinesen abgeschaut wurde. Tibetanisches Papier wird direkt aus Wurzel- und Pflanzenfasern hergestellt, die wiederum hauptsächlich aus Weidenrinde gewonnen werden. Diese wird eingeweicht, einige Tage lang zerstoßen, pulverisiert und dann auf einem Stück Stoff ausgestreut, das über einen Holzrahmen gespannt ist. Wenn diese Mischung nach einigen Tagen an der Sonne getrocknet ist, kann man das fertige Papier zurechtschneiden.«

»Ohne Ihre Fähigkeiten anzweifeln zu wollen«, sagte Galen, »aber meinen Sie nicht, dass das ohne chemische Analyse eine etwas überstürzte Annahme ist?«

»Es gibt eine Möglichkeit, das zweifelsfrei festzustellen«, sagte Michael. Er blätterte die Seiten durch, bis er an der oberen Kante, neben dem Text, ein loses Stück Pergament fand. Er zupfte es ab, sorgfältig darauf bedacht, die Seite nicht einzureißen, und steckte sich den Schnipsel in den Mund.

Juda und Galen sahen einander an – völlig ratlos, wohin das führen sollte.

Michael ließ das Papier im Mund herumwandern, als würde er einen feinen Wein verkosten, wandte sich dann ab und spuckte auf den Boden.

»Also wirklich ...«, setzte Galen an.

»Tut mir Leid«, sagte Michael, »es wurde gerade eklig. Zumindest wissen wir jetzt Bescheid – es ist eindeutig tibetanisches Papier.«

»Und wie haben Sie das festgestellt?«, fragte Juda.

»Arsen«, antwortete Michael. »Tibetanisches Papier ist robust – es zerfällt nicht so leicht –, und im allgemeinen ist es giftig, weil es für gewöhnlich mit einer arsenähnlichen Substanz behandelt wird, um es vor Schäden durch Schimmel, Pilze oder Insekten zu bewahren. Ich würde sogar darauf wetten, dass jeder von uns, der es in einem geschlossenen Raum zu lange betrachtet, innerhalb kürzester Zeit heftigste Kopfschmerzen bekommen wird.«

»Ich habe mich schon über den Geruch gewundert«, sagte Galen.

Juda goss sich Kaffee nach und lehnte sich auf dem Sofa zurück. »Mich würde interessieren, woher Sie wussten, dass Arsengeschmack auf die Herkunft des Papiers schließen lässt.«

»Nun, wenn ich Feldforschung betreibe, gibt es normalerweise Budget-Beschränkungen, an die man sich halten muss«, sagte Michael und breitete zur Erläuterung die Hände aus. Die unvermittelt hochgezogene Augenbraue des Vizerektors, der neben ihm saß, schien er nicht wahrzunehmen.

»Ich muss also in der Lage sein, ohne teure Tests Urteile zu fällen. Eine Menge unbezahlbarer Schriftstücke sind wegen Verzögerungen bei ihrer Identifizierung Dieben und Missgeschicken zum Opfer gefallen. Und umgekehrt ist mit Hilfe universitärer Mittel eine Menge Dreck gekauft worden, den man im Staub hätte liegen lassen können, wenn einige Forscher ihn gekostet und ausgespuckt hätten. Und übrigens«, fügte er hinzu und wandte sich um, um Galen direkt anzusehen, »habe ich niemals Geld für Dreck ausgegeben.«

Galen erwiderte seinen Blick und nickte andeutungsweise: eine respektvolle Bestätigung des unausgesprochenen Subtexts – Michael war nicht der Geldverschwender, für den viele an der Universität ihn hielten. Er wusste, dass Galen ihn als Forscher schätzte, worin auch immer ihr gemeinsames Interesse an diesem Schriftstück bestehen mochte.

Langbein machte seine Sache gut, bemerkte Galen überrascht. Vielleicht war er seinen Preis tatsächlich wert. Er nahm sich vor, die Beurteilung des Gastprofessors für Ältere Literatur und Geschichte durch den Rektor erneut anzusetzen – diese Geste würde ihm zumindest genügend Zeit verschaffen, die Ur-Edda auseinander zunehmen. Und Galen hatte zunehmend das Gefühl, dass er – von den Anmerkungen Wagners einmal abgesehen –, ohne die Hilfe des schlaksigen Professors mit dem Buch nicht sehr weit kommen werde.

Während Galen über die merkwürdige Situation nachdachte, in die er hineingeraten war, fuhr Michael mit seiner Analyse fort. »Die meisten europäischen Bücher und Manuskripte haben nur eine Seite des Papiers verwendet. Tibetanische Blockdruck-Bücher, insbesondere die ganz alten, bestehen aus einzelnen und oft ziemlich langen Papierbögen, die auf beiden Seiten bedruckt sind ...« – wie Galen und Juda sehen konnten, als Michael die erste Seite hochhob und sie links vom Stapel ablegte – »... und auf jedem Bogen steht am Rand normalerweise der abgekürzte Titel des Werks, sowie Kapitel, Band und Seitenzahl.«

»Ich sehe nichts dergleichen auf den Bögen«, sagte Galen, der an Judas Armen vorbeispähte.

»Das liegt vermutlich daran, dass dieser Text nicht so verfasst ist, wie die Tibetaner normalerweise geschrieben haben. Er wurde von einem Abendländer verfasst und er hat ...«, er betrachtete den Text genauer, »... ja, er hat skaldische und eddische Formen vermischt, also gab es keine Richtlinien für die Blockschnitzer, nach denen sie das Werk hätten bezeichnen können. Sie wussten einfach nicht, was sie mit den Formen selbst anfangen sollten. Die Bögen werden übereinander gelegt, in ein Leinentuch gewickelt und dann fest zwischen zwei Deckel gebunden, die aus Holz gemacht sind.« Er wies erneut auf die Seiten, die auf dem Schreibtisch lagen. »Im Falle eines besonderen oder mehrbändigen Werkes wurde im allgemeinen ein Stoffstreifen, der Band und Titel anzeigte, mit einer Schutzklappe aus dekorativem Brokat in die Leinenumhüllung geschoben, so dass er locker von der schmalen Kante des Texts herabhing und dadurch eine zugängliche Katalogisierung und einfache Lagerung in Bibliotheksregalen ermöglichte.«

Michael entfernte vorsichtig die Deckplatten und begann, das Leinen abzuwickeln. »Wie im Falle der Randnotizen, erwarte ich eigentlich nicht, etwas zu finden.« Er hielt inne und kniff leicht die Augen zusammen. »Hm«, machte er grübelnd. »Hier ist ein Titelaushänger.« Er betrachtete ihn noch einen Augenblick lang, dann weiteten sich plötzlich seine Augen und er fluchte leise vor sich hin.

»Was ist los?«, fragte Galen.

Michael blickte zu ihm auf und sah dann Juda an. »Haben Sie das gewusst, Juda? Was der Titelaushänger verrät?«

Juda zuckte unverbindlich mit den Schultern. »Sie sind der Experte.«

»Was ist?«, fragte Galen und drängte sich an Michaels Seite an den kleinen Kaffeetisch. »Was steht auf dem Aushänger?«

»Ich bin mir nicht ganz sicher«, sagte Michael, »weil es

Tibetanisch ist und nicht Isländisch. Offensichtlich stammt es nicht vom Autor selbst, sondern von den Blockherstellern – aber hier steht, dass dies der vorletzte Band einer achtzehnbändigen Reihe ist.«

Die beiden Männer sahen einander gleichzeitig an und blickten dann zu Juda, der nachdenklich wirkte. »Das könnte stimmen«, sagte er, »jene Reihe, aus der ich diesen Band genommen habe, könnte diesen Umfang gehabt haben. Sie waren dem Alter nach aufgereiht, mit dem Ältesten angefangen, und weil das hier der letzte Band war, nehme ich an, dass er auch der Jüngste ist.«

Michael und Galens Kiefer mahlten, doch es kamen keine Töne heraus. Sie waren vollkommen fassungslos. Der Vizerektor und der Historiker fielen nacheinander auf die Stühle beiderseits des Tisches, auf dem das anscheinend doch nicht so einmalige Buch lag.

Nach längerem Schweigen ergriff Michael das Wort. » Das werden Sie erklären müssen, Juda, und zwar in allen Einzelheiten.«

»Richtig«, stimmte Galen zu. »Ich bin genau wie er an phantastische Geschichten gewöhnt – und genauso in der Lage zu erkennen, wann sie zu einer Farce werden.«

Juda senkte langsam und majestätisch seinen Kopf. Ein Ausdruck von Überheblichkeit?, fragte sich Michael. Die Annahme einer Herausforderung? Oder lediglich das Eingeständnis der Unglaublichkeit jener Geschichte, die er noch erzählen würde?

»Wie ich schon sagte«, begann Juda mit weicher und monotoner Stimme, »es schien sich um den jüngsten der Bände zu handeln, und zwar mit Abstand. Wenn es insgesamt achtzehn gewesen sein sollten, worauf der Titelaushänger offenbar hinweist, dann stand er vielleicht am falschen Platz – genau lässt sich das nicht sagen. Obwohl die Markierungen an den Regalen, die Überreste eines rudimentären Archiviersystems, darauf schließen ließen, dass sie in Untergruppen von etwa zwanzig angeordnet worden waren, die insgesamt eine viel größere Reihe von etwas über sechshunderttausend Bänden bildeten.«

Michael straffte sich mit einem verächtlich prustenden Lachen. »Ach ja? Die Geschichten der Edda wurden irgendwann zwischen dem neunten und vierzehnten Jahrhundert niedergeschrieben und deckten eine vergleichbare Zeitspanne ab. Wenn man schätzt, dass das Buch, das Sie uns gebracht haben, der jüngste von auch nur tausend Bänden sei, so ist das eine überaus naive Ansicht.«

»Angesichts Ihrer Bildung und Neigungen, Professor Langbein«, sagte Juda, »ist das für sich genommen eine überaus naive Ansicht. Was alte Schriftstücke angeht, so ist die Ur-Edda nur ein eher bescheidener Kandidat, wenn auch ein ungewöhnlich interessanter – und sie ist möglicherweise älter als die allgemein bekannten Kodizes. Nehmen Sie die Bibel zum Beispiel. Sie enthält annähernd das, was die Abendländer als die ersten sechshundert Jahre zivilisierter Menschheitsgeschichte ansehen – und dennoch gibt es, abgesehen von einigen zerfallenden Wälzern fragwürdiger Abstammung und einem Rest Pergament, der in einer Schäferhöhle gefunden wurde, keinen stichhaltigen Beweis. Und trotzdem, wenn alle Schriften aus dieser Epoche irgendwie erhalten geblieben wären, unbeschädigt und unverändert, wie viele Bände würden sie denn Ihrer Meinung nach füllen?«

»Sprechen wir von historischen Schriften oder religiösen?«

»Worin liegt der Unterschied? War Jesus eine religiöse oder eine historische Figur? Wenn ich einen Geschichtskurs gebe, in dem es um Ereignisse aus dem vierten Jahrhundert geht, mit wessen Geburtsdatum beginnt Ihrer Meinung nach die Skala, die die Daten liefert?«

»Ich verstehe, worauf Sie hinaus wollen«, räumte Michael ein. »Sie sagten, es gab vielleicht noch siebzehn oder zwanzig weitere Bücher neben der Ur-Edda?«

»Ja. Ich konnte nur die ersten sieben Bände der Reihe lesen, angefangen mit dem Jüngsten, und das hier war der einzige auf Isländisch oder Deutsch.«

»Wie waren Sie in der Lage, mehr als nur einen oberflächlichen Blick darauf zu werfen?«, fragte Michael. »Wahrscheinlich waren doch alle in Sprachen geschrieben, die entweder ausgestorben oder Ihnen unbekannt sind?«

»Offensichtlich konnte ich sie nicht wirklich übersetzen. Aber meine Studien und meine Reisen haben mir genug sprachliches Grundwissen vermittelt, um zumindest bruchstückhafte Informationen aus einer Anzahl von Sprachen herauszuholen, mit denen ich nicht vertraut bin.«

»Also gut«, sagte Michael. »Lassen wir das für den Augenblick einmal so stehen. Warum haben Sie sich nur die ersten sieben angesehen?«

»Weil«, sagte Juda, »es danach zu wenige Hinweise gab, mit deren Hilfe ich die Syntax der Sprachen, die ich nicht kannte, hätte extrapolieren können.«

»Syntax extrapolieren? Sie haben Sprachen gelernt, während sie sie übersetzt haben? Wäre es nicht einfacher gewesen, irgendwie Abschriften zu machen und diese zu vergleichen?«

»Sicher«, sagte Juda, »wenn ich es mit existierenden Sprachen zu tun gehabt hätte – was aber nicht der Fall war. Ab einem bestimmten Punkt hatten sie nichts Erkennbares mehr an sich und ich musste aus dem verfügbaren Material so viel extrapolieren wie ich konnte, und in einigen Fällen erfinden.«

»Erfinden?«, stieß Michael hervor. »Wie alt waren die Bücher?«

»Das ist schwer zu sagen – obwohl mir das Durchsehen der ersten sieben in umgekehrter Reihenfolge einen ungefähren Zeitrahmen lieferte. Und die Extrapolation gemeinsamer linguistischer Elemente, die in den Übrigen in abnehmender Anzahl auftraten, gestattete mir eine über den Daumen gepeilte Schätzung ihrer historischen Spannweite.«

Michael hustete. »Wie ... wie lange?«

»Etwa zwei Millionen Jahre, grob geschätzt.«

Galen hob lediglich eine Augenbraue, doch Michael sah aus, als habe man ihm eine Kugel in die Brust geschossen. Juda hätte über den Ausdruck auf dem Gesicht des Historikers gelacht, hätte er ihn nicht vorausgesehen. »Soll ich fortfahren?«

»Bitte.«

»Der nächst ältere Band, wenn wir gerade von biblischen Dingen reden, war auf Aramäisch verfasst. Es handelte sich um ein Exemplar der fünf Gesetzesbücher aus judaischer Zeit – das Pentateuch der hebräischen Bibel, von dem man im allgemeinen annimmt, dass Moses es geschrieben hat.«

»Hat er das nicht?«

»Oh doch, tatsächlich«, sagte Juda fröhlich, »aber der Band, den ich gesehen habe, war ungefähr um vierzig Prozent länger als die am ausführlichsten interpretierte Ausgabe der Schrift – und der größte Teil des zusätzlichen Materials stammte aus der Zeit vor Adam.«

»Wie konnte es aus der Zeit vor Adam stammen? Welche Auslegung der Bibel würde dafür Raum bieten?«

»Sie sehen den Widerspruch«, sagte Juda. »Und Sie bringen wieder einmal Geschichte und Religion durcheinander. Moses hat nicht für die sofortige Veröffentlichung geschrieben, sondern für die Nachwelt. Das war eine Sache, die Jesus im Schlaf konnte – wenn man jemandem etwas beibringen will, erfindet man am besten Gleichnisse und überlässt die Geschichte den Historikern. Wenn irgendeine Fassung dieses Materials tatsächlich die Jahrhunderte überstanden und den Presbytern oder dem Vatikan vorgelegen hat, liegt es wohl auf der Hand, dass keine der Gruppen davon profitiert hätte, bekannt zu geben, dass Adam nicht nur einen Vater hatte, sondern außerdem der sechste Sohn einer elfköpfigen Familie war.«

»Adam war also nicht der erste Mensch?«

»Das ist er ohnehin nicht gewesen – es sei denn, Sie wollen den Chinesen erzählen, dass die Datierung ihrer Einwanderungen um tausend Jahre daneben liegt«, sagte Juda. »Aber ich schweife ab. Der dritte und vierte Band waren älter als Moses und in ihrem chronologischen Bezugsrahmen undeutlich. Sie waren auf Akkadisch verfasst.«

»Da komme ich nicht mehr mit«, gab Galen zu.

Wie auf ein Stichwort setzte Michael ein. »Akkadisch ist das älteste bekannte Mitglied der semitischen Sprachfamilie, das Sumerisch als die weit verbreitetste Sprache in Mesopotamien ablöste. Sie wurde fast zweitausend Jahre lang von den Babyloniern und Assyrern gesprochen.«

»Gut auf den Punkt gebracht. Der Text war in der Keilschrift verfasst, die von den Sumerern erfunden wurde, und er erzählte die Geschichte eines Stammes von Riesen, der die Gegend des Tals zwischen Euphrat und Tigris bis zur heutigen Afghanischen Wüste beherrschte.«

»Interessant. Was ist mit den Riesen passiert?«

Zögerte Juda, bevor er antwortete? Michael konnte es nicht mit Sicherheit sagen.

»Ich weiß es nicht«, sagte Juda. »Die Bände lagen weit auseinander, aber beide wurden im kulturellen Aufbruch geschrieben. Was mit ihnen geschehen ist, ist ein Rätsel, das ohne genauere Texte aus jener Epoche wohl kaum gelöst werden wird.«

»Damit habe ich nur zwei Probleme«, sagte Michael. »Die Sumerer schrieben mit Griffeln auf nassen Tontafeln. Wenn die Bücher, die Sie gesehen haben, authentisch waren, erscheint es dann nicht logisch, dass sie auf dieselbe Art geschrieben sein müssten – in Ton, anstatt auf Papier? Und wenn ich auch glauben kann, dass Ihre Reisen es Ihnen erlaubt haben, sich Kenntnisse der alten semitischen Sprachen zusammenzureimen, kann ich Ihnen doch nicht abnehmen, dass Sie eben solche Erfahrungen mit Keilschrift gemacht haben.«

»Das Buch, das Sie und Professor Galen vor sich liegen haben, ist auch nicht in irgendeiner Form geschrieben oder gedruckt worden, die Sturluson, Wagner oder Liszt zuvor bekannt gewesen wäre, und doch sind Sie nur zu bereit, an seine Authentizität als Chronik altnordischer Dichtung zu glauben. Und was das Beherrschen von piktographischen Sprachen betrifft – ich glaube, meine Position als Leiter des Instituts für Mathematik sollte Sie davon überzeugen, dass ich Zeichen lesen kann.«

»Also, ich bin von dem Buch nicht überzeugt – noch nicht«, sagte Galen vage.

»Was wollten Sie gerade sagen?«, fragte Michael, dessen Wangen sich röteten.

»Wunderbar«, sagte Juda, der sich ermutigt fühlte, fortzufahren. »Das fünfte Buch war sumerischen Ursprungs und noch älter als die akkadischen Schriften. Es hatte ebenfalls einen nummerischen Satzbau – vermutlich auf der Grundlage der Wortbilder, die in Uruk erfunden wurden –, der sich ziemlich schwer meistern ließ.«

»Das hätte ich gern gesehen.«

»Ich hätte es Ihnen gern gezeigt, aber es ist mir nur gelungen, den Sturluson in meinen Besitz zu bringen.«

Ein kurzer Blickaustausch zwischen Galen und Michael hielt die unbeantwortete Frage fest, wie Juda in den Besitz des Buches gekommen war, und legte sie zugleich auf den Stapel brennender Fragen.

»Worum ging es darin?«, fragte Michael.

»Es war eine Art Geschäftsbuch«, sagte Juda. »Eigentlich handelte es sich um einen Bericht über ein Unterfangen kaufmännischer Natur, ein panozeanisches landwirtschaftliches Unternehmen, das die gesamte nördliche Halbkugel umspannte.«

»Panozeanisch? Atlantisch etwa?«

»Genau: Das ursprüngliche Original, dem unsere Vorstellungen von Atlantis entstammen, das vielleicht Ys genannt wurde. Und es war um fast hunderttausend Jahre älter, als alle Schätzungen über diese Pseudo-Kultur. Tatsächlich deutete es sogar an, was den Niedergang der gesamten Kultur verursacht haben könnte.«

»Mein Gott«, sagte Michael. »Was ist passiert?«

»Das gleiche, was immer passiert«, sagte Juda. »Man kann Demokratie und Republik nicht mischen und trotzdem ein funktionsfähiges freies Unternehmertum beibehalten.«

»Ich hab's gewusst«, sagte Michael. »W-was war mit dem sechsten?«

»Das war merkwürdig. Es trug Spuren der nummerischen Sprache der Sumerer, aber – und das ist das Unlogische daran – es war mit Eigenheiten der Mayasprache durchsetzt. Es handelte sich um eine Kombination von phonetischen und glyphischen Symbolen. Sehr merkwürdig.«

»Einhunderttausend Jahre altes Maya?«, fragte Galen.

»Es könnte Olmekisch gewesen sein«, schlug Michael vor. »Die olmekische Schrift ist einzigartig und vielleicht noch älter als die der Maya. Die Schriftzeichen ähneln denen, die vom Volk der Vai in Westafrika benutzt werden, und die Olmeken sprachen einen Dialekt der Mandingo-Sprache, die in Westafrika verbreitet ist und von der vielfach behauptet wird, dass sie die älteste lebendige Sprache der Welt sein könnte. Sowohl die Olmeken, als auch die Epi-Olmeken verfügten über hieroglyphische Schriftsysteme.« Michael verspürte eine Gelassenheit, die sich mit der Äußerung von Sachkenntnis einstellt. »Beim traditionellen Olmekisch handelte es sich um ein silbisches Schriftsystem, das im Herzen des Landes immerhin seit dem neunten Jahrhundert vor unserer Zeitrechnung verwendet wurde. Aber im Unterschied zu den Maya benutzten die Olmeken auch eine wortsilbische Schrift, die sowohl aus einer silbischen als auch aus einer hieroglyphischen Schrift bestand, obwohl die hieroglyphischen Schriftzeichen einfach nur silbische olmekische Zeichen waren, aus denen man Bilder machte. Es gibt zwei

Arten der olmekischen Hieroglyphenschrift: die reinen Hieroglyphen oder Bildzeichen, und die phonetischen Hieroglyphen, die eine Kombination aus silbischen und wortbildlichen Zeichen darstellten. Das klingt verdammt nach dem, was Sie in diesem Buch gesehen haben.«

»Oder etwas sehr Ähnlichem«, stimmte Juda zu. »Der Text handelte von der Ur-Stadt – der ersten Stadt, die man so nennen konnte; desgleichen der letzte übersetzbare Band, der Informationen über die Gründung der Stadt vor etwa vierhunderttausend Jahren enthielt. Darin fanden sich jedoch keine Spuren von Keilschrift mehr, und das Maya oder Olmekisch war mit einer minimalistischen Sprache verfälscht, die ich überhaupt nicht einordnen konnte – es gab keine Bezugsgrundlage. Diese Sprache hatte einen Satzbau, der auf jeden Fall älter sein musste als jede andere phonetische Sprache, einschließlich des Maya – aber des Maya von vor einigen tausend Jahren, und nicht eines Maya, das hunderttausende von Jahren alt war.«

Michael schüttelte den Kopf. »Sie müssen sich verlesen haben«, sagte er. »Eine Schriftkultur setzte nicht vor der Zeit um dreitausendreihundert vor Christus ein. Allein die Spekulation, dass eine Schrift der Maya oder Olmeken älter als fünftausend Jahre sein könnte, ist einfach ... Das ist ein weit verbreiteter Anfängerfehler – Sie haben einfach den Zeitrahmen falsch verstanden, und das bringt Ihre ganze Schätzung durcheinander. Oder vielleicht haben Sie die Formen auch völlig verkannt.«

»Wenn Sie bedenken, dass ich genug Isländisch verstehe, um Ihnen die Ur-Edda zu bringen, und angesichts Ihrer Kenntnis über meine, nun, ziemlich außergewöhnlichen akademischen Fähigkeiten: Bezweifeln Sie wirklich, dass ich in der Lage bin, alte Handschriften zumindest annähernd zu datieren?«

»Datieren nicht«, sagte Michael. »Übersetzen schon.«

»Dann nehme ich also an, dass Sie es einfach für einen

Übersetzungsfehler halten würden, wenn ein Abschnitt eines Schriftstücks, das ich mit Sicherheit auf ein Alter von fast einer halben Million Jahre datiert habe, in der Übersetzung die Gründung und den Aufstieg einer Stadt mit dem Namen Londonium beschreibt?«

Ein Licht flammte in Michaels Augen auf und erlosch ebenso schnell wieder. Das konnte einfach nicht stimmen – Londonium war der Name der römischen Siedlung, die später zur britischen Hauptstadt wurde und selbst den großzügigsten Auslegungen zufolge nicht älter als zwei oder dreitausend Jahre war. Fügte man dann noch das bunte Mischmasch aus sumerischer Keilschrift, Piktographie der Maya und tibetanischer Drucktechnik hinzu, dann klang die Diskussion weniger nach Joseph Campell, als eher nach *Twilight Zone.*

Galen schnaubte verächtlich. »Das ist dann wohl das Ende der Illusionen. Die Schriftstücke, die Sie gelesen haben, waren offensichtlich frei erfunden, und ich weiß nicht, was für einen Schwindel Sie hier abziehen wollen.«

Er stand auf, um zu gehen, hielt jedoch inne, als Michael ihm einen Arm um die Schultern legte. »Warten Sie noch einen Moment, Galen«, sagte er beschwichtigend. »Ich gebe zu, dass eine Menge von dem Zeug wie Humbug klingt, aber ich bin mir einer Sache ganz sicher – das Buch, das Juda uns im Nachtclub gegeben hat, ist authentisch. Es ist wenigstens tausend Jahre alt und enthält Informationen über eine Kultur, die mindestens genauso alt ist, wenn nicht sogar älter. Was immer er uns noch zu sagen hat, es lohnt sich zuzuhören, wenn auch nur aus diesem Grund. Wenn er fertig ist, können wir beurteilen, was davon Mist ist und was die Welt auf den Kopf stellen wird. Einverstanden?«

Galen, der vor Ärger zitterte, hätte fast etwas Unhöfliches erwidert, um dann aus der Wohnung zu stürmen. Doch sein Blick fiel auf die offenen Seiten des Buches, das vor ihnen lag, und auf die blasse, krakelige, hochdeutsche Handschrift, die ihren Rand säumte. Er würde seine Seele verwetten, dass sie von Wagner stammte, denn das Studium des legendären Komponisten hatte er zu einer seiner wichtigsten Lebensaufgaben gemacht. Und die Schrift musste einfach authentisch sein, oder sie war die beste Fälschung, die er je gesehen hatte. Außerdem fühlte er sich dem schlaksigen Historiker, der ihn so gelassen ansah, merkwürdig verbunden. Sie hatten beide ihre Gründe, an die Echtheit der Handschrift glauben zu wollen – und diese genügten, um aller Vernunft zum Trotz daran zu glauben; eine Situation, in die sie durch Judas wilde Geschichte geraten waren. Wenn Michael also gewillt war, sie sich zu Ende anzuhören, dann sollte er selbst das wohl auch tun – besonders wenn noch immer die Möglichkeit bestand, dass das Buch tatsächlich echt war.

Galens Schultern entspannten sich. Er wandte sich um und setzte sich. »Also gut«, sagte er mit einer Stimme, in der die eiserne Zurückhaltung einer Autoritätsperson mitschwang, die er als Vizerektor schließlich war – Juda und Michael waren beide nur Professoren. »Ich will den Rest der Geschichte hören. Alles. Oder ich verabschiede mich auf der Stelle.«

»Mein lieber Professor Galen«, sagte Juda, setzte sich auf und legte sein Kinn auf die zu einer Pyramide gefalteten Hände, »ich hatte nie etwas anderes vor. Und Sie müssen zugeben«, fügte er mit funkelnden Augen hinzu, »ich habe Sie gewarnt, dass es sich um eine ungewöhnliche Geschichte handelt.«

»Das ist die Untertreibung des Jahres«, bemerkte Michael. »Es gibt noch etwas, das ich gern klarstellen möchte, bevor Sie fortfahren. Was die Bücher auch für Informationen enthalten mögen, es ist einfach unmöglich, dass sie so alt sind, wie Sie vermuten. Sogar tibetanisches Papier hält sich unter optimalen Bedingungen nicht länger als fünf- oder sechstausend Jahre. Ohne Sie beleidigen zu wollen, aber Ihre Schätzung, dass die letzteren Bücher etwa siebzigmal so alt waren, ist ein Irrtum.«

»Ich bin nicht beleidigt«, erwiderte Juda, »und ich hoffe, Sie sind es auch nicht, wenn ich Ihnen sage, dass Sie sich meiner Meinung nach irren könnten. Ich habe eine Theorie darüber, wie das möglich sein könnte, aber keinen entsprechenden Beweis, also beuge ich mich Ihrem Urteil – für den Augenblick.«

»Na schön«, sagte Michael. »Fassen wir zusammen, was sie uns bisher erzählt haben: Irgendwo in Tibet gibt es ein Kloster, wo nach Ihrer Schätzung zweihunderttausend Bände lagern, die diesem hier ähneln. Mindestens siebzehn oder zwanzig davon konnten Sie ansatzweise übersetzen. Und weil das Buch, das wir untersuchen, aus dieser Reihe stammt und ich versichern kann, dass es wenigstens tausend Jahre alt ist, können wir annehmen, dass die anderen ähnlich alt waren.«

»Das ist als Grundlage schon mal ganz gut.«

»Waren die anderen Bücher, die Sie untersucht haben, auf die gleiche Art gedruckt worden wie dieses hier?«

»Ja. Völlig identisch.«

»Ihre Einschätzung des relativen Alters der Bücher gründet sich also vollkommen auf den übersetzten Inhalt?«, fragte Galen.

»Nicht vollkommen«, sagte Juda. »Wie ich schon sagte, habe ich meine eigenen Theorien, aber ich kann diese Behauptungen im Augenblick nicht untermauern, also beuge ich mich dem Urteil des Publikums.«

»Da haben wir´s also«, sagte Michael triumphierend. »Die Bücher sind offensichtlich ein mythologischer Schatz, den die Gründer des Klosters vor einem Jahrtausend gesammelt haben. Es handelte sich um apokryphes Material – vielleicht Geschichten, die von Wanderern niedergeschrieben wurden, denen die Mönche begegnet waren, oder solche, von denen sie auf ihren eigenen Reisen erfahren hatten.«

»Wenn das stimmen würde«, gab Juda zu bedenken, »wie konnten die Blockhersteller dann von den verschiedenen

Keilschriftzeichen der Sumerer gewusst haben? Oder von den Maya?«

»Muster, die sich im Laufe der Jahre ansammelten, so wie ich es gerade beschrieben habe. Eigentlich ist das eine gute Erklärung dafür, warum die Sprachen stellenweise vermischt waren und warum Sie ein Schriftstück in der Mayasprache gelesen haben, das die Gründung eines römischen Dorfes beschreibt.«

Galen lachte. »Natürlich. Haben wir wirklich geglaubt, ein Buch könnte eine halbe Millionen Jahre alt sein? Ich habe die Beherrschung verloren – es ist unverzeihlich, Ärger über die Urteile von jemandem auszudrücken, der außerhalb seines Fachgebietes arbeitet. Verzeihen Sie bitte unsere Überstürztheit.«

Juda zögerte einen Augenblick, dann erschien das vertraute Lächeln auf seinem Gesicht und er lehnte sich auf dem Sofa zurück. »Natürlich. Warum sonst sollte ich Ihnen eine solche Handschrift bringen, wenn nicht, um meine dürftigen Schätzungen zu bestätigen?«

»Es gibt noch etwas, das ich nicht verstehe«, sagte Michael, die Nase nur wenige Zentimeter von dem einzelnen Blatt entfernt, das er neben das Buch gelegt hatte. »Wenn wir das alles als Grundlage akzeptieren, wie kommen dann Wagners und Liszts handgeschriebene Anmerkungen auf die Blätter? Ich kann mich nicht entsinnen, dass einer von beiden jemals eine Wallfahrt nach Tibet unternommen hätte.«

»Ja«, sagte Galen. »Lassen Sie uns den Kreis der Unterhaltung schließen – woher haben Sie dieses Buch, Juda? Sie haben ein Kloster erwähnt. Shangri-La?«

»Das ist richtig«, sagte Juda, »aber von jetzt an, glaube ich, sollte ich es bei dem Namen nennen, unter dem wir es kennen gelernt haben – Meru.«

KAPITEL FÜNF

Die Schule der Geheimnisse

»Was haben Sie in Tibet gemacht?«, fragte Michael.

»Sind Sie jemals an einem Ort gewesen, der vollkommen fremdartig war, auf malerische Art und Weise ungastlich, eine große Herausforderung und in jeder Hinsicht eine Welt, bei deren Erkundung sich all Ihre bisherigen Erfahrungen als unzulänglich erwiesen haben?«, fragte Juda.

»Nun«, sagte Michael grübelnd, »ja. Und zwar in Lybien. Man hat auf mich geschossen, es hatte niemals weniger als vierzig Grad im Schatten, und ich habe mir einen ordentlichen Durchfall eingefangen. Kein besonders schöner Ort.«

»Waren Sie auf einer Ausgrabung? Einer Forschungsreise? Oder auf einem Kulturaustausch?«

»Nein, nichts dieser Art.«

»Warum sind Sie dann dorthin gefahren?«

Michael zuckte mit den Schultern. »Es schien mir damals eine gute Idee zu sein.«

»Bedauern Sie die Erfahrung?«

»Nein, überhaupt nicht. Ich glaube nicht, dass ich ohne guten Grund noch einmal dorthin fahren werde. Aber damals dachte ich, dass ich vielleicht nie wieder die Gelegenheit haben würde – und habe mich auf den Weg gemacht.«

»Genau. Das habe ich auch gedacht, als ich über den Kontinent reiste und mich an der Grenze zwischen Nepal und Tibet wieder fand.«

»Wann war das?«, fragte Galen.

»Vor etwa zwei Jahren, direkt nach meinem Abschluss in Cambridge«, sagte Juda. »Ich kam zu der Feststellung, dass mir noch ein paar Reisen gut tun würden, bevor ich mich einem sesshaften Leben als Lehrer und Forscher widmete.«

»Das war eine gute Entscheidung«, sagte Michael. »Ich bin

noch nie im Himalaja gewesen, aber ich kann mir vorstellen, dass es ein wunderbarer Ort ist.«

»Geschmacklos wäre ein besseres Wort«, sagte Juda mit einem Anflug von Bedauern. »Tibet ist nicht mehr das, was es vor Mao war. Revolutionäre Graffiti überdecken die Fresken, chinesische und hinduistische Popmusik übertönt die Gesänge der Mönche, und Bordelle und Casinos überwuchern die Paläste. Das zwanzigste Jahrhundert hat Tibet eingeholt und es trägt die Uniform der Han-Chinesen. Ich dachte, ich sollte es mir anschauen, bevor das Verschüttete zum Vergessenen wird. Ich war schon fast eine Woche in Tibet, als ich zufällig beim Mittagessen einen amerikanischen Journalisten kennen lernte, der sich bereits einen knappen Monat länger dort aufhielt. Er war zu diesem Zeitpunkt gerade vom Rang eines lokalen Irren zu so etwas wie einem lokalen Skandal aufgestiegen. Allem Anschein nach suchte er in Tibet nach einem Wesen, das sich Rakshasha nennt ...«

»Der Schneemensch«, fügte Michael hinzu. »Interessant.«

»Aha«, brummte Galen skeptisch.

»... das er nach einer etwa fünfwöchigen Expedition wohl auch fand.«

»Sie wollen uns doch nicht erzählen, dass er Erfolg hatte?«, fragte Galen ungläubig. »Oder etwa doch?«

»Aber ja – und zwar insofern, als dass er auf einen bislang unbekannten Zweig der Familie der Eisbären stieß. Die gewaltigen, langhaarigen Tiere lebten in einer abgelegenen Gegend in einer für Menschen ungeeigneten Höhe, und sie wurden nur dann gesichtet, wenn sie auf der Suche nach Ziegen oder Rindern den Berg herunter kamen. Die Bereitschaft meines Tischgefährten, den zusätzlichen Aufwand auf sich zu nehmen, verlangte trotz seiner Marotten Respekt.«

»Was für Marotten?«, fragte Michael.

»Unter anderem bestand sein Name nur aus einem einzigen Buchstaben – ›H‹«, sagte Juda. »Davon abgesehen, glaube ich, war es seine Fähigkeit zu spielerischem Denken – ein Charakterzug, den der Mathematiker in mir bewunderte – und sein ungewöhnlicher Tatendrang. Nach fast einem Monat ergebnisloser Forschung schickte H seine Träger ins Dorf zurück und wanderte allein den Gletscher hinauf. Dort nähte er sich ein Ziegenfell an seine Kleidung und zog elf Tage mit einer Herde wilder Ziegen umher, bis die Bären auf einen Einkaufsbummel vorbeikamen. Er kam kaum mit den Fellen auf seinem Rücken davon, und ich glaube, ein Zeh ist ihm erfroren. Aber seine Story hat er bekommen, das muss man ihm lassen.«

»Hmm«, meinte Michael. »Wenn das alles war, was er gewollt hatte, warum war er dann immer noch da, als sie ankamen?«

»Das habe ich ihn auch gefragt«, sagte Juda. »Er meinte, dass es sich bei den insgesamt fünf Bären um die Monster handelte, die die Dorfbewohner beim Stehlen ihrer Tiere beobachtet hatten, und dass diese Entdeckung alle wichtigen journalistischen, wissenschaftlichen und sensationellen Aspekte seiner Story abdeckte. Er hatte jedoch noch etwas anderes entdeckt, das er sich nicht erklären konnte und das ihm einfach keine Ruhe ließ. Oben, in der Nähe eines der Gipfel, wo sich die Bären ein Höhlensystem gegraben hatten, fand er die Kadaver von zwei weiteren Bären und die Überreste vieler anderer, die einige Jahrzehnte alt waren. Etwas hatte sie gefressen.«

»Was ist daran so ungewöhnlich?«, wollte Michael wissen.

»Denken Sie nach«, sagte Galen. »Was könnte in dieser Höhe, wo so wenig überlebt und sogar die Bären zum Fressen von den Bergen hinabsteigen müssen, bösartig und stark genug sein, um einen drei Tonnen schweren Eisbären anzugreifen und aufzufressen?«

»Ganz genau. Unglücklicherweise hatte er mit der Bekanntmachung seiner Eisbärenentdeckung schon genug Probleme verursacht, so dass die Einheimischen kurz davor standen, ihn festzunehmen und auf schnellstem Weg aus dem Himalaja zu jagen.«

»Warum das?«, fragte Michael.

»Weil die verschiedenen Abgüsse von Fußabdrücken und ein mutmaßliches Schädelfragment, ganz zu schweigen von dem gelegentlichen Interesse von Koryphäen wie Sir Edmund Hilary den Rakshasha, oder Yeti, zur bedeutenden Touristenattraktion des Himalaja gemacht haben, obwohl er niemals gefangen und auch nur selten gesichtet wurde. Der Mangel an Beweisen hinderte die nepalesische Regierung nicht daran, 1961 öffentlich zu erklären, dass der Yeti tatsächlich existiere, und kurz darauf wurde er zum Wahrzeichen ihres Landes.«

»Sie haben ihn sogar auf Briefmarken gedruckt«, fügte Michael hinzu.

»Richtig«, sagte Juda. »Zieht man all das in Betracht, wie groß war dann Ihrer Meinung nach das Interesse daran, dass ein Journalist herausfindet, ihr Nationalsymbol sei nichts weiter als ein besonders zottiger Bär?«

»Es überrascht mich, dass er es überhaupt bis zu Ihrem Essen geschafft hat«, sagte Galen scherzhaft.

»Beinahe wäre es ihm nicht gelungen«, sagte Juda. »H wurde nur deswegen nicht gelyncht, weil er mit Unterstützung der tibetanischen Regierung dort war. Und da die Stelle, an der er die Bären entdeckt hatte, sich auf dem Melung Gletscher befand, der zwischen Tibet und Nepal liegt, konnte man sich nicht einig werden, welches Gericht für ihn zuständig war. Es wurde schließlich entschieden, dass er einfach das Gebiet verlassen solle, solange noch eine gewisse Uneinigkeit herrschte. Zwei Tage nachdem wir uns kennen gelernt hatten, kam ein Frachtflugzeug an, das uns nach China bringen konnte.«

»Sie hatten also beschlossen, ihn zu begleiten?«, fragte Michael.

»Ich hielt es für das Klügste«, sagte Juda. »Sie müssen

bedenken, dass meine Bekanntschaft mit H mich zum Blutsverwandten eines Yetischlächters machte – zumindest in den Augen der Nepalesen.«

»Lassen Sie mich raten«, sagte Galen. »Sie haben inmitten eines Hagels von Flaschen und Steinen abgehoben, die Ihre ehemaligen Gastgeber nach Ihnen warfen, und als Sie erst einmal in der Luft waren, hat Ihr unerschrockener Freund den Piloten davon überzeugt, seinen Kurs zu ändern und nach dem echten Yeti zu suchen.«

»Ja.«

»Woher haben Sie das gewusst?«, rief Michael aus.

»Ich entdecke da eine ziemlich deutliche Parallele zu *In den Fesseln von Shangri-La*«, sagte Galen finster, »und fange an, mir wie ein Narr vorzukommen.«

»Das sollten Sie nicht«, antwortete Juda. »Manchmal ahmt das Leben tatsächlich die Kunst nach, und in diesem Fall ist es beinahe ein Klischeebild. Fast jedes Flugzeug, das den Himalaja verlässt, wird auf diese Weise verabschiedet. Ich glaube sogar, es hätte meinen Freund enttäuscht, wenn es bei uns anders gewesen wäre. Wir flogen nach Norden und steuerten einen Höhenzug an, einen natürlich geformten Luftweg, der uns nach Westen und über den Gipfel des Gletschers führen sollte, als ...«

»Ein Sturm losbrach«, schlug Galen trocken vor.

»Eigentlich nicht«, sagte Juda. »H und der Pilot, der zufälligerweise ein Afghane war, begannen sich darüber zu streiten, ob Tibets Annexion durch China die Kämpfe Afghanistans gegen die Sowjets widerspiegelte. Sie waren so in die Diskussion vertieft, dass keiner von beiden bemerkte, wie wir vom Kurs abkamen, bis wir in einen Berg krachten.«

»Sie sind wirklich dagegengeflogen?«, fragte Michael und goss sich eine frische Tasse Kaffee ein, den er prompt verschüttete. »Oh! Verdammt. Tut mir Leid, die Sauerei«, sagte er entschuldigend. »Hatte das Flugzeug keinen Annäherungsalarm oder einen Autopiloten?«

»Im Himalaja kann man von Glück reden, wenn die Flugzeuge Propeller haben«, sagte Juda. »Wir sind nicht direkt dagegen geflogen, sonst wäre ich jetzt nicht hier. Stattdessen haben wir ihn nur gestreift, so dass der rechte Flügel abriss. Wenige Sekunden später wurde der linke ebenfalls abgerissen und wir verwandelten uns in einen rasenden Zylinder, der über den Schnee schoss. Glücklicherweise schafften wir es, mehreren Felsvorsprüngen auszuweichen, wenn auch eher durch Zufall. Nach einer knappen Minute rasender Fahrt erreichten wir den Rand des Plateaus und schossen in die Leere hinaus. Der Journalist und ich waren vor Unschlüssigkeit und Schock wie gelähmt. Doch der Pilot bewahrte einen kühlen Kopf, und als wir über den Rand des Berges hinaus waren und in den freien Fall übergingen, packte er uns beide, griff sich den einzigen vorhandenen Fallschirm, den er hinter seinem Sitz aufbewahrte, und schob uns alle zur Tür hinaus.«

»Sie sind gesprungen?«, fragte Michael ungläubig. »Aus dem Flugzeug? Mit nur einem Fallschirm?«

»Meine Idee war das nicht«, sagte Juda. »Ich wäre im Flugzeug geblieben, bis es auf dem Talboden aufgeschlagen wäre. Aber sein schnelles Handeln rettete uns allen das Leben, zumindest für den Augenblick. Wir kamen unsanft auf, verhedderten uns im Fallschirm und rollten einige hundert Meter den Berg hinunter: ein ziemliches Gewirr aus Segeltuch, Armen und Beinen. Erstaunlicherweise schien niemand von uns ernstlich verletzt zu sein. Das Flugzeug war weg, aber wir hatten eine ungefähre Vorstellung davon, wo wir uns befanden. Ich übernahm also die Führung unserer kleinen Expedition und wir schlugen eine Richtung ein, die uns am ehesten zu irgendeiner Art von Siedlung führen würde.«

»Sind Sie einfach davon ausgegangen, dass es in den Bergen verstreute Dörfer und Klöster gibt, die nur darauf warten, von irgendwelchen glücklosen Wanderern entdeckt zu werden?«, fragte Galen in zweifelndem Ton.

»Ja«, sagte Juda geradeheraus. »Seit Anbeginn der Zeit haben Menschen im Himalaja gelebt, und es stand außer Zweifel, dass sie sich überall dort niedergelassen hatten, wo es möglich war. Von uns dreien war ich aufgrund meiner Sachkenntnis über Berge am besten in der Lage zu beurteilen, wo sich solche Orte befinden könnten.«

Galen blinzelte. »Sie machen sicher Witze. Welcher Schwachsinnige würde wirklich glauben, er könnte nach einem Flugzeugabsturz im Himalaja direkt zu einer bewohnten Siedlung laufen?«

»Einer, der glaubt, dass es nur zwei Arten von Überlebenden eines Flugzeugabsturzes im Himalaja gibt: jene, die direkt zu einer bewohnten Siedlung laufen und jene, die es nicht tun. Ich gehöre zu ersteren, und angesichts der Alternativen schlossen sich meine Gefährten meiner Meinung an.«

»Einen Moment«, warf Michael ein. »Ich dachte, Ihr Spezialgebiet sei Mathematik.«

»Meinen ersten Doktor habe ich in Mathematik gemacht«, sagte Juda, »und meinen zweiten in Geomorphologie. Wie Sie vermutlich wissen«, sagte er und neigte seinen Kopf in Galens Richtung, »kamen meine Referenzen als Dozent von Cambridge, aber ich denke, dass meine Reisen mich besser auf die damalige Situation vorbereitet hatten als drei Jahre Unterricht und ein Abschlusszeugnis.«

»Drei Jahre?«, fragte Michael. »Für zwei Doktortitel?«

»Eigentlich vier – in Mathematik, Geomorphologie, Angewandter Kosmologie und Public Relations.«

»Im Ernst?«, sagte Michael.

»Geomorphologie?«, fragte Galen.

»Das Studium der Berge.«

»Mmm-hmm.«

»Ich bin beeindruckt«, sagte Michael. »Ich wüsste nicht, dass irgendjemand auch nur zwei Doktortitel in drei Jahren erworben hätte.«

»Ich habe es in zwei geschafft«, sagte Galen.

Michaels Kinnlade klappte herunter und Juda beugte sich amüsiert vor. »Noch Kaffee, Professor?«

»Nein, danke.« Michael winkte ab. »Ich glaube, es ist Zeit für den Absinth«, sagte er und flüchtete in die Küche.

Juda wandte sich Galen zu. »Sie haben beide Doktortitel in zwei Jahren erworben?«

»Eigentlich habe ich den ersten geschenkt bekommen, und der zweite wurde mir erst fünf Jahre später überreicht – aber ich wollte einfach sehen, was er für ein Gesicht macht.«

Michael kam herein. »Hier sind ein paar Gläser für ... Hey, was gibt es da zu lachen? Sagen Sie nicht, dass Sie sich gegen mich verschworen haben.«

»Noch nicht«, sagte Juda.

»Also«, brummte Galen und faltete seine Hände um ein Glas Absinth. »Wie lange haben Sie gebraucht, um eine Siedlung zu erreichen?«

»Fast neun Tage«, sagte Juda und nippte an der grünen Flüssigkeit in seinem Glas. »Am zweiten Tag haben wir zwar ein paar Ziegen gesichtet und hofften, wir könnten eine zum Essen einladen. Aber wir konnten es mit ihrer Behändigkeit auf den steilen Felsen nicht aufnehmen. H unternahm einen Versuch, doch es brachte ihm lediglich einen gebrochenen Knöchel ein. Wir haben uns also von Pflanzen ernährt – hauptsächlich Flechten, und von geschmolzenem Schnee. Wir hatten außerdem das Glück, dass keine stärkeren Stürme über uns hereinbrachen, sonst wären wir ohne Zweifel umgekommen.«

»Wie sind Sie überhaupt vorangekommen, wenn der Journalist einen gebrochenen Knöchel hatte?«, fragte Galen.

»Wie ich schon sagte, H verfügte über ein bemerkenswertes Maß an Entschlossenheit. Wir verbanden seinen Fuß mit Stoffstreifen, die wir aus unseren Kleidern gerissen hatten, und der Narr wanderte weiter. Tatsächlich ist es nicht mir, sondern ihm zu verdanken, dass wir Meru entdeckten. Wir waren über ein weites grasbewachsenes Plateau gewandert und bereits weit hinabgestiegen, als wir auf eine etwa fünf Meter hohe Steinpyramide stießen. Aus ihrer Spitze ragte so etwas wie ein Mast, der mit Stoffbahnen umwickelt war – offenbar handelte es sich um einen religiösen Schrein. Ich ging daran vorbei und würdigte ihn kaum eines Blickes – aber H und unser Pilot, der Hammurabi hieß, wie ich inzwischen erfahren hatte, blieben einige Schritte hinter mir stehen. Ich nahm an, sie wären stehen geblieben, weil H Schwierigkeiten mit seinem Knöchel hatte, aber in Wirklichkeit konnten sie sich nicht entscheiden, welches der richtige Weg war, die Pyramide zu umrunden.«

»Der ›richtige Weg‹?«, fragte Galen. »Ich hätte gedacht: ›so schnell wie möglich‹ wäre der richtige Weg.«

»Das habe ich auch gedacht – aber H brachte fremden Kulturen ein ungewöhnliches Maß an Respekt entgegen, und das bildete den Kernpunkt der Diskussion. Hammurabi war Muslim und glaubte, dass ein religiöses Monument links umgangen werden müsse, während H davon überzeugt war, dass es sich um ein buddhistisches Monument handelte, und er es daher rechts umgehen sollte.«

»Großer Gott«, sagte Michael. »Sauerstoffmangel, das war das Problem. Wie haben Sie es gelöst?«

»In typischer H-Manier. Er schlug vor, dass jeder von ihnen das Monument in der von ihm gewählten Richtung umgehen solle, aber rückwärts – aus Ehrerbietung – und wenn sie es umrundet hätten, würden sich ihre Pfade wieder kreuzen. So würden sie beide Möglichkeiten auf demütigste Weise in die Tat umsetzen. Ich setzte mich also auf einen Stein und sah zu, wie diese beiden dünnen, ausgehungerten, ehrerbietigen Idioten um die buddhistische Pyramide schritten – in Hs Fall humpelten –, als mich von hinten plötzlich ein Schlag traf.«

»Hmm«, ließ sich Galen vernehmen. »Räuber, nehme ich an.«

»Genau genommen eine alte Bäuerin. Über der einen Schulter trug sie einen Sack, und in der anderen Hand hielt sie einen Gehstock, der ziemlich stabil war, wie ich bezeugen kann.«

»Hatte sie sich vielleicht im Gras versteckt, oder hinter der Pyramide?«, fragte Michael.

»Nein. Das Gras war nur wenige Zentimeter hoch und meine beiden Gefährten traten einander auf die Füße, während sie das Monument umrundeten. Sie ist einfach aufgetaucht – von einem Moment zum nächsten.«

»Eine Zen-Illusionistin«, sagte Galen mit einem Anflug von Sarkasmus. »Haben Sie das dort gelernt?«

»Ja.«

Keiner der beiden Männer hatte diese Antwort erwartet, besonders Galen nicht, der nur einen Scherz gemacht hatte – doch Judas ruhiger Blick und die schlichte Ehrlichkeit seiner Antwort ließen darauf schließen, dass er nicht scherzte.

»Sie schlug mich noch einmal mit dem Stock, wandte sich dann um und stolzierte davon. Ham und H kamen herbeigeeilt und wollten wissen, woher sie gekommen war und warum sie mich geschlagen hatte. Ich wollte gerade zu einer Antwort ansetzen, als sie sich umwandte und uns schroff fragte, ob wir ihr folgen würden oder ob wir vorhätten, weiter wie Yak-Mist im Freien herumzusitzen. Wir folgten ihr natürlich – sie hatte offensichtlich ein Ziel, und wo immer sie hinging, gab es vermutlich Wärme, Schutz vor dem Wetter, Essen oder alle drei Dinge zusammen. Nach mehreren Kilometern wurde klar, dass es wieder berauf ging. Wir passierten ein schmales Tal und kamen an einigen weiteren Monumenten vorbei – alle weit genug entfernt, um Diskussionen über Uhrzeigersinn oder Nichtuhrzeigersinn zu vermeiden. Schließlich sahen wir unser Ziel: einen hohen, schneeüberkrusteten Gipfel, direkt hinter einigen zerklüfteten Bergen, die das Tal umgaben. Ich wollte gerade vorauslaufen und die Bettlerin – die, wie ich zu meiner Verlegenheit zugeben muss, uns alle an Geschwindigkeit und Gelenkigkeit übertraf – fragen, wann genau wir darauf hoffen konnten, eine Siedlung zu erreichen, als sie neben einem riesigen Felsbrocken stehen blieb, der vor uns aus dem ansteigenden Talboden aufragte. Sie fluchte vor sich hin und verdrehte die Augen, während sie darauf wartete, dass wir aufholten, als verschwendeten wir durch unser Hinterdreinstolpern ihre Zeit.

Als wir den Felsbrocken erreicht hatten, wies sie uns an – in tadellosem Englisch, wie ich anmerken sollte –, den Felsen hinauf zu klettern. Ich hielt das für sinnlos, aber wenn man bedachte, dass sie damals unsere einzige Hoffnung auf einen Krümel Brot war, während einer Wanderung, die schon viel zu lange andauerte, zierte ich mich nicht lange. Ham und ich kletterten als erste nach oben und zogen dann H und schließlich die Bettlerin hinauf. Oben befand sich, links von der Mitte des Felsens, eine etwa fünfundzwanzig Zentimeter lange Vertiefung, die aussah wie ein Fußabdruck in Zement. Sie forderte jeden von uns auf, einen Schuh auszuziehen und einer nach dem anderen unsere Füße in die Mulde zu setzen. Wir fügten uns in dem Glauben, es handle sich um irgendein obskures religiöses Ritual oder ähnlichen Unsinn. Ich ging als erster und hoffte, dadurch in ihrer Gunst zu steigen, doch alles was mir meine Bemühungen einbrachten, waren ein kalter Fuß und eine Ohrfeige.

Hammurabi war der nächste, und ihm erging es nicht viel besser. Allerdings schien er eine angemessene Demut zu zeigen, denn er wurde nicht geschlagen. Auf unsere Schultern gestützt, setzte H seinen rechten Fuß in die Vertiefung, und der finstere Gesichtsausdruck der Bettlerin verwandelte sich in offenes Erstaunen, dem wir uns einen Augenblick später anschlossen. Hs Fuß passte haargenau in den Abdruck, und ich hätte nicht geglaubt, was als nächstes geschah, wenn ich nicht mit ihm in Kontakt gewesen wäre, als der Strom hinauffloss.«

»Was für ein Strom?«, fragte Michael.

»Ich weiß es nicht – ich kann nur sagen, dass irgendetwas durch ihn hindurchfloss. Irgendetwas Ungewöhnliches, Magisches, denn als sein Fuß den Stein berührte, heilte sein Knöchel auf der Stelle.«

»Sind Sie sicher, dass sich sein Zustand nicht einfach nur im Laufe Ihrer Wanderung verbessert hatte?«, warf Galen ein. »Eine Verstauchung kann innerhalb von wenigen Tagen heilen.«

»Sein Fuß war nicht verstaucht, sondern gebrochen«, sagte Juda. »Und wenn es irgendwelche Zweifel gegeben hatte, dann zerstreute er diese sehr schnell, indem er von dem Felsbrocken hinunter sprang und geradewegs auf dem eben noch hinkenden Bein landete. Wir kletterten hinab und halfen der Bettlerin herunter. Ihr verärgerter Gesichtsausdruck hatte sich in etwas verwandelt, das ich nur als Erleichterung beschreiben kann. Sie fing an, mit uns zu schwatzen – insbesondere mit H – und fragte, ob wir etwas zu essen haben wollten und vielleicht einen warmen Ort zum Übernachten – Vorschläge, die kaum auf größere Begeisterung hätten stoßen können. Sie bedeutete uns, ihr zu folgen, und ging links um den riesigen Felsen herum. Wir folgten ihr und stellten kurz darauf fest, dass sie vorhatte, den Felsen zu umrunden – was sie auch tat, wieder und wieder und wieder, insgesamt dreizehn Mal. Auf dem letzten Rundgang ging sie jedoch um die Südseite des Steins und verschwand. Wir blieben stehen und sahen einander verwirrt an. Dann schlug ein nur zu bekannter Stock gegen meine Schienbeine. Im Sockel des Felsens hatte sich ein Spalt geöffnet. Sie stand einige Stufen tiefer und beschimpfte uns mit erneuter Heftigkeit.«

»Und schlug nach Ihnen«, sagte Michael.

»Und schlug nach mir. Nachdem sie sich unserer Aufmerksamkeit versichert hatte, drehte sie sich um und verschwand in der Finsternis. H ging voran und wir folgten ihm.«

»Die Wände des unterirdischen Ganges bestanden aus unverputzten Steinen, die hier und da von massiven Holzbalken abgestützt wurden. Die Stufen waren nahtlos, als hätten sie sich auf natürlichem Weg aus dem Felsgestein gebildet oder wären aus einem Stück gemeißelt worden. Wir passierten mehrere Kammern, die vom Hauptgang abzweigten, alle ähnlich prähistorischen Ursprungs waren und leer standen. Bald kam es uns vor, als seien wir schon seit Stunden unterwegs, und da sich die Stufen gelegentlich nach oben schlängelten, fehlte uns jedes Maß, mit dem wir hätten abschätzen können, wie tief wir uns befanden. Selbst wenn wir uns auf einem relativ horizontalen Pfad bewegten, waren wir einige hundert Meter unter der Erde, da wir im Großen und Ganzen westwärts in den Berg hinein wanderten.«

»Woher wussten Sie das?«, fragte Michael. »Offensichtlich sind sie nicht im Dunkeln gewandert.«

»Alle paar Meter standen Talglichter auf der Treppe, die in Kupferschalen schwammen«, sagte Juda. »Ich habe allerdings keine Ahnung, wer oder was sich um sie kümmerte.«

»Was meinen Sie mit ›wer oder was‹?«, fragte Galen.

»Darauf wollte ich gerade kommen«, sagte Juda, und ein nervöses Lächeln zuckte in seinem Gesicht.

Merkwürdig, dachte Michael – was um alles in der Welt konnte Juda nervös machen? Besonders nach all den Geschichten, die er ihnen erzählt hatte? Ein schneller Blick zu Galen sagte ihm, dass der Musiker sich dieselbe Frage stellte und dass es besser sei, sie nicht auszusprechen. Wie sich zeigte, war das auch nicht nötig.

»Wir stießen auf eine Öffnung mit einer schweren Holztür, die zur Überraschung unserer Führerin einen Spalt weit offen stand. Eilig machte sie einen Satz nach vorn und zog sie ins Schloss. Wir hatten jedoch bereits allzu deutlich gesehen, was dahinter lag. Entlang der Wände waren, wie eine Prozession toter Regenten aus *König Salomons Diamanten,* mehrere Skelette aufgereiht. Von ihrer Ehrfurcht gebietenden Anordnung abgesehen, gab es keine Verzierung und kein Anzeichen dafür, dass es sich um etwas anderes als Menschen handelte, oder dass der Ort etwas anderes als ein Mausoleum darstellte. Außer ...«

»Ja?«, drängte Galen.

»Die Skelette waren der Größe nach aufgereiht und diese reichte von anderthalb bis zu sechs Metern.«

Michael schüttelte den Kopf. »Sie waren ausgehungert, erschöpft und litten aller Wahrscheinlichkeit nach unter Sauerstoffmangel. Sie hatten Halluzinationen, das ist alles.«

»Wenn Sie meinen«, sagte Juda. »Wir waren uns da nicht so sicher – jedenfalls damals nicht. Schließlich verbreiterte sich der Stollen zu einem weiten, höhlenartigen Raum, der ungefähr die Größe einer Turnhalle hatte. An verschiedenen Stellen über den Raum verteilt brannten Feuer, und er wurde hier und da von langen Vorhängen aus geflochtenem Schilfrohr unterteilt. Neben einem Feuer befand sich ein Stapel Holzkisten, und dort blieb unsere Führerin schließlich stehen und legte ihren Stock auf den Boden. Dankbar für die Wärme drängten wir uns um das Feuer und nahmen die Reiskuchen und Streifen getrockneten Fischs an, die sie aus einer der Kisten hervorholte. Und wie Sie sich denken können, schliefen wir alsbald auf den Fellen ein, die um das Feuer verstreut lagen.«

»Schaffelle?«

»Nein«, sagte Juda. »Bär – groß, weiß und sehr zottelig.«

»Oh, wie passend«, sagte Galen. »Das Tier, das die mystischen Yeti auffraß, war eine resolute, buckelige Bettlerin.«

»Lachen Sie nicht«, sagte Juda. »Sie haben nicht gesehen, wie sie diesen Stock geschwungen hat.«

»Und Hs Fuß ging es immer noch gut?«, fragte Michael. »Sogar nach dieser ganzen Wanderei?«

»Er war kerngesund. Wir konnten es uns nicht erklären, aber uns war nicht danach, es in Frage zu stellen – wir waren einfach damit zufrieden, im Warmen und Trockenen zu sein und einen vollen Magen zu haben. Ich weiß nicht, wie lange wir geschlafen hatten, aber als wir aufwachten, saß sie wenige Meter entfernt an einem Feuer, in ein altes Buch vertieft. Es war nicht unsere Absicht, in ihre Privatsphäre einzudringen, doch als wir uns ihr näherten, schlug sie es zu, als stecke es voller Staatsgeheimnisse. H hatte trotzdem einen Blick hineinwerfen können und vertraute Ham und mir später an, dass es anscheinend auf Französisch geschrieben war.«

»Sie sagten, dass sie fließend Englisch sprach«, überlegte Michael laut. »Sie war also offensichtlich Europäerin. Was hatte sie in einer Höhle in Tibet verloren?«

»Diese Geschichte sollten wir erst noch erfahren. Für den Augenblick scheuchte sie uns an unser Feuer zurück. Bevor sie sich uns anschloss, stapelte sie jedoch mehrere Kisten übereinander und legte das Buch obenauf.«

»Wozu denn das?«, fragte Galen überrascht. »Schließlich hätten Sie doch einfach hinübergehen und es sich anschauen können. Es bringt doch nichts, das Buch ein paar Zentimeter über dem Boden abzulegen.«

Michael, der sich ein weiteres Glas Absinth einschenkte, unterbrach sie. »Das ist eine durch und durch tibetanische Handlungsweise. Tibet verfügt über eine der größten und längsten literarischen Traditionen von ganz Asien, und man behandelt Bücher dort mit großer Ehrfurcht. Auch wenn ein Text keine heilige Schrift enthält, wird er als der zu Wort gewordene Körper Buddhas angesehen – so etwas wie ein vorläufiges Fundament der ewigen Wahrheit. Deshalb dürfen Bücher in Tibet niemals auf dem Erdboden, auf Fußhöhe oder an einem tiefer gelegenen, unreinen Platz abgelegt werden.«

»Aha«, sagte Galen. »Jetzt verstehe ich.«

Juda bedankte sich bei Michael mit einem Nicken für das nachgefüllte Glas und fuhr fort. »Wir waren der Meinung, dass wir uns erst einmal vorstellen sollten, und sie nickte Hammurabi und mir höflich zu. Doch als H an der Reihe war, sah sie aus, als sei ein Elefant auf sie getreten. Platt. Absolut platt. Sie stellte sich daraufhin als A vor, stand auf und eilte aus dem Raum.«

»Als was hat sie sich vorgestellt?«, fragte Galen, einen Herzschlag nach Michael.

»A. A ist A. Und A war ihr ... war sie«, sagte Juda.

»Wie schön, wenn ein lang verlorener Sohn auf seine Mutter trifft«, sagte Michael ironisch.

»Wie sich herausstellen sollte, sind Sie näher an der Wahrheit als Sie glauben«, erwiderte Juda in aller Ernsthaftigkeit. »Wir saßen verblüfft da, knabberten an Reiskuchen und fragten uns, was wir als nächstes tun sollten. Nach einer Weile wurde H unruhig und beschloss, den Stollen zurückzuwandern und sich umzusehen. Ham und ich waren noch immer ziemlich erschöpft und wollten in der Hauptkammer bleiben, um uns auszuruhen. H war noch keine zehn Minuten fort, als er auch schon wie ein Irrer grinsend in den Raum zurückgelaufen kam. ›Kommt hier ’rüber, Jungs‹, sagte er atemlos, ›das müsst ihr euch ansehen.‹ Wir murrten ein wenig, aber letztendlich wollten wir wissen, was ihn so sehr in Aufregung versetzten konnte. Schließlich war er ein Kerl, dessen Vorstellung von einem normalen Tag darin bestand, sich als Ziege zu verkleiden, um Schneemenschen zu fangen. Wenn er sich aufregte, dann hatte er die Bundeslade gefunden oder den Heiligen Gral oder etwas ähnlich Sensationelles.«

Michael nickte. »Er war zurückgegangen, um sich die riesigen Skelette anzusehen, oder?«

»Nun, vermutlich war das seine ursprüngliche Absicht gewesen«, sagte Juda. »Diese Höhle befand sich ein ganzes Stück weiter hinten im Stollen – weiter als er in den wenigen

Minuten, die vergangen waren, hätte hin und zurück laufen können. Er hatte stattdessen die erste Abzweigung genommen, auf die er gestoßen war – ein etwa zweieinhalb Quadratmeter großer Raum, bei dem es sich um eine Art Lagerraum handelte, höchstwahrscheinlich ihre Speisekammer.«

»Noch mehr Reiskuchen?«, fragte Galen und beugte sich vor, um sich Absinth nachzuschenken.

»Kaum«, sagte Juda. »Sie war voller Fische, die von der niedrigen Decke hingen. Einige waren getrocknet, andere so frisch, dass sie immer noch glänzten.«

»Und warum hat ihn das so in Aufregung versetzt?«, fragte Michael. »Das ist in Asien ein ziemlich weit verbreitetes Nahrungsmittel.«

»Fisch ja – Coelacanthus im allgemeinen nicht.«

»Wie bitte?«, sagte Michael.

»Was ist ein Kölakantus?«, fragte Galen.

»Eigentlich ist das ein Fisch«, sagte Juda, »aber mit Ausnahme von zwei Exemplaren, die in den Dreißiger Jahren vor der Küste Madagaskars gefangen wurden, handelt es sich um eine Spezies, die seit zwanzig Millionen Jahren nicht mehr gesichtet wurde – und in dieser Höhle hingen etwa vier Dutzend davon zum Trocknen unter der Decke.«

»Erstaunlich«, sagte Michael. »Wonach hat er geschmeckt?«

»Haben Sie jemals Klapperschlange gegessen?«, fragte Juda.

»Sicher.«

»Der Geschmack war ähnlich, nur salziger.«

Galen winkte ab und schüttelte den Kopf. »Der Fisch hat wie eine Schlange geschmeckt?«

»Das passt«, sagte Michael und wandte sich ihm zu. »Beide stammen vermutlich von denselben prähistorischen Reptilien ab, also müssten sie auch ähnlich schmecken.«

»Eigentlich wird vermutet, dass der Coelacanthus selbst der Vorfahre war«, sagte Juda mit einem Grinsen. »›Ich bin mein eigener Großvater‹, nur eben auf die Spitze getrieben. H war von diesem Fund völlig hingerissen, und schließlich bekamen wir sogar einen davon zu essen. Noch immer von unserer Entdeckung begeistert, kehrten wir in die Hauptkammer zurück, und stellten fest, dass A wieder da war – diesmal in Begleitung von einem Dutzend Ankoriten.«

»Heilige Eremiten«, sagte Michael zu Galen.

»Sie saßen um das Feuer herum und diskutierten auf Tibetanisch. Wir nahmen an, dass A die Anführerin sei, da man sich ihr im allgemeinen unterordnete. Aber einige der anderen waren so alt, dass sie es durchaus mit ihr aufnehmen konnten. Interessanterweise schienen nur vier von ihnen Tibetaner zu sein: drei Männer, deren Alter zwischen Fünfzig und wer weiß wie alt lag, und eine Frau um die Siebzig oder Achtzig. Dann waren da zwei Inder, ein Mann mittleren Alters und eine Frau um die Dreißig, außerdem ein großer, vielleicht fünfzigjähriger Skandinavier. Außerdem gab es drei dunkelhäutige Männer, vielleicht Ägypter, von unbestimmbarem Alter. Der elfte Mann war eindeutig Orientale, ziemlich fettleibig, und besaß ein sympathischeres Gesicht, als alle anderen in der Höhle. Die letzte, eine ältere, rothaarige, europäische Frau, war gerade in eine hitzige Diskussion mit A verwickelt, in der es, den häufigen Gesten in unsere Richtung nach, um uns ging. Plötzlich trat H vor, umrundete sie von rechts und warf sich vor ihnen der Länge nach auf den Boden. Das brachte sie zum Verstummen. A strahlte, als sei ihre Meinung gerade bestätigt worden, und die Rothaarige blickten erst zu ihr und dann auf H hinunter, der sich nicht gerührt hatte. Schließlich standen sie ohne ein Wort gemeinsam auf und verließen die Kammer durch einen Ausgang am hinteren Ende. A stieß H mit dem Stock an; er stand auf und klopfte sich den Staub von den Kleidern. Dann winkte sie Ham und mich zum Feuer herüber und gab uns zu verstehen, dass wir uns setzen sollten. Ihr Gesicht faltete sich wie ein knittriges Pergament, als sie uns anlächelte. ›Willkommen in Meru‹, sagte sie. ›Ich bin Alexandra David-Neel, und ich habe schon sehr lange und geduldig auf Sie gewartet.‹«

KAPITEL SECHS

Die Bibliothek des Himmels

Galen beugte sich vor und rutschte Stirn runzelnd an die Kante seines Stuhls. »Alexandra David-Neel ... Der Name kommt mir sehr bekannt vor, aber ich weiß nicht recht, wo ich ihn einordnen soll.«

»Sie kennen sie vielleicht als Alexandra David«, sagte Juda. »Zur Zeit der Belle Époque war sie in Frankreich Opernsängerin.«

»Natürlich!«, rief Galen und schnippte mit den Fingern. »Jules Massenets ›Manon‹. Damals war sie ein Star, wenn auch nur für kurze Zeit.«

»Sagen Sie«, meinte Michael, »war Alexandra David-Neel nicht die Journalistin, die als erste europäische Frau das heilige Kloster in Lhasa betreten hat? Waren die beiden möglicherweise miteinander verwandt?«

»Es handelt sich um ein und dieselbe Person – die Frau, die vor uns in der Höhle saß.«

»Dann ist sie nicht, ähm, tot?«, fragte Michael skeptisch.

»Sind Sie tot?«, fragte Juda.

»Warum fragen Sie das, wo Sie doch offensichtlich hier sitzen und mit mir ... Ah, ich verstehe. Fahren Sie fort.«

Juda lächelte. »Das muss Ihnen nicht peinlich sein – eine Menge Leute werden aus dem einen oder anderen Grund fälschlicherweise für tot erklärt. Bei ihr lag es daran, dass sie nach Tibet zurückkehren wollte. Alexandra oder ›A‹, wie sie von uns genannt werden wollte, hatte es im frühen zwanzigsten Jahrhundert durch ihre umfangreichen Schriften über die Region Tibet zu Ruhm und Ehren gebracht. Sie verließ das Land erst, als es durch das Eindringen der Japaner während des Zweiten Weltkriegs zu gefährlich wurde. Außerdem war sie damals eine etwa siebzigjährige Frau und die

Anstrengungen einer so mühsamen Reise haben sie sehr stark mitgenommen.«

»Siebzigjährig«, sagte Galen und rechnete im Kopf nach. »Sie würde jetzt also auf die Einhundertundfünfzig zugehen – und das soll die Frau sein, von der Sie behaupten, dass sie im Himalaja herumgewandert ist?«

»Sie ist nicht herumgewandert«, sagte Juda. »Sie ist eine *kora* gelaufen, eine religiöse Umrundung des Berges über uns, der mehreren Religionen als heiliger Ort gilt – Mount Kailas. Für die Hindus ist er der Thron Shivas und einer der Seen zu seinen Füßen eine heilige Quelle, die aus dem Geist Brahmas geschaffen wurde. Für die Buddhisten, Bonpo und Jaina ist er die Seele der gesamten Region. Die Gläubigen suchen ihn seit Jahrhunderten auf der Suche nach spiritueller Erleuchtung und Absolution auf. Für die meisten Abendländer ist er mit etwas über sechstausendsiebenhundert Metern Höhe der dritthöchste Berg in Tibet. Und für einige hundert Generationen von Gläubigen war er die Verkörperung des Mount Meru, des größten Berges im Zentrum des Universums.«

Michael nickte, als sich für ihn einige Puzzleteile der Geschichte zusammenfügten. »Meru – ›der Weltberg‹, oder ›der Erste der Berge‹. Er ist ein bedeutender Bestandteil der religiösen Kosmographie Asiens. Ich hätte schon früher darauf kommen können.«

»Nicht nur Asiens«, sagte Juda, »sondern auch der Sumerer.«

»Dann wären wir also wieder bei den Sumerern. Ist das von Bedeutung?«, fragte Michael.

»Das wird es werden«, erwiderte Juda. »Bald wurde deutlich, dass A hauptsächlich an einem Gespräch mit H interessiert war – Ham und ich waren, glaube ich, nichts weiter als ein notwendiges Übel.«

»Was war an ihm so Besonderes, außer der Vorliebe für einsilbige Namen?«, fragte Galen.

»Nun, zunächst einmal hätten wir sie gar nicht sehen dürfen – einige Tausend Pilger laufen jedes Jahr *kora* um den Berg, aber nur wenige bekommen einen der Meru-Ankoriten zu Gesicht, und niemand sieht jemals A. Das ist eines der Privilegien eines Zen-Illusionisten.«

»Und warum ...?«

»Warum wir sie sehen konnten? Weil das Muster, das H und Ham bei ihrer Wanderung um die Pyramide gelaufen waren, ein Mandala bildete – ein Offenbarungsmuster. Und A war das, was offenbart wurde. Als sie feststellte, dass wir sie sehen konnten, musste sie als Nächstes herausfinden, ob das Zufall war oder Schicksal. Darum ging es bei der Sache mit dem Felsblock. Es handelte sich um ein *shapje* – einen Fußabdruck, den Buddha höchstselbst hinterlassen hatte.«

»Und dass Hs Fuß in den Abdruck passte«, begann Michael, »war das entscheidende Argument.«

»Genau. A zufolge waren das die beiden zu jenem Zeitpunkt notwendigen Qualifikationen, um in den Kreis der Ankoriten aufgenommen zu werden.«

»Wie viele Qualifikationen gibt es?«, fragte Galen.

Juda zuckte mit den Schultern. »Ich glaube nicht, dass es eine Beschränkung gibt.«

»Das scheint mir aber nicht gerade fair«, sagte Michael.

»So ist Zen nun einmal«, sagte Galen.

»Die Meru hatten davon eine etwas andere Vorstellung«, sagte Juda. »Es gibt viele Dinge am Zen-Buddhismus, die ich gleichermaßen idiotisch und außerordentlich bemängelnswert finde. Trotzdem ist da auch einiges zu bewundern, vor allem an der Methodik des Zen, ein intuitives Verständnis abstrakter Sachverhalte anzuregen; eine Methodik, die die Meru aufs Äußerste verfeinert haben.«

»Wie das?«

»Durch die völlige Ablehnung linearer Vernunft nicht nur in der Theorie, sondern auch in der Praxis. Zen mag wie ein äußerst paradoxes System wirken – wer es versteht, braucht es nicht. Andererseits können diejenigen, die es brauchen, es niemals verstehen und brauchen es deshalb ebenso wenig. Die grundlegende Botschaft des Zen lautet nicht nur, dass da kein ›da‹ da ist, es gibt schlicht kein ›da‹, das da sein kann – und auch kein ›hier‹ – und kein ›Ding‹, das wahrnehmen oder wahrgenommen werden kann. Zen lehrt außerdem, dass das Wesen Buddhas oder das Potential, Erleuchtung zu erlangen, in jedem von uns steckt, sich aufgrund unserer Unwissenheit jedoch in schlafendem Zustand befindet. Man erweckt es nicht durch das Studium von Schriften, die Ausführung guter Taten, Riten und Zeremonien oder die Anbetung von Bildern, sondern durch einen plötzlichen Ausbruch aus den Grenzen des alltäglichen logischen Denkens. Die Übung in den Methoden, die zu solch einer Erleuchtung führen, wird am besten direkt von einem Meister an einen Schüler weitergegeben. Die empfohlenen Methoden unterscheiden sich jedoch von Sekte zu Sekte. Eine Sekte betont einen plötzlichen Schock und die Meditation paradoxer Aussagen, die *koan* genannt werden. Eine andere zieht die Methode der sitzenden Meditation vor. Es ist Zen-Buddhisten unmöglich, zu erkennen oder zu verstehen, dass ›da‹ und ›hier‹ und ›Dinge‹ vollkommen relativ sind, und dass alle ›Wirklichkeiten‹ – alle und nicht nur eine bestimmte – vollkommen relativ sind.«

»Relativ in Abhängigkeit von der eigenen Wahrnehmung«, sagte Galen, »und das einzige Kriterium dafür, ob diese Wahrnehmungen auf Berührung oder auf Deutung basieren.«

Juda sah den Musiker mit echter Hochachtung an. »Diesen Unterschied hatten die Meru erkannt und gaben ihn wiederum an uns weiter. H und ich haben fast ein ganzes Jahr gebraucht, um etwas zu verstehen, das Sie in einer einzigen Nacht begriffen haben, Professor«, sagte er ernst. »Ich hatte gehofft, dass Sie das Ganze mit offenem Verstand aufnehmen würden, aber ich muss sagen, Ihre Genialität ist beeindruckend.«

»Überstürzen Sie Ihr Urteil nicht«, sagte Galen. »Verstehen bedeutet nicht unbedingt Glauben.«

Michael räusperte sich, während er sich das Gesagte durch den Kopf gehen ließ. »Sie haben erwähnt, dass die Meru in der Praxis eine lineare Wirklichkeit abgelehnt hätten«, sagte er, das Kinn in die Hand gestützt. »Wie genau macht man das?«

»Wie ich schon sagte: Die Meru haben Zen nicht so praktiziert, wie wir es kennen, sondern einen Brauch, der älter ist als die Zeit und vor Jahrhunderten aus dem eigentlichen Zen hervorgegangen ist. Ich nehme an, man könnte A die ›Anführerin‹ oder ›Meisterin‹ der Gruppe nennen – obwohl ›Leiterin‹ oder ›Lehrerin‹ es vielleicht eher getroffen hätte. Die Meru-Ankoriten bestanden aus einem Lehrer und zwölf Jüngern. Und als jüngster und letzter Neuankömmling wurde A automatisch zur Lehrerin, als sie sich der Gruppe anschloss.«

»Die Jüngste wird zur Lehrerin?«, fragte Galen erstaunt. »Wie das?«

»Die anderen wissen bereits, was sie wissen«, antwortete Juda. »Die einzige Möglichkeit dazu zu lernen, besteht darin, von jemandem unterrichtet zu werden, der andere Erfahrungen gemacht hat als sie – A war eine solche Person, und die letzte, die seit Jahrzehnten aufgetaucht war.«

»Aber Sie sagten, es gab noch andere, die viel jünger waren als A.«

»Von der äußeren Erscheinung her, ja. Aber wenn Sie sonst nichts aus Obskuros Show heute Nacht gelernt haben, dann doch zumindest, dass äußere Erscheinungen manipuliert werden können.«

»Alles klar«, sagte Michael. »Sie sagten, dass H und Sie von ihnen unterrichtet wurden – was ist mit Ihrem Piloten passiert?«

»Am ersten Tag erfuhren wir As Geschichte, und wie sie nach Meru gekommen war – so nannten sie das labyrinthähnliche Höhlensystem unter dem Berg. Am zweiten Tag wurden wir von O, dem riesigen Orientalen, und den Indern M und K geweckt, mit denen wir den Rest des Tages verbrachten. Am dritten Tag lernten wir S, den Schweden, kennen, die Tibetaner G, R, T und Melvin ...«

»Melvin? Muss ich noch fragen?«, sagte Michael.

»Auch ein blindes Huhn ... sie wissen schon«, sagte Juda. »In jener Nacht kamen die Ägypter – U, U und U.«

»Sie hießen alle ›U‹?«

»Ja, was für ziemliche Verwirrung sorgte. Immer wenn jemand ›U‹ rief, drehten sich alle drei um. Wir haben die rothaarige Frau erst während unserer letzten Tage in Meru wieder gesehen, aber nach dem vierten Tag spielte das kaum noch eine Rolle. An jenem Morgen kamen die Zwölf geschlossen zu uns und verkündeten, dass wir unsere Bereitschaft gezeigt hätten, unterrichtet zu werden, und ihnen deshalb bei ihrer Arbeit im Zentrum Merus zusehen dürften. Sie zündeten mehrere Lampen an und führten uns tiefer in das Stollensystem hinein, als wir auf unseren bisherigen Wanderungen vorgedrungen waren. Ich kann nicht sagen, in welcher Tiefe wir uns bewegten. Je weiter wir jedoch kamen, desto dichter schien die Luft zu werden – sie schien geradezu das Gewicht des Berges über uns zu tragen. Schließlich stießen wir auf ein Paar massiver Holztüren, die in eisernen Angeln hingen. Damit verbunden war ein aufwändiger Mechanismus, mit dessen Hilfe man die Türen öffnen konnte. Offensichtlich handelte es sich dabei jedoch um die Ergänzung einer Konstruktion, die von größeren Menschen als uns gebaut worden war. H, R, T und O betätigten den Mechanismus und die Türen schwangen langsam auf.«

»Was lag dahinter?«, fragte Galen und beugte sich vor. »Die Bibliothek?«

»O ja«, sagte Juda. »Da war sie. Hinter den Türen befand sich eine etwa zwölf Meter lange zylindrische Kammer. An ihren Wänden reihten sich Regale, und die Regale waren mit

Büchern voll gestopft. Der Anblick zog H so sehr in seinen Bann, dass er mit starrem Blick darauf zuging und zwei der Us ihn erst im letzten Moment von dem Abgrund zurückreißen konnten.«

»Abgrund?«, fragte Galen.

»Hinter den Türen befand sich nur ein schmaler Vorsprung«, erklärte Juda, »sonst waren die Wände ringsum mit Regalen voll gestellt und es gab kein sichtbares Leiter- oder Gerüstsystem. Das verwirrte uns, denn die Kammer besaß keine Decke und keinen Boden. Nach oben und unten erstreckte sich eine endlose Reihe von Regalen und Büchern, die in der Dunkelheit verschwanden. M, K, S und Melvin nahmen kupferne Öllampen aus einem Fach neben der Tür, zündeten sie an und traten über den Abgrund hinaus. Sie gingen weiter, als würden sie auf festem Boden laufen und stellten die Lampen in Vertiefungen zwischen den Regalen ab. Trotz der zusätzlichen Beleuchtung konnten wir in beiden Richtungen immer noch kein Ende der Bibliothek ausmachen. Die anderen Jünger betraten die Kammer und postierten sich in verschiedenen Höhen. Und das alles ohne sichtbaren Untergrund – sie gingen einfach umher, als sei die Luft fest wie Granit.«

»Oder eine auf den Kopf gestellte Decke«, sagte Galen selbstgefällig.

Juda nahm die Bemerkung mit einem Augenzwinkern zur Kenntnis. »Zen-Magier sind im Himalaja bekannt für ihre Fähigkeit, in sich Wärme zu erzeugen. Das kann in einem Schneesturm nützlich und ein eindrucksvolles Schauspiel sein – aber manchmal will man keine Wärme erzeugen, sondern einfach nur ein Buch aus dem obersten Regalfach holen.«

»Ich nehme an, Sie und der Journalist waren beeindruckt«, sagte Michael, »und Ihr afghanischer Pilot ...«

Juda senkte traurig den Kopf. »Hammurabi war ein guter Mann und ein ergebener Muslim, aber nichts in seinem

Leben hatte ihn auf etwas vorbereitet, das alle Zeichen der Blasphemie trug. Während wir dastanden und mit weit aufgerissenen Augen die Bibliothek anstarrten, verschwand er, und wir haben ihn nie wieder gesehen.«

»Ihrer Beschreibung nach waren die Ankoriten anscheinend an Besucher gewöhnt«, sagte Michael.

»Sie waren an die Ankunft neuer Lehrer gewöhnt und an gelegentliche Pilger«, sagte Juda. »Wenn ein neuer Lehrer eintraf, wies der vorherige Lehrer ihn in die Regeln der Gruppe ein und die Us hielten schließlich die neue Geschichte fest. Melvin schnitzte Holzklötze in der Form von Buchstaben, nach den Mustern, die in der Muttersprache des Lehrers verwendet wurden, um die Authentizität der Geschichte zu bewahren. G, R und T begannen daraufhin mit dem mühseligen Verfahren, die neue Geschichte zu drucken und zu einem Buch zu binden, das dann einsortiert und katalogisiert wurde.«

»Wenn nur alle paar Jahrhunderte ein neuer Lehrer auftaucht«, sagte Michael, »worin bestehen dann ihre andere Aufgaben?«

»Instandhaltung. Bücher nutzen sich ab und müssen unablässig überprüft werden, um sicher zu stellen, dass jedes vom Zerfall bedrohte Buch umgehend neu abgeschrieben und gedruckt wird. Selbstverständlich werden sie niemals in der Lage sein, sämtliche Bände zu ersetzen oder zu restaurieren, aber es gibt schlimmere Arten, ein paar Jahrhunderte zu verbringen.«

»Das erklärt, wie Sie dazu kamen, Bände zu lesen, die unmöglich so lange überdauert haben konnten«, sagte Michael. »Die Edda konnte zu Sturlusons Lebzeiten entstanden sein, denn tausend Jahre ist keine undenkbare Haltbarkeitsdauer für tibetanisches Papier. Aber die älteren Bände wären sicherlich zerfallen, wenn sie nicht auf die Art instand gehalten wurden, die Sie beschrieben haben.«

»Ganz genau. Die Methode hat außerdem Sprachen

bewahrt, die seit langem tot sind, weil es sich nicht um einen Übersetzungsprozess handelte, sondern um einfache Abschriften – die Herstellung einer Kopie sozusagen.«

»Wie lange geht das schon so?«

»Ich bin mir nicht sicher. Sogar der Tibetaner G, der älteste unter ihnen, hatte keine Ahnung, wie alt die Bibliothek war – nur dass sie seit Jahrtausenden von Jüngern wie ihm instand gehalten wurde. Er sprach von einem alten Jünger, den er getroffen hatte, als er vor beinahe sechshundert Jahren nach Meru kam. Der alte Nepalese namens L erzählte von einer Expedition ins Innere der Bibliothekshöhle, die fast ein Jahr dauerte. Ihr kreisförmiger Horizont nahm niemals ab, aber er sagte, sie hätten einen Abschnitt mit Büchern gefunden, in denen menschliche Siedlungen beschrieben wurden, die es vor mehr als 800 000 Jahren gegeben hatte. Sie nahmen eins davon mit – ein Bruch der Tradition – und bewahrten es in der Nähe des Eingangs auf, als Symbol für die Bedeutung ihrer Arbeit.«

»Worum ging es in dem Buch?«, fragte Michael. »Sicherlich eine Aufzeichnung der herrschenden Klasse, oder irgendein Tatsachenbericht.«

»Genau genommen«, sagte Juda mit einem Lächeln, »handelte es sich um eine Sammlung von Geschichten für Kinder – sie enthielt sogar einen Kinderreim.«

Michael rutschte unruhig hin und her. »Wenn die erste Amtshandlung bei der Ankunft eines neuen Lehrers darin besteht, dessen Geschichte aufzuzeichnen, warum wurde dann mit H anders verfahren?«

»H war eine Überraschung. Normalerweise erscheint ein neuer Lehrer erst, wenn einer der Jünger gestorben ist, was selten vorkommt – und der alte Lehrer wird dann zum Jünger. Dieses Mal waren jedoch unerwarteterweise gleich drei Unbekannte aufgetaucht, und keiner der Ankoriten wusste warum. So etwas war bisher nur einmal passiert, und das war noch vor As Zeit gewesen. Die Ankoriten waren der Meinung, sie könnten Hs Geschichte nicht aufzeichnen, weil sie sich noch nicht ereignet hatte.«

»Sie erhielten also freien Zutritt zur Bibliothek?«, fragte Michael.

»Wir durften die Bücher untersuchen, die wir vom Eingang aus erreichen konnten – wenn er geöffnet war und wir unter Aufsicht standen«, sagte Juda. »Da sie uns nun schon einmal das ganze Geheimnis enthüllt hatten, gab es keinen Grund, uns weitere Studien zu verbieten. Obwohl ich vermute, dass mein Interesse nur deshalb geduldet wurde, weil ich mit einem Lehreranwärter zusammen war. Da die Bibliothek außerdem eines der wesentlichen Zentren des gesamten Komplexes darstellte und man mit der Außenwelt nur alle Jahre mal Handel trieb, fiel die Wahl nicht schwer: Entweder verbrachte man seine Zeit in dieser Schatzkammer oder lief in sechstausend Metern Höhe *kora* um einen Berg.«

»Ich schließe daraus, dass Sie die Gewohnheiten der Zen-Illusionisten noch nicht beherrschten«, sagte Michael, »sonst wären Sie wohl regelmäßig den Gang hoch und runter gerauscht.«

»Illusionen sind eine Sache – Magie eine andere. Es gibt praktische Gründe, warum die Ankoriten sehr viel Zeit und Abgeschiedenheit benötigen, um das zu tun, was sie tun.«

»Es gab keinen Kontakt zur Außenwelt? Gar keinen?«, fragte Galen.

»Es gab gelegentliche Kontakte«, sagte Juda, »aber das geschah selten und in großen Abständen – hauptsächlich, weil keiner der Pilger jemals die Hänge des heiligen Bergs betreten hatte. Die Ankoriten tauschten bei einigen einheimischen Mönchen Gerste und Fisch ein, und A führte hin und wieder eine *kora* aus, aber sonst lebten wir völlig abgeschieden.«

»Einen Moment«, sagte Michael mit finsterem Blick. »Sie sagten, die Bibliothek war *eines* der wesentlichen Zentren. Was waren die anderen?«

»Es gab nur noch ein weiteres«, sagte Juda, »und das habe ich bereits erwähnt. Einige Gänge zweigten von den Hauptstollen ab – es gab übrigens vier, einer unter jedem *shapje*, die Buddha rund um den Berg hinterlassen hat – Schlafräume, Räume zur Lagerung von Nahrungsmitteln, zur Freizeitgestaltung...«

»Freizeitgestaltung?«

»Melvin war verrückt nach Tischtennis. Es gab außerdem eine Menge unerforschter Stollen, von denen aber nur zwei wichtig waren – der eine, der sich senkrecht erstreckte und die Bibliothek beherbergte, und ein kreisförmiger Tunnel, der die Körper der Verstorbenen enthielt.«

»Die verstorbenen Lehrer wurden im Berg bestattet?«, fragte Michael überrascht. »Ist das wirklich ein buddhistischer Brauch?«

»Nein, aber Sie vergessen, dass der Glaube und die Bräuche dieser Gruppe aus einer Zeit lange vor Buddhas Leben stammten – ihre Übernahme des Begriffs ›Zen‹ gab einfach Dingen einen Namen, die sie sowieso schon praktizierten. Die Kammer bestand aus einem gewaltigen Ring von etwa einhundertfünfzig Kilometern Umfang. Das war es, was wir bei unserer Ankunft durch die offene Tür gesehen hatten – die Überreste vergangener Lehrer.«

»Die Vorgänger der Ankoriten sind also Riesen gewesen?«

Juda zuckte mit den Schultern. »Wer weiß? Ohne Begleitung durften wir in der Kammer nicht herumlaufen, und die anderen gingen selbst nicht gern hinein. Ich muss sagen, ich kann es ihnen nicht verübeln – den Standort des eigenen Mausoleums zu kennen, ist etwas anderes, als nach dem Mittagessen einen Spaziergang darin zu unternehmen.«

»Wie kam es, dass Sie Meru verlassen haben?«, fragte Michael. »Ich glaube, ich hätte das nicht fertig gebracht.«

»Wir hatten leider keine Wahl«, sagte Juda. »Keiner der Jünger war während unserer Anwesenheit gestorben. Und schon ein Bruch ihrer Gewohnheiten wäre eine Belastung für sie gewesen, ganz zu schweigen von zwei. Es wurde beschlossen, dass wir gehen durften, mit dem heiligen Versprechen, niemals den Standort oder auch nur die Existenz Merus zu verraten.«

»Na ja, sind Sie nicht gerade dabei, das zu vermasseln?«, fragte Michael.

»An sich schon«, sagte Juda, »wäre Meru nicht am Tag unserer Abreise zu Asche verbrannt und würde es noch lebende Ankoriten geben, denen gegenüber ich mein Versprechen brechen könnte.«

»O Gott«, hauchte Michael. »Was ist passiert?«

»Die unsichtbare Jüngerin, eine ehemalige keltische Priesterin, die von den anderen Z genannt wurde, widersprach dem Plan, uns freizulassen. Sie glaubte, wir sollten wie die anderen Jünger unser Leben im Dienste von Meru verbringen, was jedoch für die meisten der anderen, und besonders für A zu unorthodox war, um es hinzunehmen. Was uns anging – ich war dort nicht unglücklich, aber ich hatte noch andere Arbeiten, die ich aufnehmen wollte und denen ich im Inneren eines Berges nicht nachgehen konnte. Und H – also ich glaube, er war hauptsächlich an Cheeseburgern mit Pommes frites interessiert.«

»Wie brach das Feuer aus?«

»Das kann ich nicht mit Sicherheit sagen. Ich weiß nur, dass A und Z eine Auseinandersetzung hatten, die in Flammen endete – die Bibliothekstüren, die normalerweise versiegelt waren, standen offen, und ein Schwall Öl lief an den Stapeln hinab und setzte die Bücher in Brand. H stürzte sich in die Feuersbrunst, aber es gab nichts, was er hätte tun können. Einer der Us und H waren schon den Flammen zum Opfer gefallen und der Rauch breitete sich rasch in den Gängen aus. Ich flüchtete – aber vorher fasste ich noch in das Bücherregal, das der Tür am nächsten stand und in dem die neuesten Bände aufbewahrt wurden, und griff blindlings zu. Ich kam mit einem angesengten Arm, ausgetrockneter

Lunge, diesem Manuskript und meinem Leben davon. Der Gang, aus dem ich heraustrat, endete an einem *shapje* in der Nähe eines Klosters an den Westhängen des Berges. Von H oder den Ankoriten war keine Spur zu entdecken, aber die Pilger und Mönche hatten sich, wie ich sehen konnte, entweder zu Boden geworfen oder flohen in panischer Angst. Rauchschwaden stiegen an hunderten von Stellen überall aus dem Berg auf, und plötzlich erschien auch noch ein Mann aus einem Fußabdruck Buddhas. Diese Folge von Omen war so günstig für mich, dass ich um Essen, Unterkunft und Transport nach Neu Delhi bitten konnte – und gewährt bekam. Ich kehrte nach England zurück und bewarb mich auf mehrere Dozentenstellen. Schließlich nahm ich diese hier in Wien an. Und das ist, wie man so sagt, das Ende der Geschichte – für den Augenblick.«

Es war kaum möglich, einen endgültigeren Schlusspunkt zu setzen. Alle Drei schwiegen einen Moment lang, dann meldete sich Galen zu Wort. »Der Reim«, sagte er, und wies mit dem Kinn in Judas Richtung. »Wie lautete er?«

»Was?«

»Der Kinderreim – der aus dem eine Million Jahre alten Buch. Wie lautete er?«

Judas Augen verengten sich – machte sich Galen über ihn lustig? Nein, entschied der Mathematiker – die Frage war nicht aus Zweifel oder Boshaftigkeit gestellt worden. Galen setzte das Puzzle zusammen, er sah ein Muster in dem Chaos, und das war genau das, worauf Juda gehofft hatte – genau das, was nötig war.

»Der Reim war in einer Sprache verfasst, die sogar noch um einiges älter war als alle, die G kannte. Aber Vergleiche mit anderen Bänden ergaben eine gute Annäherung an das, was er ausdrücken sollte. Ich kann es Ihnen nicht visuell darstellen, aber ich kann Ihnen eine phonetische Erinnerung wiedergeben. Wenn ich mich recht entsinne, lautete er ungefähr so: *Tigall, tigall ...*«

Michael schüttelte den Kopf. »Weiß der Teufel. Erkennen Sie das Metrum, Galen?«

Das tat er – der Musiker auf dem Stuhl neben ihm war weiß geworden. »Mein Gott«, sagte er langsam. »Mein Gott – es *ist* ein Kinderreim.«

»Welcher?«, fragte Michael. »Ich fürchte, ich bin mit meinen Kinderreimen nicht ganz auf dem neuesten Stand.«

Galen blickte aus dem Fenster in die Dunkelheit der Nacht und begann mit zitternder Stimme zu rezitieren: »Twinkle, twinkle ...«

»Das ist er«, sagte Juda.

»O Scheiße«, sagte Michael.

Michael stellte sein Glas Absinth auf dem niedrigen Tisch ab, ließ sich von seinem Sessel auf den Boden gleiten, und blieb mit aufgestützten Armen liegen. »Offen gesagt, weiß ich nicht recht, was ich davon halten soll«, sagte er hilflos. »Ich dachte, ich wäre auf so ziemlich alles gefasst. Aber eine Geschichte wie die, die Sie uns gerade aufgetischt haben, habe ich noch nie gehört.«

»Dem stimme ich zu«, sagte Galen und rieb sich müde die Schläfen. »Und ich glaube nicht, dass mich eine Geschichte jemals so vollkommen ausgelaugt hat.«

»Ich verstehe«, sagte Juda, »obwohl ich doch meine, dass die fortgeschrittene Stunde und die Menge des konsumierten Alkohols etwas mit dem Zustand zu tun haben, in dem Sie sich befinden.«

»Scheiße«, rief Michael aus und sah zur Kaminuhr hinauf. »Es ist schon nach drei Uhr morgens – und wir haben uns noch nicht einmal das Manuskript gründlich angesehen.«

Galen reagierte darauf mit einem ebenso verärgerten Fluch. »Ich habe am Vormittag zwei Besprechungen und bin auf keine von beiden vorbereitet, aber ich würde dieses ... Buch ungern zurücklassen, ohne dass wir uns auf unsere weitere Vorgehensweise geeinigt haben. Was schlagen Sie vor?«, fragte er und wandte sich von den Blättern ab und Juda zu, der weder von der späten Stunde ermüdet noch besorgt zu sein schien.

»Meine Herren«, sagte er und stand zum ersten Mal seit sie die Wohnung betreten hatten vom Sofa auf, »mir war vollkommen klar, dass die Prozesse der Authentisierung und Übersetzung nicht unmittelbar erfolgen würden. Als ich Sie zu meiner Show einlud, wollte ich Sie auf die Geschichte vorbereiten, die ich Ihnen zu erzählen hatte und vielleicht auf zukünftige Ereignisse ...« Was das für Ereignisse sein mochten, dachte Michael, wäre eine gute Frage für einen Tag, an dem seine Augen nicht jeden Moment aus ihren Höhlen zu fallen drohten.

»... und ich bin durchaus bereit, die Ur-Edda demjenigen von Ihnen zu überlassen, der sich damit am besten befassen kann. Schließlich sind wir doch Kollegen, oder?«

Juda konnte sehen, wie Galen zitterte – er wollte das Schriftstück an sich nehmen und in sich aufsaugen. Er konnte sein Verlangen danach kaum beherrschen, und das war offensichtlicher, als ihm bewusst war. Galen kämpfte mit seiner Gier und seiner akademischen und logischen Einsicht, dass Professor Langbein alles in allem besser qualifiziert war. Galen stand kurz davor, etwas zu sagen, obwohl er sich noch immer nicht entschieden hatte, als Michael seinem inneren Schachmatt ein Ende setzte.

»Warum bewahren wir sie nicht einfach in der gesicherten Abteilung der Hauptbibliothek auf?«, schlug er vor. »Dort haben wir alle Zugang, wann immer wir die Zeit finden.«

»Mmm«, meinte Galen. »Mir gefällt die Idee des gleichberechtigten Zugriffs, aber sagen Sie, gab es nicht erst vor kurzem Bedenken hinsichtlich der Sicherheit gerade dieser Abteilung?«

»Das war nicht mein Fehler«, beharrte Michael müde. »Ich

weiß nicht einmal, was mit dem Schlüssel passiert ist, ganz zu schweigen von der Kassette. Und niemand ist bereit, einen Professor, der nicht fest angestellt ist, einen Blick in die Sicherheitsberichte werfen zu lassen. Sie gehören doch zur Verwaltung«, sagte er und nickte Galen zu, »können Sie da nicht mal nachhaken?«

»Natürlich«, antwortete Galen. »Ich musste diese Frage stellen. Ich werde mich morgen darum kümmern.«

»Wunderbar«, sagte Juda. »Wollen wir die Seiten dann einpacken? Ich bin sicher, dass wir uns bald wieder sehen werden, um sie noch einmal zu untersuchen, und morgen müssen wir alle früh aufstehen.«

»Ja«, sagte Michael, richtete sich auf und langte über den Tisch. »Ich lege nur noch das Deckblatt wieder darauf, und ...«

Die Zeit blieb stehen.

Die nächsten Sekunden dehnten sich ins Unendliche, während Juda, Galen und Michael allesamt Zeugen von Ereignissen wurden, über die sie keine Kontrolle hatten. Es begann damit, dass Michaels hochgerollter Ärmel kaum merklich das halbvolle Absinthglas streifte, welches daraufhin umkippte. Die grüne Flüssigkeit schwappte heraus und auf die einzelne Manuskriptseite, die links von dem Stapel lag.

Mit einem Aufschrei brachte Galen die Zeit wieder in ihren normalen Fluss. »Verdammt, Langbein! Was haben Sie getan? Was haben Sie getan?«

»O Gott, o mein Gott«, jammerte Michael mit aschfahlem Gesicht, »schnell, Juda – ziehen Sie das Blatt weg, wir müssen ...«

Juda gebot ihnen mit erhobener Hand Einhalt. Mit einem merkwürdigen Gesichtsausdruck starrte er auf den absinthbefleckten Abschnitt des Schriftstücks.

Michael lief in die Küche, kam mit mehreren Handtüchern zurück ins Zimmer geeilt und wischte das verschüttete Getränk auf.

Juda hatte in der Zwischenzeit das zur Hälfte mit Absinth

getränkte Blatt in die Hand genommen und hielt es neben die Lampe am Fenster, während Galen den Rest des Manuskripts auf dem Schreibtisch wieder einwickelte und in Sicherheit brachte.

Michael murmelte vor sich hin, während er die Tischplatte abwischte, eine Mischung aus auf sich selbst gerichteter Wut und Schlaflosigkeit. »Die Ur-Edda ... das älteste Edda-Schriftstück, das je gefunden wurde ... und ich kippe Alkohol darüber ... Idiot, Idiot, Idiot ...«

Galen stellte sich neben Juda und sah ihn seltsam an – der Mathematiker unternahm keinen Versuch, das Pergament abzutrocknen, sondern hielt es stattdessen in die Nähe des breiten Lampenschirms und begutachtete es eingehend.

»Was ist los, Juda? Wonach suchen Sie?«

Juda winkte ihn näher heran. »Sagen Sie mir, Musiker – was sehen Sie? Ist das eine neue Wirklichkeit, oder nur der Schatten einer Illusion?«

Galen trat vor und beugte sich näher heran. Er griff vorsichtig nach dem zerbrechlichen Bogen und sah sich die Stelle an, auf die Juda deutete ...

Da war etwas. »Nun «, meinte er mit dem ihm eigenen grübelnden Brummen, »ich sehe, was Sie sehen, aber ich kann es nicht entziffern. Michael?«

»Was? Ist es in Ordnung? Wir sollten es wirklich sofort in ein Reinigungsbad legen ...«

»Vergessen Sie das. Kommen Sie, schauen Sie sich das an.«

Michael ließ die Lappen auf den Tisch fallen und eilte zu den beiden Männern hinüber, die beide seltsam dreinblickten. Galen und Juda deuteten gleichzeitig auf die Stelle, wo die Flüssigkeit das Pergament befleckt hatte, und traten zurück. Michael warf einen Blick darauf, holte dann tief Luft, zog die Stirn in Falten und schaute genauer hin.

Er nahm ihnen das Blatt aus den Händen, schritt aus dem Raum und kehrte mit einer Juwelierlupe zurück, die in seinem rechten Auge klemmte. Er schaltete noch mehr Lampen ein, legte das Blatt auf den Tisch und machte sich daran, die Seite Zentimeter für Zentimeter abzusuchen.

Nach fünf Minuten machte Galen Anstalten, etwas zu sagen, aber Judas Hand auf seiner Schulter und ein unauffälliges Kopfschütteln gaben ihm zu verstehen, dass sie Langbein nicht stören sollten. Was immer es war, das sie gesehen hatten, es hatte den Professor auf der Stelle vollkommen nüchtern werden lassen und nötigte ihm eine Aufmerksamkeit ab, die exakt war wie ein Laserstrahl.

Zehn Minuten vergingen, dann fünfzehn. Juda und Galen saßen gemeinsam auf dem Sofa, nicht willens zu gehen und ebenso wenig gewillt, Michaels Untersuchung zu unterbrechen. Nach zwanzig Minuten wollte Galen erneut etwas sagen, doch da richtete Michael sich auf. Er murmelte etwas, blickte sich um, sah die Absinthflasche und goss den Rest ihres Inhalts auf das Pergament.

Galens Finger verkrampften sich und er warf Juda einen erschrockenen Blick zu. »Sagen Sie mir, dass es nicht wahr ist. Sagen Sie mir, dass er gerade kein unersetzliches Schriftstück zerstört hat.«

»Er hat gerade kein unersetzliches Schriftstück zerstört.«

»Woher wissen Sie das?«

Juda zuckte mit den Schultern. »Ich weiß es nicht. *Sie* haben mich doch gerade gebeten, Ihnen das zu sagen.«

»Ich habe gerade kein unersetzliches Schriftstück zerstört«, sagte Michael. »Wir haben etwas Außergewöhnliches entdeckt. Absolut außergewöhnlich.«

»Sehen Sie, hier«, fuhr Michael aufgeregt fort, als sich die anderen um ihn drängten und niederknieten. »Der Absinth hat wie ein Waschmittel gewirkt. Er hat weder die Druckbuchstaben zerstört, noch die Anmerkungen beschädigt, sondern das Blatt halb durchsichtig werden lassen.«

»Was haben wir also gesehen?«, fragte Galen. »Diese feine Schraffierung überall auf dem Blatt?«

»Es handelt sich um ein Palimpsest – andere Texte wurden

auf diese Oberfläche geschrieben und später wieder entfernt. Normalerweise benutzen wir eine Speziallösung, um sie hervorzubringen, ohne das Papier zu beschädigen. Aber in diesem Fall hatte der Giftgehalt des Absinth den selben Effekt.«

»Wie gut, dass Sie kein Scotchtrinker sind«, sagte Juda.

»Aber diese Schrift«, sagte Galen drängend. »Worum handelt es sich?«

»Runen – alte Runen. Aus dem Stegreif würde ich schätzen, dass sie vermutlich einige hundert Jahre älter sind als die isländischen Runen der Edda-Schrift, die darüber gedruckt wurden. Aber das ist noch nicht das Erstaunlichste.«

Er hielt inne, vielleicht eher aufgrund seiner eigenen Ungläubigkeit, als um der Dramatik willen. »Ich werde das an der Universität überprüfen müssen«, sagte er mit versagender Stimme. »Aber die ersten Zeilen weisen darauf hin, dass es sich um etwas mit dem Titel *Das Buch des Alberich* handelt. Verstehen Sie, was das sein könnte? Kein Epos, keine mythologisierte Geschichte. Das hier könnte eine Aufzeichnung über den wahren Vater von Hagen sein, vielleicht nur ein oder zwei Generationen nach seinem Tod niedergeschrieben – der tatsächliche Ausgangspunkt all dessen, wovon die Prosa-Edda, das Nibelungenlied und ... Wagners Ring berichten.«

Er holte Luft, um fortzufahren, hielt dann jedoch inne, stand auf und sah aus dem Fenster.

»Michael?«, fragte Juda, »was ist los?«

Wortlos legte Michael den immer noch tropfenden Pergamentbogen zwischen die Seiten einer Neuen Jerusalemer Bibel und stellte das Buch in ein überfülltes Regal. Dann ging er langsam um das Sofa herum und schaltete die Stehlampe aus. Er winkte die beiden an die offenen Fenster und wies mit einem Kopfnicken auf die Straße hinaus. »Wir haben Gesellschaft.«

Einige hundert Männer und Frauen jeder Größe und

Gestalt drängten sich auf dem Gehsteig und der Straße vor dem Gebäude. Sie standen reglos da und alle paar Sekunden schlossen sich am Rand weitere der Menschenmenge an. Die meisten der stummen Gestalten trugen einen Verband um die Stirn, und auf vielen davon konnte Michael sogar im schwachen Licht der Straßenlaternen die dunklen Flecken von Blut erkennen, das in den Stoff gesickert war. Ihre Atembewegung ließ die Menge leicht hin- und herwiegen. Sie wirkten gespenstisch, wie sie dort standen, als hätte ein Zug blutender Kriegsheimkehrer sein eigentliches Ziel aus dem Auge verloren und wartete auf neue Befehle.

Bis auf den letzten Mann starrten sie zu Michaels Fenster hinauf.

»Glauben Sie, das sind Fans von Ihnen?«, fragte Michael ironisch und sah dabei Juda an.

»Warum fragen Sie?«

Michael wies mit dem Kopf auf die vordere Reihe der Gruppe. »Weil diesem Kerl fünfzig Zentimeter Eisen aus dem Kopf ragten, als ich ihn das letzte Mal gesehen habe, und Sie waren derjenige, der ihm das verpasst hatte.«

Es war der untersetzte Zwischenrufer aus dem Nachtclub. Sein Kopf war auf ähnliche Weise bandagiert, wie die der anderen. Sein Gesicht war versteinert und gab keinen Hinweis darauf, ob er einen von ihnen erkannte.

Galens Augen verengten sich. »Trepanation. Trepanation. Das war es, was Sie mit ihm im Club gemacht haben«, sagte er in anklagendemTonfall und griff nach Judas Schulter. »Ich erkenne einige von ihnen – es sind Studenten der Universität. Waren Sie für die Vorfälle im Laufe dieser Woche verantwortlich? War das Ihr Werk, Juda?«

Bevor er antworten konnte, wurde die mitternächtliche Stille von einem durchdringenden Heulen zerrissen. In der gespenstischen Menschenmenge hatte jemand den Kopf in den Nacken gelegt und einen Laut ausgestoßen, der die Fenster von Michaels Wohnung erzittern ließ. Auf der Straße stimmte einer nach dem anderen in den Schrei mit ein, bis es schien, als müsse das Gebäude selbst einstürzen, während die Akademiker aus dem Fenster hinabblickten.

Einen Augenblick später wurde ihnen bewusst, dass das Gebäude nicht einstürzen würde.

Stattdessen begannen die heulenden Studenten mit den durchlöcherten Köpfen, die Mauern hinaufzuklettern.

Michael und Galen wandten sich fragend nach Juda um und stellten fest, dass dieser bereits an der Tür stand, das Palimpsest fest unter einen Arm geklemmt. »Kommen Sie?«, fragte er entschlossen. »Ich denke, wir sollten verdammt noch mal von hier verschwinden, oder?«

Juda befand sich bereits am Ende des Korridors, als Galen die Tür erreichte und der erste heulende Student durch das Fenster brach.

Michael bildete das Schlusslicht. Er ließ die Tür hinter sich offen.

KAPITEL SIEBEN

Die Kirche des Phineas Gage

Wenn es eine Religion gibt, von der man behaupten kann, dass sie vollkommen zum Alltagsleben der Wiener gehört, so beruht sie auf dem Kaffeekonsum und seinen Tempeln, den Kaffeehäusern. Natürlich gibt es überall auf der Welt Kaffee trinkende Kulturen und Orte, wo er in noch größeren Mengen konsumiert wird – vielleicht sogar Orte, wo er weit mehr Bestandteil der allgemeinen Harmonie ist, etwa in Forschungsstationen in der Antarktis. Doch der Katechismus, an dem Wien festhält, lautet: Wenn man schon Kaffee trinkt, dann mit Stil.

Der erste Aspekt, der bei der Eröffnung eines Wiener Kaffeehauses bedacht wird, ist seine Atmosphäre. Das Lokal muss aussehen, als sei es seit Napoleons Besetzung ständig bewirtschaftet worden, und sobald sich die Türen einmal geöffnet haben, würden die Besitzer niemals das Gegenteil zugeben. Die bevorzugte Ausstattung ist vom Alter gezeichnet, aber gemütlich, die bevorzugte Kundschaft gebildet. Während der Blüte der Wiener Kaffeehauskultur Ende des 19. Jahrhunderts hielten sich die Schriftsteller, Künstler und Dichter Wiens und manchmal ganz Europas in den Kaffeestuben auf, wenn sie ihre schlecht beheizten Wohnungen satt hatten – aus dem selben Grund kam vermutlich auch Kafka aus Prag in diese Stadt. Hier schrieben, malten und besangen sie sich selbst, bis in die frühen Morgenstunden hinein. Trotzkij und Lenin spielten in Kaffeehäusern Schach, und Freud – nun, der spielte ein ganz anderes Spiel.

Michael und Galen, die am Dienstag Morgen im *Cafe Central* saßen, waren nicht damit beschäftigt, zu schreiben, zu zeichnen, Gedichte zu verfassen, über gescheiterte Revolutionen zu klagen oder begierig auf die Zigarren anderer

Leute zu blicken, sondern übertrafen einander in einem Marathon, so viel Koffein zu konsumieren, wie eben gerade menschenmöglich war, ohne dass ihnen die Köpfe platzten.

Galen saß zusammengesunken auf seinem Stuhl und warf Michael hin und wieder einen finsteren Blick zu. Dieser bemühte sich redlich, eine fröhliche Fassade aufrecht zu erhalten, obwohl sich sein Gesicht anfühlte, als sei es aus Granit gemeißelt. Sie saßen schon beinahe eine Stunde in dem Café und waren bei ihrer fünften Tasse angelangt, bevor einer von ihnen etwas sagte.

»Was war das für ... Gift, das Sie uns da letzte Nacht serviert haben, Langbein?«, krächzte Galen. »Ich fühle mich, als hätte mich ein Zug überrollt.«

»Absinth«, sagte Michael matt. »Das ist ein sehr intellektuelles Getränk.«

Galen antwortete mit einem giftigen Blick, der Michael nahe brachte, dass gute Laune nicht das Motto des Tages werden würde. Nach den Ereignissen des gestrigen Abends und dem John-Woo-Film, den sie für den Rest der Nacht ertragen hatten, hatte Michael auf einen besseren Anfang des Morgens gehofft. Ein ordentliches Frühstück wäre immerhin ein gutes Zeichen dafür gewesen, dass Gott ihn nicht wirklich hasste. Wie die Dinge standen, konnte er sich nicht sicher sein, was Gott tatsächlich von ihm hielt. Ganz im Gegensatz zu Galen – Michael war davon überzeugt, dass dieser ihn im Augenblick irgendwo zwischen Steuereintreiber und Kinderschänder einstufte.

Wie um Michaels Gedanken zu bestätigen, räusperte sich Galen. »Wie spät ist es, Langbein? Ihre Uhr haben Sie wohl nicht auch noch verloren, oder?«

»Äh, nein«, sagte Michael ruhig und zog seine Uhr aus der Tasche. »Es ist zehn Uhr dreiundzwanzig.«

»Herrgott noch mal«, sagte Galen. »Wo zum Teufel steckt Juda?«

»Hey«, sagte Michael, als er die Uhr wieder einsteckte. »Ich habe immer noch die Zahnpasta in meiner Tasche. Zumindest war die Nacht kein vollkommes Desaster.«

Aus dem Gebäude herauszukommen, in dem sich Michaels Wohnung befand, war kein Problem gewesen; in eine Straße zu gelangen, in der sie nicht von ihren Verfolgern in die Enge getrieben wurden, dagegen schon.

Sie schlichen sich zum Hintereingang hinaus und Juda nahm als erster die Beine in die Hand, dicht gefolgt von Galen und schließlich Michael, der die anderen bald überholte. Mit seinen langen Beinen machte er Riesenschritte und lief in Richtung der Grillparzerstraße, die direkt südlich an der Universität vorbei zum Rathauspark führt.

Juda, der trotz seines weichen, mühelosen Trabs schwer atmete, schloss zu Michael auf. »Was haben Sie vor?«

»Der Park«, gab Michael schnaufend zurück. »Dort gibt es über die Wiesen verstreut eine Menge Bäume und Büsche. Vielleicht können wir uns da verstecken.«

Der Himmel war schwarz – der Mond war nicht zu sehen –, und eine Wolkendecke bot zusätzlichen Schutz. Juda nickte, ohne stehen zu bleiben, und gab Galen ein Zeichen, der sich einige Schritte hinter ihnen befand.

Der Park wurde von einem breiten Platz in nahezu symmetrische Hälften geteilt.

»Wohin?«, fragte Juda, »Parlament, oder Universität?«

»Parlament.«

Die drei flüchtenden Gelehrten eilten die Allee hinunter in den Park hinein und blieben einen Augenblick stehen, um sich noch einmal umzusehen. Aus der Dunkelheit hinter sich konnten sie die Geräusche ihrer Verfolger hören: zweihundert Studenten mit Löchern in den Köpfen und einer plötzlichen Vorliebe für heulende Töne und das Erklimmen von Gebäuden. Um sie herum dämmerte ein Wiener Morgen, der sogar für vier Uhr früh seltsam gedämpft und ruhig wirkte. Und vor sich hofften sie, irgendeinen Zufluchtsort zu finden – obwohl keiner von ihnen sicher war, wohin ihre Flucht letztendlich führen würde.

Michael ließ seinen Blick über die Büsche schweifen und ihm rutschte das Herz in die Hose. Die Beleuchtung im Park war so hell, dass sie einer Entdeckung wahrscheinlich nicht einmal für kurze Zeit würden entgehen können – besonders wenn man die Anzahl ihrer Verfolger bedachte.

In der Ferne konnten sie sehen, wie sich die heulende Gruppe teilte. Viele von ihnen liefen in Richtung der Ringstraße – was bedeutete, dass sie sich nicht in unmittelbarer Gefahr befanden, aber ebenso von jeder möglichen Zuflucht oder Hilfe abgeschnitten waren, die sie in der Universität hätten finden können.

»Michael?«, flüsterte Juda fragend.

»Hier entlang«, sagte er und lief los.

»Gütiger Gott«, schnaubte Galen, der sie gerade erst eingeholt hatte.

Michael rannte in Richtung Osten, am Burgtheater vorbei, in die blühenden Rosengärten des Volksgartens hinein. Hinter sich vernahmen sie ein Heulen, als die Menschenmenge, die sie verfolgte, den Rathauspark erreichte.

»Wo zum Teufel führen Sie uns hin, Langbein?«, krächzte Galen.

»Dort hinüber«, sagte Michael und zeigte auf den Platz, der vor ihnen lag. »Ich habe eine Idee.«

Michael, der immer noch so schnell lief, dass er die anderen in seinem Kielwasser zurückzulassen drohte, erinnerte sich an eine Fabel, die ihm ein Belgier einmal erzählt hatte: Es bedarf einer Möhre und eines Stocks, um ein Maultier zur Eile anzutreiben, und man muss beides benutzen, weil man ebenso wie das Maultier nie wissen wird, welches von beiden Dingen es schließlich in Bewegung setzt.

Er blickte zurück zu dem jungen Mathematiker, der ohne

große Mühe Schritt hielt, und dem Musiker, der sich abmühte, nicht zurückzufallen, und fragte sich, was sie zum Laufen brachte. War es die Möhre – das rätselhafte Manuskript, das Juda fest unter seinen Arm geklemmt hielt? Oder war es der metaphorische Stock, der die Straße hinter ihnen entlangraste und Schaden an Leib und Leben in Aussicht stellte?

Das Trio lief an den Rosenbüschen entlang und bewegte sich direkt auf Michaels Ziel zu – auf den Hofburg-Komplex, den frühern Kaiserpalast der Habsburger. Galen warf Juda einen neugierigen Blick zu. Juda zuckte mit den Schultern und behielt sein Tempo bei. Sie liefen an den hoch aufragenden barocken Gebäuden vorbei, bis sie den Eingang zur Nationalbibliothek erreicht hatten, wo Michael in seinen Taschen nach einem Schlüssel kramte.

Galen lehnte sich keuchend an den Torbogen neben der Pforte und sah ihm verwundert zu. »Sie haben einen Schlüssel zur Nationalbibliothek? Wie um alles in der Welt sind Sie da rangekommen?«

Michael grinste. »Ich habe meine Quellen.« Er öffnete das Schloss und stieß mit einem eleganten Schwung die Türflügel auf.

Sie stürzten gemeinsam hindurch und schlossen die Tür. Gerade noch rechtzeitig. Sekunden später schwärmten einige Dutzend trepannierte Studenten über den Platz.

»Lassen Sie uns tiefer hineingehen, solange wir noch können«, sagte Juda.

Sie schritten durch die verdunkelten Räume und Michael führte sie in den Augustinerlesesaal, wo er eine Tischlampe einschaltete.

»Also«, sagte Juda. »falls Sie mich beeindrucken wollten, dann würde ich sagen: Es ist Ihnen gelungen.«

Der Augustinerlesesaal war 1906 eröffnet worden, und ihm lag ein einfacher Plan zugrunde – einen Lesesaal zu entwerfen und zu bauen, dessen Atmosphäre dem Inhalt der Bibliothek gerecht wurde. Und da die Bibliothek kaiserliche und wissenschaftliche Sammlungen von 1368 an enthielt, darunter ägyptische Papyri, die berühmte Wenzelsbibel und das Stundenbuch der Maria von Burgund, war das keine geringe Herausforderung.

Allerdings liebten die Wiener Herausforderungen, und das Ergebnis war der irrwitzigste barocke Lesesaal Europas: ganz in dunklem Holz und mit aufwändigen Mustern – Schnörkel über Schnörkel, Kurven über Kurven, und ins Endlose verlaufende symmetrische Muster. Möglicherweise war es der einzige Saal in Österreich, in dem ein illuminiertes Manuskript der Gutenberg Bibel nicht aufgefallen wäre.

Michael strahlte angesichts des Gesichtsausdrucks seiner Gefährten. »Ich komme gern hierher, um mich zu entspannen«, sagte er selbstgefällig. »Und jetzt, wo wir hier sind, kann ich mir keinen angemesseneren Ort vorstellen, um die Edda aufzubewahren.«

»Sie haben völlig Recht«, sagte Juda und reichte ihm das Paket. »Das wäre ein äußerst passender Ort – jedenfalls wenn wir nicht gerade um unser Leben laufen würden.«

»Wir sollten hier für eine Weile sicher sein«, sagte Michael und legte das Manuskript auf einen der breiten Tische. »Zumindest so lange, bis wir entschieden haben, was wir tun wollen.«

Galen ließ sich auf einen Stuhl fallen und starrte Juda zornig an. »Was geht hier vor, Juda? Dieser Mann auf der Straße war derselbe, den Sie bei ihrer Vorführung ... aufgespießt haben. Jetzt heult er auf einmal wie ein Gespenst, und Hunderte von Studenten haben sich ihm angeschlossen und sind offenbar darauf aus, uns in Stücke zu reißen. Gibt es irgendetwas, das Sie uns zu sagen haben?«

»Sicher«, sagte Juda. »Schuldig gemäß der Anklage.«

Galen und Michael sahen einander an und blickten dann beide zu Juda hinüber, der eine mit Schnitzereien versehene Holzplakette begutachtete, die auf eine andere geschnitzte Plakette aufgesetzt war. Er spürte ihre herausfordernden

Blicke und wandte den Kopf, die Augenbrauen überrascht hochgezogen. »Was? Haben Sie niemals außerhalb Ihres Fachgebietes Forschung betrieben?«

»Forschung?«, zischte Galen. »Sie haben Löcher in die Köpfe von Studenten gebohrt! Ist das überhaupt legal?«

»Ja«, sagte Juda, »wenn sie ihr Einverständnis freiwillig geben.«

»Treten Sie frei und freiwillig herein«, zitierte Michael ironisch.

»Glauben Sie etwa, ich sei so eine Art umgekehrter Vampir?«, fragte Juda gereizt. »Das waren legitime Experimente. Ich ...«

Bevor er weitersprechen konnte, gingen die Lichter aus. Am Ende der langen Halle hämmerte jemand gegen die Tür, und einen Augenblick später zerriss ein Heulen die Stille der Bibliothek.

»Ich glaube, unsere Pause ist vorbei, meine Herren«, sagte Juda. »Michael?«

»Folgen Sie mir«, sagte Michael. »Ich glaube, hier kommen wir hinaus.«

Die Drei ertasteten sich im Dunkeln ihren Weg und rannten weiter, während ein splitterndes Geräusch das Eindringen der Studenten in den Komplex ankündigte. Als sie den Ausgang gefunden hatten, suchte Michael das Gelände nach Eindringlingen ab. Da die Luft rein war, führte er die anderen aus der Bibliothek hinaus, zu der kleineren Gruppe von Gebäuden rund um den Burggarten.

»Was meinen Sie?«, flüsterte er. »Ich kann mich nicht entscheiden.«

»Hier hinein«, sagte Juda und brach das Schloss eines Gebäudes auf, das ringsherum aus geschwungenen Glasflächen bestand. »Schnell – ich höre sie kommen.«

Galen und Michael folgten Juda in einen großen Raum voller Pflanzen. Das schwache Leuchten der Gartenlaternen fiel durch das Glas und ein seltsam summender Laut war zu hören, wie das leise Geräusch einer Neonlampe.

»Wo sind wir?«, fragte Galen.

»Hier«, sagte Michael und tastete die Wände ab, »vielleicht hilft das.«

Er legte einen Schalter um, und ein Dutzend Glaskugeln erwachten zu glühendem Leben. Ebenso abrupt wurde das Summen zu einer Kakophonie von Flügelschlägen, als Tausende von Schmetterlingen den jähen elektrischen Tagesanbruch mit einem schwärmenden Wirbelwind begrüßten.

Sie befanden sich im berühmten Schmetterlingshaus des ehemaligen kaiserlichen Privatgartens, und der plötzliche Wechsel von Schwärze zu Licht und explodierenden Farben war atemberaubend. Wirbel flatternder Wesen, die nicht größer waren als Michaels Daumen, strömten an seinem Gesicht vorbei, und ein riesiger Nachtfalter ließ sich auf Judas Kopf nieder. Ein Schwarm Monarchfalter drohte Galen einzuhüllen. Überall um sie herum bewegten sich die Pflanzen vor Leben, das ihnen von summenden Insekten verliehen wurde. Es war ein außergewöhnlicher Anblick.

»Schön, nicht wahr?«, sagte Michael und hielt seinen Finger einem Kometenfalter hin. »Haben Sie so etwas schon einmal gesehen?«

»Ja, ja, es ist wunderschön«, sagte Juda, nicht einmal ungeduldig. »Aber mir wäre es wirklich lieber gewesen, Sie hätten die Lichter nicht eingeschaltet.«

Daraufhin erloschen die Lichter plötzlich und das Schwirren der Schmetterlinge verstummte. Michael biss sich auf die Lippe und bemerkte, dass es dunkler war als bei ihrem Eintreten.

»Das Schicksal hat uns eingeholt«, sagte Galen. »Schauen Sie nach oben.«

Anstelle des sanften Leuchtens der Gartenlaternen, das durch die Fenster hereingefallen war, herrschte jetzt schauderhafte Schwärze. Der Mob der Studenten war die Wände emporgeklettert und bedeckte das Gebäude.

Sie waren umstellt.

»Wohin gehen Sie?«, fragte Galen ungläubig. »Sind Sie wahnsinnig?«

Juda war zu einer Wartungsnische im hinteren Teil des Gebäudes geeilt und stieg jetzt eine Leiter hoch. Er bewegte sich auf eine Falltür zu, die aufs Dach führte.

»Nein«, antwortete Juda, ohne sich umzudrehen. »Ich glaube nicht, dass ich wahnsinnig bin – aber ich bin der Meinung, dass wir eine bessere Chance haben, zu entkommen, wenn wir nicht von allen Seiten umstellt sind.«

Michael und Galen sahen einander an und stellten fest, dass der junge Mann durchaus Recht haben könnte – sich im Freien zur Wehr zu setzen, war besser als eingekesselt zu sein. Gemeinsam sprinteten sie auf die Leiter zu, gerade als drei kräftige Studenten durch die Tür brachen. Von oben hallten die Geräusche eines Kampfes herunter.

Als sie sich auf das Dach zogen, stellten sie fest, dass Juda bereits an der Rückseite herunterkletterte und zwischen ihnen etwa zwei Dutzend bewusstlose Männer und Frauen verstreut lagen.

»Was zum Teufel ...?«, rief Galen.

»Sie glauben doch nicht, ich hätte in Tibet nur gelernt, wie man Bücher druckt, oder?«, sagte Juda, als er unterhalb der Dachkante verschwand.

»Donnerwetter!«, flüsterte Michael.

Zwischen Burggarten und Ringstraße gab es noch weitere Zusammenstöße mit den Heulern, doch Juda erledigte sie geschickt und ohne viel Aufhebens.

»Mann«, sagte Michael, der so schnell lief, wie er konnte. »Hoffentlich verärgere ich ihn nie.«

»Ganz meine Meinung«, sagte Galen.

»Hierher, schnell!« Juda winkte ihnen zu. Vor ihnen befand sich einer der Nachtbusse, der seine letzte Runde nördlich der Kärtnerstraße drehte. Michael spurtete voraus und erreichte den Bus, als dieser gerade in die Straße einbiegen wollte. Der Fahrer hielt an und wartete, bis Juda und schließlich Galen aufholten und eingestiegen waren.

»Gut gemacht«, keuchte Galen. »Wie haben Sie ihn dazu gebracht, zu warten, Langbein?«

»Ich habe ihm erzählt, Sie seien der Rektor der Universität«, sagte Michael mit einem breiten Lächeln. »Manchmal hilft es, einflussreiche Freunde zu haben.«

Galen sah überrascht erst Michael an, dann Juda, der abwesend aus dem Fenster starrte. War ihm der Fehler absichtlich unterlaufen? Hatte Juda etwas über die Anrede auf seiner Einladung gesagt, oder war es nur eine Übertreibung, um den Fahrer zu beeindrucken?

Er entschied sich für letzteres – Michael konnte unmöglich von seinen Plänen wissen, und er musste sich mit einem heimlichen Lächeln eingestehen, dass Rektor viel eindrucksvoller klang als Vizerektor.

Michael berührte ihn an der Schulter. »Hey – alles in Ordnung mit Ihnen?«

»Vielleicht hat er Schwierigkeiten mit dem Atmen«, sagte Juda gelassen, und Galen wurde mit einem Mal bewusst, dass er geistesabwesend die Narbe an seiner Kehle betastet hatte.

Er ließ die Hand sinken und schüttelte den Kopf. »Nein – mir geht es gut. Es liegt nicht am Rennen, eher am Absinth.«

»Ja«, sagte Michael und rieb sich die Schläfen. »Wenn ich gewusst hätte, dass wir quer durch die Innenstadt joggen, wäre ich bei Wodka Cola geblieben.«

Galen wandte sich an Juda, die Arme entschlossen verschränkt. »Ich glaube, wir sind unseren Verfolgern entkommen – wir haben ein paar Minuten Zeit, und ich möchte genau wissen, was hier passiert ist, oder ich werde die Behörden rufen, sobald der Bus hält.«

Von der Frage vollkommen ungerührt, machte Juda es sich den beiden Akademikern gegenüber bequem und schlug die Beine übereinander. »Was wollen Sie wissen?«

»Die Trepanation«, sagte Galen. »Fangen Sie damit an.«

»Ja«, sagte Michael und hoffte, dass seine Körpergröße ihn zu einer ebenso beeindruckenden Figur machte wie Galen. »Fangen Sie damit an.«

»Gut«, sagte Juda. »Hat einer von Ihnen schon einmal von einem Mann namens Phineas Gage gehört?«

Verständnislose Blicke von beiden Männern. Sie kannten den Namen nicht.

»Gage, der Polier beim Eisenbahnbau war, bereitete an einem Morgen im September des Jahres 1843 eine Pulverladung vor, um Gestein wegzusprengen. Sie explodierte versehentlich und jagte ihm eine mehr als einen Meter lange Eisenstange durch die Vorderseite seines Schädels. Statt sofort tot zu sein, überlebte Gage, und zwar noch über ein Jahrzehnt lang. Aber er war nicht mehr der Mann, der er gewesen war – seine Persönlichkeit hatte sich unwiderruflich verändert. Vor dem Unfall war er ein geachteter, verlässlicher, freundlicher und fähiger Mann gewesen. Danach wurde er vulgär, ungesellig, missmutig, unanständig und ein furchtbarer Lügner.«

»Ohne den Vergleich in Frage stellen zu wollen«, sagte Michael, »aber wenn ich einen solchen Unfall gehabt hätte, wäre ich, glaube ich, auch etwas durcheinander.«

»Das war zu erwarten«, antwortete Juda, »aber in Gages Fall schien es sich um eine völlige Abtrennung derjenigen Teile seines Gehirns zu handeln, die für Moral und Ethik zuständig sind.«

»Ich fange an, mit Zuständen dieser Art vertraut zu werden«, sagte Galen rau. »Was hat das mit Trepanation zu tun?«

»Nun, Trepanation ist nur eine exaktere Form dessen, was Gage passiert ist«, erklärte Juda. »Trepanation endet im allgemeinen vor dem Eindringen in das Gehirn. Aber ich habe das schon immer für ein wenig inkonsequent gehalten und für nicht so effektiv, als stoße man tatsächlich in einen Gehirnlappen vor.«

»Wo haben Sie diese Verfahrensweise gelernt?«, fragte Michael. »In Meru?«

»Ja – die Us konnten das besonders gut. Melvin ließ sie die ganze Zeit an sich üben.«

»Und welchen Grund hatten Sie, das einer Gruppe ihrer eigenen Studenten anzutun?« Galen kochte. »Haben Sie versucht, sie in übellaunige Lügner zu verwandeln?«

Juda ignorierte die spitze Bemerkung und fuhr fort. »Es gab noch einen weiteren Aspekt von Gages Verwandlung, der weithin unbekannt blieb. Etwa drei Jahre nach seinem Unfall verschwand Gage für einige Tage. Er wurde etwa zehn Kilometer außerhalb von Moab in Utah entdeckt, wo er eine große Grube ausgehoben hatte. Als man ihn mehrere Wochen später dazu befragte, behauptete er, er wollte sich nach China durchgraben.«

»Warum dauerte es mehrere Wochen, bevor man ihn befragt hat?«, wollte Michael wissen.

»Weil er«, sagte Juda, »plötzlich in einer Sprache redete, die niemand verstand. Und nur der glückliche Umstand, dass man einem durchreisenden Hopi-Indianer begegnete, führte dazu, dass man sich an einer Übersetzung versuchen konnte.«

»Er sprach Hopi?«

»Nein – er sprach Anasazi«, sagte Juda. »Eine Sprache, die nicht mehr im Gebrauch ist, weil die letzten Menschen, die sie gesprochen haben, vor mehr als sechshundert Jahren verschwunden sind.«

»Anasazi?«, fragte Galen verwirrt. »Ich fürchte, ich kenne den Stamm nicht.«

»Das ist nicht verwunderlich«, sagte Juda. »Nehmen Sie es mir nicht übel«, fügte er schnell hinzu, als ein finsterer Blick über Galens Gesichtszüge huschte. »Es gibt nicht viele, die sie kennen. ›Anasazi‹ ist eigentlich ein Navajo-Wort und bedeutet ›Die Ältesten‹. Ihre Kultur entstand vermutlich um 6000 v. Chr. und war für eine indianische Kultur auf einen erstaunlich festen Umkreis begrenzt. Sie fischten, betrieben Landwirtschaft, erfanden Kanalsysteme, malten Bilder auf Felsen und bauten äußerst zivilisierte Siedlungen. Um 1300 nach unserer Zeitrechnung lösten sie sich in Luft auf. Sie sind einfach vom Angesicht der Erde verschwunden.«

»Kein Wunder, dass Sie das interessiert«, sagte Galen. »Sie scheinen mit dem Verschwinden ja einige Erfahrung zu haben.«

»Ein wenig«, gestand Juda.

»Was hat das mit Trepanation zu tun?«, drängte Michael.

»Im Großen und Ganzen ist das nur eine Theorie«, sagte Juda, »aber Tiefen-Trepanation förderte bei Melvin die Fähigkeit, Buchstabenformen verschiedener seltener Sprachen nachzuahmen – die er schließlich alle auswendig konnte.«

»Also gut.« Michael blickte zum Fahrer des Busses, als dieser in die Haltestelle am Stephansdom einschwenkte. »Allerdings könnte das auch genauso gut damit erklärt werden, dass er ein außerordentlich visuelles Gedächtnis besaß.«

»Vielleicht«, sagte Juda und erhob sich, um den Bus zu verlassen, »aber das würde nicht erklären, wie es Melvin gelang, sich spezielle Buchstabenformen anzueignen, bevor er jemals ein Manuskript in der entsprechenden Sprache gesehen hatte.«

»Nun denn «, sagte Michael, als sie die Allee zum Dom überquerten. »Sie haben also versucht, in Ihren Studenten eine unterbewusste Sprachbegabung zu Tage zu fördern?«

»Etwas in der Art«, sagte Juda und nickte. »Ausgehend von Gage, jemandem, der niemals etwas anderes als Englisch gelernt hatte, kam ich zu dem Schluss, dass die Fähigkeit genetisch bedingt sein musste – etwas, das mit Volksgedächtnis vergleichbar ist. Ich schloss außerdem, dass Melvins Fähigkeiten und Gages plötzliche Begabung für Anasazi auf *einer* Gemeinsamkeit beruhten: Ihnen war ein Loch in den Kopf gebohrt worden. Der nächste Schritt war also, es selbst auszuprobieren. Zum Glück«, schloss er grinsend, »gibt es sehr wenig, was ein Student nicht für Geld machen würde.«

»Und der Mann in Obskuros Show?«, fragte Galen. »Was ist mit dem?«

»Oh, Bertram? Der arbeitet für mich«, sagte Juda und grinste breit über ihren Gesichtsausdruck. »Was überrascht Sie daran? Jeder gute Magier, der seinen Hut wert ist, hat einen Komplizen unter den Zuschauern, für den Fall, dass er an ein schwieriges Publikum gerät. Das gehört zur Show.«

Als sie sich dem Dom näherten, ließ sich Michael zurückfallen und stieß Galen an. »O Mann«, flüsterte Michael, »ich hoffe wirklich, dass er seine Angestellten krankenversichert.«

»Die Zahnversicherung deckt das ab«, sagte Juda über die Schulter hinweg. »Kommt nur darauf an, wie tief man bohrt.«

Der Südturm des Stephansdoms, Wiens berühmtestem Wahrzeichen, ist hundertvierzig Meter hoch und beherrscht die Skyline der Stadt. Der noch kühnere Nordturm wurde nie vollendet, sondern mit einer Kuppel überdacht, nachdem ein Bauarbeiter zu Tode gestürzt war. Ein romantisches Gerücht besagt, dass der Arbeiter, ein junger Mann namens Hans, einen Pakt mit dem Teufel geschlossen hatte. Es war vereinbart worden, dass Hans die Hand der Tochter seines Meisters gewinnen würde, wenn er den Turm innerhalb eines Jahres allein fertig stellte. Als die Aufgabe zu schwierig wurde und er an der Weiterführung verzweifelte, bot ihm ein Fremder an, ihm zu helfen, unter der Bedingung, dass er für den Rest des Jahres keinen heiligen Namen mehr aussprechen würde. Hans stimmte zu, und die Dinge gingen gut voran, bis die Dame, die Anlass zu der Vereinbarung gegeben hatte, die Baustelle besuchte. Hans nannte ihren Namen – Maria – der, als Name der Mutter Gottes, seinen Pakt verletzte. Das Gerüst stürzte ein und Hans wurde getötet. Der Turm blieb wie er war: unvollendet.

Das weniger bekannte Gerücht beinhaltete außerdem noch den Aufenthaltsort von Hans´ Meister an jenem fraglichen Tag, sowie einer Zange und dreier Nägel aus dem Gerüst. Es wurde jedoch nie bestätigt.

Während Michael, Juda und Galen den Dom umrundeten, fühlte sich Michael allmählich, als stehe *er* auf diesem Gerüst, und schlimmer noch, als habe er selbst die Nägel herausgezogen. Er schüttelte das Gefühl ab und wandte sich wieder Galen und Juda zu, die sich angeregt unterhielten.

»Was wollen wir hier?«, fragte Galen gerade. »Sollten wir nicht zur Polizei gehen?«

»Ich dachte, wir könnten wieder in Langbeins Wohnung zurückkehren, oder vielleicht zur Universität. Und was die Polizei angeht – überlegen Sie doch mal«, sagte Juda. »Abgesehen davon, dass sie eine Menge Lärm gemacht und sich auf illegale Weise Zutritt zu Professor Langbeins Wohnung verschafft haben, haben sie eigentlich nichts verbrochen.«

»Aber würde nicht die Tatsache, dass ihnen allen Löcher in die Köpfe gebohrt wurden, zumindest einen gewissen Verdacht erregen?«

»Warum? Die haben letzte Woche versucht, sie von der Universität auszuschließen, und das wurde eiligst abgelehnt – und davon abgesehen, bin ich derjenige, der mit der ganzen Sache angefangen hat. Wir werden also kaum Sympathie ernten.«

Wie um diese Äußerung zu betonen, ertönte ein lautes Heulen – und es kam von der Straße hinter ihnen.

Ein weiterer Nachtbus fuhr mit quietschenden Reifen an den Bordstein. Sechzig Studenten ließen sich von seinem Dach fallen oder strömten aus seinen Türen heraus. Als sie ihre flüchtige Beute entdeckten, stimmten sie erneut ihr Geheul an und machten sich mit großer Geschwindigkeit daran, die Straße zu überqueren.

»Mist«, sagte Michael. »Ich habe vergessen, dass alle Studenten Monatskarten besitzen.«

Er sprang die Stufen hinunter und zog Juda und Galen mit sich, die beide kurz vor einem Zusammenbruch zu stehen schienen. »Kommen Sie – es geht wieder los!«

Eine Sache spricht für den Hang der Wiener, ihre öffentlichen Plätze mit Statuen zu pflastern – sie bieten Flüchtenden zahlreiche Gelegenheiten, sich dahinter zu verstecken und gemeinsam zu verschnaufen.

»Wussten Sie eigentlich, dass Mozart hier begraben liegt?«, flüsterte Michael hinter einer Statue des Komponisten hervor.

»Seien Sie still!«, zischte Galen hinter einer anderen Statue. »Wollen Sie, dass die uns entdecken?«

»Tut mir Leid. Ich dachte nur, es würde Sie interessieren.«

»Er wurde nicht hier begraben – Sie meinen den Friedhof von St. Marx«, flüsterte Juda. Da er kleiner war als die anderen, passte er hinter einen öffentlichen Springbrunnen.

»Oh – danke.«

»Halten Sie den Mund!«

Vier Minuten vergingen, dann fünf, dann sechs, bis von ihren unermüdlichen Verfolgern nichts mehr zu hören war. Einer nach dem anderen der Drei kam zum Vorschein und streckte die verkrampften und überlasteten Muskeln. Michael blickte auf die Uhr – es ging auf Sechs zu, und die blassen Risse der Morgendämmerung begannen sich über die Wolkendecke und den Horizont zu ziehen. Der Michaelerplatz, wo sie Zuflucht gefunden hatten, befand sich in der Nähe des Nordendes der Hofburg – sie hatten den Kreis beinahe geschlossen.

»Eines verstehe ich immer noch nicht«, sagte Galen. »Warum werden wir verfolgt? Wenn sie mit dem Verfahren einverstanden waren, warum sind sie dann auf einmal zu einer ... Horde von Tieren geworden? Und wenn dieser große Kerl für Sie arbeitet, warum verfolgt er uns dann und fletscht die Zähne?«

»Das habe ich mich auch schon gefragt«, sagte Juda abwesend, »und die einzige Erklärung, zu der ich gekommen bin, lautet, dass etwas Neues in der Luft liegt. Wenn U Melvin trepanniert hat, konnte dieser sofort die Sprache eines neuen Buches aufnehmen, das noch nicht einmal von Kailas nach Meru gelangt war. Ich glaube, etwas Vergleichbares könnte auch hier der Fall sein.«

Michael und Galen sahen einander an, als der Funke einer Idee in beiden zu einer Flamme anwuchs. »Das Palimpsest.«

»Das glaube ich auch«, sagte Juda. »Wo ist das Ding eigentlich?«

Michaels erste Reaktion darauf war, seine Taschen abzusuchen – immer eine gute Antwort auf die Frage, wo sich etwas befindet. Seine nächste Reaktion war, sich selbst dafür zu schelten, dass er seine Taschen abgesucht hatte, denn das Manuskript war viel zu groß, um in eine Tasche zu passen. Seine dritte Reaktion trat im selben Augenblick ein, als Juda und Galen fühlten, wie sich *ihre* erste Reaktion von Bestürzung in Entsetzen verwandelte. Und das war zufälligerweise das gleiche, was Michael empfand, bevor er ohnmächtig wurde.

Das Manuskript, die Ur-Edda, das Palimpsest, war verschwunden.

»Schlagen Sie ihn noch einmal. Oder besser noch, lassen Sie mich das machen.«

Michael kam zu sich und spürte, wie Juda ihn an den Schultern hielt und ihm einen Klaps auf die Wange gab. Hinter ihnen lief Galen wütend auf und ab.

»Ich kann es nicht glauben«, fauchte der Musiker. »Zuerst schüttet er Alkohol über ein unbezahlbares ...« – er hielt inne, um das Wort zu betonen – »... unbezahlbares Schriftstück, ein unschätzbar wertvolles ...« – eine weitere Pause – »... wertvolles Manuskript, und dann verliert er es. Was haben Sie sich dabei gedacht, Langbein? Was können Sie sich bloß dabei gedacht haben?«

»Ich habe das Gleiche gedacht wie Sie, Galen«, gab Michael zurück. »Wir waren ein wenig in Eile, erinnern Sie sich?«

»Haben Sie irgendeine Ahnung, wo Sie es verloren haben könnten?«

»Nun, nein, eigentlich nicht«, sagte Michael. Idiot, Idiot, Idiot.

»Also gut«, sagte Juda und übernahm das Ruder, »ich sage Ihnen, was wir tun sollten. Ob sie mich nun aus fehlgeleitetem Ärger verfolgen oder hinter dem Buch her sind, weil sie von altnordischen Göttern gelenkt werden – ihr Interesse an Ihnen beiden sollte sich legen, wenn ich verschwinde.«

Michael erstickte fast – das wäre ein schöner Abschluss der Nacht gewesen. Wenn Juda sich in Luft auflöste, blieb ihnen kein einziger Beweis, dass die Ereignisse der letzten Stunden überhaupt stattgefunden hatten. Ganz zu schweigen davon, dass ihm die größte literarische Entdeckung seiner Karriere buchstäblich aus der Hand geglitten war.

»Ich werde mich nicht in Luft auflösen«, sagte Juda. »Ich werde verschwinden – und das kann ich besser ohne Sie. Ich denke, Sie sollten sich in ein Kaffeehaus setzen und versuchen, Ihre Kräfte zu sammeln, während ich sehe, was ich tun kann, um das Manuskript ausfindig zu machen. Was immer dabei herauskommt, ich verspreche, dass ich noch vor Mittag wieder bei Ihnen bin. Einverstanden?«

Galen warf Michael einen letzten wütenden Blick zu und nickte zustimmend. Er war zu müde, um zu widersprechen, selbst wenn er einen besseren Plan gehabt hätte – was nicht der Fall war.

Michael wollte selbst das Buch suchen gehen, ein Akt der Buße und Erlösung. Doch die Nacht hatte auch von ihm ihren Preis verlangt, und so willigte er ein.

Das *Cafe Central* lag nur wenige Minuten entfernt unter einem zart orangefarbenen Himmel. Galen und Michael nahmen Platz und tranken ihre erste Tasse Kaffee. Um zwanzig vor zwölf, nachdem sie einander drei Stunden lang finster angeschaut und wütend geschwiegen hatte, beschloss Michael, die weiße Fahne zu schwenken. »Also ... haben Sie irgendwelche Pläne für den Tag?«

Galen blickte mit einem resignierten Gesichtsausdruck von seiner x-ten Tasse Kaffee auf. Seufzend stellte er die Tasse auf dem Tisch ab und beugte sich zu dem Historiker hinüber. »Eigentlich hatte ich Pläne. Um zehn hatte ich eine Besprechung, und eine weitere um zehn Uhr fünfundvierzig.«

»So? Ging es um irgendwas Interessantes?«

Todesstrahlen aus Galens Augen schnitten die weiße Fahne in Stücke und setzten sie in Brand. »Ja, tatsächlich. Bei der ersten handelte es sich um eine Besprechung mit dem Senat und dem Rektor, während der ich unter anderem vor hatte, mich dafür einzusetzen, dass Sie Ihre Stelle behalten. Die zweite war eine Besprechung mit dem Verwaltungsleiter über das Budget für das Sommerprogramm, die unter anderem die Finanzierung Ihrer Abteilung zum Inhalt hatte. Haben Sie sonst noch Fragen?«

Michael schüttelte heftig den Kopf. »Nein, ich schätze, das reicht. Danke.«

Fünf Minuten vor zwölf kam Juda zur Tür des *Cafe Central* herein. »Seid gegrüßt und wohl bekomm's, die Herren.«

Er wirkte frisch gewaschen und nicht im Geringsten mitgenommen – ganz im Gegensatz zu den beiden Professoren, die aussahen, als hätten sie anstelle von Kaffee wiederholt Prügel bezogen. Er trug außerdem eine Zeitung bei sich, sonst allerdings nichts, das auch nur im entferntesten nach einem Manuskript aussah.

»O Scheiße«, sagte Michael. »Es tut mir Leid, Galen.«

Galen zuckte mit den Schultern. »Vergessen Sie's. Ich habe sowieso angefangen, alles nur für einen schlechten Traum zu halten.« Er rieb sich stöhnend den Kopf und fuchtelte wild mit den Händen. »Hinfort! Hinfort, kleines Gespenst des Alkohols! Geh und verfolge jemand anderen mit deinen Lügengeschichten, deinen verlorenen Büchern und deinen magischen Mönchen. Ich habe genug von dieser Sache.«

Juda setzte sich und winkte nach einem Kellner. »Wie Sie meinen«, sagte er mit seinem breiten Lächeln. »Zumindest haben Sie immer noch Ihre akademische Karriere, auf die Sie zurückgreifen können«, schloss er und warf die Zeitung auf den Tisch.

Galen machte Anstalten zu gehen, als sein Blick auf die Überschrift fiel. Mit gerunzelter Stirn setzte er sich wieder und überflog den Text, dann noch einmal die Überschrift, bevor er zu Juda aufsah. Der matte Blick in seinen Augen war von einem bangen Schimmer ersetzt worden.

»Ist das wahr?«, wollte er von Juda wissen. »Ist Vohlmann tot?«

»›Jede Neuigkeit, die sich zu drucken lohnt‹, und so weiter. Ja, ich denke, es ist wahr«, sagte Juda. »Zwei erledigt, bleiben noch zwei, was, Galen?«

Der Musiker, der Professor geworden war und sich plötzlich daran erinnerte, dass er auch Vizerektor an der Universität Wien war, hörte schon nicht mehr zu. Er griff nach seinem Umhang, drehte sich auf dem Absatz um und eilte zur Tür hinaus.

»Sachertorte, Professor Langbein?«, fragte Juda, als der

Kellner einen Teller auf den Tisch stellte. »Die beste in ganz Wien.«

»Was hatte das zu bedeuten?«, fragte Michael. »Wer ist Vohlmann?«

»Sie leben wirklich in Ihrer eigenen kleinen Welt, was, Professor? Vohlmann war der achtzigjährige Vizerektor an der Universität. Anscheinend Herzinfarkt.«

»Wow«, sagte Michael. »Das bedeutet, es gibt nur noch zwei aktive Vizerektoren, wo der andere doch übergeschnappt ist und so weiter.«

»In der Tat«, erwiderte Juda und nippte an seinem Kaffee, »und einer von beiden ist ein Erbsenzähler ohne Erbsen. Galens Anteil am Kuchen ist gerade deutlich größer geworden.«

»Wissen Sie was«, sagte Michael nachdenklich, »die neue Amtsperiode fängt nächstes Jahr an – wäre das nichts, wenn Galen Rektor werden würde? Ich wette, in einer solchen Position könnte er eine Menge erreichen.«

»Ja«, sagte Juda. »Das wäre schon was.«

»Sagen Sie«, meinte Michael, »wegen des Manuskripts ...«

Juda erhob in einer klagenden Geste die Hände. »Wir müssen dem Universum vertrauen, Michael. Das Manuskript ist nicht verloren – wir halten es nur nicht in Händen.«

»Aha«, stöhnte Michael. »Das wird die Finanzkalkulation meines Instituts weit komplizierter machen, als ich gehofft hatte. Ich nehme nicht an, dass Sie noch mehr von diesen tibetanischen Büchern beiseite geschafft haben, oder?«

»Klar doch«, sagte Juda. »Hunderte. Tausende, sogar. Was hätten Sie denn gern?«

»Schon gut«, sagte Michael. »Ich hätte wissen müssen, dass das ein Zufallsfund war, wie man ihn nur einmal im Leben macht. Ich hoffe, Sie können mir verzeihen, dass ich ihn verloren habe.«

»Menschen machen Fehler. Aber ich glaube nicht, dass wir die Ur-Edda zum letzten Mal gesehen haben.«

Er sprang auf und ließ etwas Geld auf dem Tisch. »Ich muss gehen. Vorlesungen, wissen Sie. Aber, Michael«, sagte er, bevor er mit der restlichen Sachertorte hinausging, »wenn Sie mich aus irgendeinem Grund brauchen sollten, suchen Sie mich an der Universität auf. Oder hier.« Juda legte eine pflaumenfarbene Karte auf den Tisch. »Denken Sie daran, Michael – alles, was Sie brauchen, umgibt Sie. Sie müssen es nur sehen können.«

»Ich werde daran denken. Handschlag?«

»Sicher.«

Sie reichten sich die Hand, und zum zweiten Mal an diesem Morgen war Juda verschwunden.

Michael rieb sich die Augen, leerte seine Tasse, stand auf – und erinnerte sich an die Visitenkarte. Er nahm sie in die Hand und warf einen Blick darauf, bevor er sie in seine Tasche steckte. Dann zog er sie mit einem Ruck wieder heraus und starrte ungläubig auf die Schrift.

Die Adresse auf dem Stück Papier in Michaels Hand war ihm wohlbekannt. Er kannte sie, weil er dort schon einmal gewesen war – genau genommen hatte er fast zwei Jahrzehnte lang beinahe jede Nacht dort verbracht.

Juda wohnte in der Villa, die Michael und Elena gehört hatte. Das Haus, in dem sie vor fast einem Jahr gestorben war.

Als er das Café verließ, kam ein Bettler auf Michael zu und bat ihn um Kleingeld. Er gab ihm die Zahnpasta und ging nach Hause.

KAPITEL ACHT

Das Palimpsest

Eine volle Woche verging und die Ereignisse des Montags aller Montage verloren sich im Äther. Michael traf an der Universität weder Juda noch Galen – die Bahnen, auf denen sie sich bewegten, waren wohl einfach zu verschieden. Allerdings wachte Michael zweimal aus einem unruhigen Schlaf auf und war sicher, das verlorene Manuskript in den Händen gehalten zu haben. Darüber hinaus hatte er eine ausgeprägte Abneigung gegen Absinth entwickelt.

Von den Studenten, die so bedrohlich und wild geworden waren, gab es keine Spur – nur ein paar leere Plätze in den Vorlesungssäalen. Insgesamt verlief die erste Hälfte der Woche so normal, wie man es nur von ihr erwarten konnte.

Am Mittwoch, als er seine Aktentasche packte, um zur Universität zu fahren, schob jemand eine pflaumenfarbene Visitenkarte unter seiner Tür hindurch.

»Ach, Scheiße«, sagte Michael.

»Sie haben uns hierher gebeten«, sagte Galen und schritt vor der breiten Fensterfront auf und ab, die Michael eingebaut und die Elena gestrichen hatte, und die nun Juda gehörte, »und wir sind gekommen. Aber stellen Sie meine Geduld nicht auf die Probe ... Juda.«

Armer Galen, dachte Michael. Es ist ausgesprochen schwer, seine Autorität gegenüber jemandem durchzusetzen, der keinen Nachnamen hat.

Juda, der entspannt in einem Sessel saß, den Michael und Elena in Stuttgart gekauft hatten, machte beschwichtigende Handbewegungen. »Ich verstehe Ihre Frustration, Professor

Gunnar-Galen«, sagte er und ließ seine formelle Anrede absichtlich unbetont, denn er wusste, dass Galen dies bemerken werde. »Aber ich glaube, Sie werden in wenigen Minuten sehen, dass Sie sich nicht umsonst hierher bemüht haben.«

»Da bin ich mir nicht so sicher«, sagte Galen. »Ich hatte Zeit, über das nachzudenken, was Sie mir erzählt haben, und ich bin nicht sicher, dass Sie wirklich eine so wertvolle Errungenschaft für die Universität darstellen, wie Sie vielleicht glauben.«

»Und wieso das?«

»Was glauben Sie wohl?«, gab Galen zurück. »Sie haben Löcher in die Schädel von Studenten gebohrt, Herrgott noch mal – das allein sollte Ihnen eine amtliche Überprüfung einbringen. Und dann diese absurde Geschichte, die Sie uns erzählt haben ...« Er schüttelte den Kopf. »Es muss am Alkohol gelegen haben. Anders kann ich mir nicht erklären, warum ich Ihrer Geschichte so viel Glaubwürdigkeit beigemessen habe.«

»Das Manuskript«, sagte Juda munter. »Haben Sie *daran* geglaubt?«

Galen warf Michael einen Seitenblick zu. »Ich ... wollte daran glauben. Aber es ist wenig sinnvoll, sich jetzt darüber Gedanken zu machen, oder? Es ist verschwunden.«

Juda gluckste. »Ich dachte, ich hätte mich deutlicher ausgedrückt. Nichts ist jemals wirklich verloren – nur unsere Deutung der Wirklichkeit verändert sich.«

»Also, die Deutung, die mir im Moment am liebsten wäre, beinhaltet, dass das verdammte Buch hier vor mir liegt«, sagte Galen.

»Ich bin beeindruckt«, sagte Juda. »Das kommt der Sache sehr nahe. Genau genommen liegt es in der Küche.«

Galen blickte zu Michael hinüber, der sich bereits auf dem Weg zur Küche befand, wo Elena und er die übergroße Anrichte angebracht hatten, um die ramponierte Tapete zu verdecken. Doch bevor er sie erreichte, schwang die Tür auf und polterte gegen die Wand.

Verdammt, dachte Michael – Elena hat immer gesagt, ich müsste dort einen Türstopper anbringen.

Vor ihm im Türrahmen standen die bärtigen Zwillingsgestalten von Rutland und Burlington. Als erstes fiel Michael auf, dass die dunkelhäutigen Zwillinge ein identisches und ziemlich ungewöhnliches Grinsen zur Schau stellten. Als zweites bemerkte er, dass sie eine flache Kiste hielten, und in der Kiste ...

... lag das Palimpsest.

»Sehen Sie?«, sagte Juda.

»Gott sei Dank«, sagte Galen.

»Donnerwetter«, sagte Michael.

Michael, Juda und Galen befanden sich im sterilen, nüchternen Büro des Vizerektors an der Universität. Der Raum war groß und hatte einen schönen Ausblick auf einen der Innenhöfe, war jedoch äußerst dürftig möbliert. Es gab mehrere Bücherregale voller säuberlich gestapelter Musikschwarten und Abhandlungen. In einer Ecke stand ein Klavier und auf dem eleganten, schwarzen Schreibtisch eine Büste von Wagner.

Juda wickelte vorsichtig das Paket aus, das sie aus seinem Haus im Wienerwald heimlich hierher gebracht hatten, und die drei Männer machten sich daran, den Schaden zu begutachten.

Mehrere Seiten fehlten ganz, einige sahen sogar aus, als habe jemand darauf herumgekaut – Michael hatte den Verdacht, dass alle kürzlich an der Universität aufgetretenen Fälle von Arsenvergiftung damit in Beziehung gebracht werden konnten, – aber im Großen und Ganzen war das Manuskript intakt und unbeschädigt.

»Ausgezeichnet«, sagte Galen. »Sie können sofort mit der Übersetzung beginnen.«

»Äh, das ist vielleicht nicht ganz so einfach. Ich muss zuerst noch ein paar ... verfahrenstechnische Probleme lösen.«

Galen wusste, wovon Michael sprach. Die Mitteilungen an die Institute, deren Budget planmäßig gekürzt werden sollte, waren an diesem Morgen verschickt worden, und das Institut für Ältere Literatur und Geschichte stand ganz oben auf der Liste.

»Was brauchen Sie, Langbein? Was brauchen Sie, um dieses Manuskript zu übersetzen?«

Michael kaute an seinem Daumen, während er im Kopf einige Berechnungen durchführte. Schließlich blickte er auf das Schriftstück hinunter und dann zu Galen. »Vier Monate – möglicherweise sechs. Ich würde außerdem einen Arbeitsplatz brauchen – und angesichts des zerbrechlichen Zustands des Palimpsests brauche ich mit Sicherheit ein gutes Labor.«

Galen dachte nach. Das war weit länger, als er gehofft hatte, aber schließlich war Michael der Fachmann und nicht er. Wenn Michael es allerdings innerhalb von fünf Monaten schaffte, wäre das genau die richtige Zeit für eine Bekanntgabe der Entdeckung in Bayreuth – und das sollte Galen zumindest die Berufung in das Amt des Rektors sichern und gleichzeitig seinen Namen unwiderruflich mit den Wagnerfestspielen verknüpfen. Er musste Michaels Institut nur über das Sommersemester finanzieren. Das war ein kleiner Preis.

Galen stand auf und reichte Michael die Hand. »Professor Langbein, Sie bekommen Ihre Finanzierung – unter der Bedingung, dass Sie Ihre Arbeit innerhalb von fünf Monaten abschließen, und dass von jetzt an die Übersetzung der Edda das einzige Anliegen Ihres Instituts sein wird. Sind wir uns einig?«

Michael zögerte, nahm dann Galens Hand und schüttelte sie erst einmal, dann ein zweites Mal. »Ich ... ich weiß nicht, was ich sagen soll. Aber haben Sie die Befugnis, all das zu genehmigen?«

»Noch nicht«, sagte Galen, »aber bald.«

Am Donnerstag Morgen gaben zweihundertachtzehn Studenten, Ladenbesitzer und sonstige Mitläufer bekannt, sie würden eine neue Rasse hyperentwickelter Menschen bilden, die sich durch Löcher in ihren Schädeln und einem Hang zur Rudelbildung kennzeichnen werde. Sie nannten sich selbst die *Gage* und ließen sich mehr oder weniger dauerhaft bei *Rutland and Burlington´s* nieder, wo zwei ehemalige Institutsleiter und ein ehemaliger Professor der Universität eine Dauer-Show inszenierten, die unter anderem die Beschwörung atlantischer Magier und alte Nummern der Marx Brothers beinhaltete. Die Verkaufszahlen für Schokoriegel, Zahnpasta und Cola mit Schuss stiegen in den folgenden Wochen außerordentlich an.

Am Freitag Morgen, nach dem Gedenkgottesdienst für Vohlmann, dem Vizerektor, der in der Woche zuvor gestorben war, geschah nichts.

Am Samstag Morgen wurde eine Notfallsitzung des Senats einberufen und einer der verbliebenen Vizerektoren schlug vor, die Finanzierung des Instituts für Ältere Literatur und Geschichte um weitere sechs Monaten zu verlängern. Er deutete an, dass der Leiter des Instituts gerade ein Projekt in Angriff nehme, das der Universität einiges Prestige einbringen werde. Schließlich sei es finanztechnisch sicherer, ein einzelnes Projekt sechs Monate lang zu finanzieren, als Langbein zwei weitere Monate freie Hand zu gewähren, bis man ihn entlassen konnte. Der Vorschlag wurde mit überwältigender Mehrheit angenommen.

Am Sonntag Morgen bezog Michael seine Büroräume in der Universität und machte sich an die Arbeit. Er stöpselte das Telefon aus, brachte Schlösser an den Türen an und dachte sich ein geheimes Klopfzeichen aus, das er nur seinen drei Assistenten und dem Jungen vom Pizza-Service verriet. Es sollte ein langer Sommer werden.

Dreizehn Montage später stöpselte Michael das Telefon wieder ein und rief einen ausgesprochen wütenden Galen an.

»Wo zur Hölle haben Sie gesteckt?«

»Was glauben Sie wohl? Ich habe gearbeitet. Schnappen Sie sich eine Flasche Champagner und kommen Sie zu Juda. Die Übersetzungen sind fertig.«

»Anscheinend habe ich eine gute Wahl getroffen«, sagte Juda im Empfangszimmer seiner Villa und prostete Michael und Galen zu. »Das ist eine ziemliche Leistung, Professor Langbein.«

»Danke.« Michael ließ sich in einem Sessel in der Nähe der Fenster nieder.

Galen blieb stehen, und Juda nahm seinen üblichen Platz im Sessel ein. Auf einem niedrigen Tisch lag das Manuskript neben einem fünfzehn Zentimeter hohen Stapel Notizen – Michaels Übersetzungen.

»Können wir anfangen?«, murrte Galen. »Ich habe ziemlich lange gewartet und ein gewisses Risiko auf mich genommen, damit Sie das in die Tat umsetzen konnten. Ich will wissen, ob es die Zeit und den Aufwand wert war.«

Michael lächelte, als er seinen Champagner abstellte und

nach seinen Notizen griff. »Glauben Sie mir«, sagte er und grinste von einem Ohr zum anderen, »es war es wert. Lassen Sie uns mit dem offensichtlichen Kernstück des Manuskripts anfangen – der Edda selbst. Die altnordische Dichtung umfasst eine breite Zeitspanne. Dennoch ist kaum etwas davon erhalten geblieben, außer in isländischen Manuskripten, die im dreizehnten Jahrhundert und später niedergeschrieben wurden. Sie gliedert sich weitgehend in zwei Klassen, die ›Eddisch‹ und ›Skaldisch‹ genannt werden. Die moderne Verwendung der Begriffe ist ziemlich unpräzise, aber im Allgemeinen liegt der Unterschied zwischen dem Eddischen und dem Skaldischen in der Form. Während sich die eddischen Lieder durch ein freies, rhythmisches Metrum auszeichnen, wird in der skaldischen Dichtung jede Silbe gezählt und abgemessen. Es gibt auch einen Unterschied im Stoff – die eddische Dichtung ist vollkommen anonym und berichtet von Göttern und Helden, die in einer fernen Vergangenheit gelebt haben, während der größte Teil der skaldischen Dichtung namentlich bekannten Autoren zugeschrieben wird. Außerdem handelt die skaldische Dichtung nicht von Mythen oder Legenden, sondern von zeitgenössischer Geschichte. Die eddische Dichtung verdankt ihren Namen einem nicht weiter bemerkenswerten Manuskript, das allgemein als Ältere oder Lieder-Edda bekannt ist, und in dem die meisten eddischen Gedichte erhalten geblieben sind. Es wurde in den späten Jahrzehnten des dreizehnten Jahrhunderts in Island niedergeschrieben, beruht aber auf einem oder mehreren verlorenen Manuskripten, die im selben Jahrhundert verfasst wurden und meiner Meinung nach die Grundlage für den Text der Ur-Edda bildeten.«

»Aber«, unterbrach Galen, »der Name Edda gehörte ursprünglich doch gar nicht zu diesem Buch – er bezog sich auf Sturlusons Edda und wurde fälschlicherweise auf die andere übertragen.«

»Ja – Saemunds Edda war eigentlich nicht wirklich

eddisch«, stimmte Michael zu und klopfte auf das Manuskript auf dem Tisch, »und deswegen ist dieser Text auch so merkwürdig – er mischt beide Formen.«

»Nicht zwingend«, sagte Galen. »Es könnte sich auch um ein weiteres Beispiel dafür handeln, dass Stoffe lange nach den tatsächlichen Ereignissen durcheinander gebracht wurden. Warum ist die Form überhaupt so wichtig?«

»Weil«, antwortete Michael und versuchte sich zu beherrschen, »die Form der einzige Anhaltspunkt ist, den wir haben, wenn wir versuchen Zeit, Ort und Autor zu bestimmen – und diese Dinge müssen gesichert sein. Sonst gibt es keinen Grund, das Manuskript in irgendeiner Weise für historischer zu halten als Ossians Lieder. Darf ich fortfahren?«

»Bitte«, sagte Galen und zeigte sich gebührend in die Schranken gewiesen.

»Vom Inhalt her unterscheidet man zwei Arten der eddischen Dichtung: mythische und heroische. Die eine beschreibt die Welt der Götter und die andere das Leben sagenumwobener Helden.«

»Wie Siegfried«, sagte Galen.

»Ja«, erwiderte Michael, »obwohl es Überschneidungen gibt. Die Verse über die Götter sind recht unterschiedlich – bei manchen handelt es sich um Abenteuergeschichten, die den Heldenliedern ähneln. Andere sind didaktisch und beschreiben die Geheimnisse des Universums, sowie den Ursprung und das Schicksal der Götter. Das berühmteste der Göttergedichte ist die Völuspá. Sie wird vorgeblich von einer Sybille gesprochen, einer Prophetin, die vor Anbeginn der Welt geboren wurde. Sie richtet sich gleichermaßen an Menschen und Götter, insbesondere jedoch an Odin, und erzählt vom Ur-Chaos, den daraus geborenen Riesen und vom Anfang der Menschenwelt. Sie beschreibt das Zeitalter der jugendlichen, unschuldigen Götter, die Prüfungen, die sie bestehen und schließlich den Verfall und drohenden Untergang im Ragnarök.«

»Und was ist daran für uns wichtig?«, fragte Galen.

»Obwohl das Thema der Völuspá heidnisch ist, kann niemand leugnen, dass sie sehr stark von christlicher Symbolik beeinflusst scheint, besonders in der Beschreibung des Ragnarök. Das hat Historiker zu der Schlussfolgerung veranlasst, dass sie Anfang des 11. Jahrhunderts verfasst wurde, als sich die Menschen von der alten Religion ab und einer neuen zuwandten.«

»Und Sie sind anderer Meinung?«

»Inzwischen ja«, sagte Michael. »Auch hier liegt eine Version der Völuspá vor, aber sie ist bruchstückhaft und hinsichtlich der Rolle der Götter bei der ganzen Geschichte weniger respektvoll als andere Fassungen.«

»Und das stärkt Ihren Glauben an ihre Authentizität?«, fragte Galen überrascht.

»Nicht an ihre Authentizität – an ihr Alter. Die Völuspá verfügt normalerweise über eine logische Geschlossenheit, die vielen Gedichten der Edda abgeht, und muss daher einer Einzelperson zugeschrieben werden, die nicht unbedingt die allgemein verbreitete Meinung zum Ausdruck brachte. Der vorliegenden Fassung fehlt diese Geschlossenheit und daher liegt es nahe, dass sie aus mehreren Quellen zusammengesetzt wurde – was sie zu einem möglichen Vorgänger der anderen macht.«

»Und woher wollen Sie wissen, dass dies nicht nur eine bruchstückhafte Nacherzählung der bekannten Fassungen ist?«

»Weil sämtliche christlichen Einflüsse fehlen«, sagte Michael aufgeregt. »Wäre sie später geschrieben worden, wären sie noch immer enthalten, aber das sind sie nicht.«

»Beeindruckend«, sagte Juda.

»In der Tat«, sagte Galen, und entspannte sich zum ersten Mal. Er hätte es niemals bezweifeln sollen – Michael war besser, als er gedacht hatte. Wenn der Senat das nächste Mal über die Finanzierung des Instituts für Ältere Literatur und

Geschichte beriet, vermutete Galen, würde das Ergebnis allen Erwartungen zuwiderlaufen. »Bitte«, sagte er und schenkte sich Champagner nach, »fahren Sie fort.«

»Danke«, sagte Michael. »Nun, zwei der didaktischen Gedichte, das Grimnirlied und das Wafthrudnirlied, sind besonders ergiebige mythologische Quellen – beide haben eine Rahmenhandlung, und Odin taucht auf, allerdings in Verkleidung. In zwei Passagen des Grimnirliedes wird außerdem die Walhalla beschrieben – der einzige ausführliche derartige Bericht in einer frühen Dichtung. In der Rahmenhandlung spricht Odin von Flüssen, die durch die Welten der Götter, der Menschen und der Toten fließen, und vom Weltenbaum Yggdrasil. Er spricht von der Entstehung der Welt aus Fleisch, Blut und Knochen des Riesen Ymir, und ...« Er hielt inne, ein seltsamer Ausdruck verzerrte seine Gesichtszüge.

»Was ist los«, fragte Juda und richtete sich auf. »Was sehen Sie, Michael?«

Der Historiker blieb noch einen Augenblick in seiner Trance und schüttelte sie dann ab. »Tut mir Leid – ich hatte soeben eine Eingebung, aber sie ist verschwunden. Was habe ich gerade gesagt?«

»Die didaktischen Gedichte?«, soufflierte Galen.

»Richtig, danke. Das Wafthrudnirlied ist eine ähnlich wertvolle mythologische Quelle. Darin besucht der verkleidete Odin den alten Riesen Wafthrudnir, um seine Weisheit auf die Probe zu stellen, und sie schließen eine *Wissenswette* ab, bei der beide ihren Kopf verpfänden. Der Riese beginnt und Odin antwortet fehlerlos. Als Odin an der Reihe ist, Fragen zu stellen, beantwortet der Riese siebzehn davon richtig, und erklärt dabei die Ursprünge von – nun, die Ursprünge von allem. Odins achtzehnte Frage besiegt ihn schließlich – Odin enthüllt seine Identität, indem er fragt, was er in Balders Ohr geflüstert habe, bevor dieser auf den Scheiterhaufen wanderte. Und da niemand außer Odin darauf eine Antwort geben kann, ist der Kopf des Riesen verwirkt. An dieser Stelle taucht Thor kurz auf und erzählt seinerseits, wie er die Riesen besiegt hat. Er behauptet, sie hätten die ganze Welt überrannt, wenn er nicht gewesen wäre – so heißt es zumindest in der traditionellen Erzählung.«

»Und in der Ur-Edda?«, fragte Galen.

»Der Autor oder die Autoren waren anscheinend immer noch überzeugte Heiden, aber auch ein wenig skeptisch gegenüber ihren Göttern. Hier verliert Odin den Wettstreit und kehrt als körperloser Kopf nach Walhalla zurück, und Thor wird von den Riesen gefressen. Wieder fehlt die christliche Metaphorik – Odin erhält seinen Körper nicht zurück, was ihm andere, von der Religion beeinflusste Mythen zugestanden hätten, und Thor – nun, Thor bleibt aufgefressen.«

Michael schob die Stapel hin und her und vergrub sich in anderen Notizen, von denen ihm die Hälfte auf den Boden fiel. In Gedanken ergänzte Galen seine Schätzung hinsichtlich Michaels Finanzierung um das Gehalt einer Sekretärin.

»Im Codex Regius«, sagte Michael, nachdem er den Anschein einer Ordnung hergestellt hatte, »den wir als das wesentliche Manuskript von Saemunds Edda ansehen – bis jetzt eines der bedeutendsten Manuskripte der Edda überhaupt –, wird der Titel Hávamál für eine Sammlung von hundertsechzig Strophen oder separaten dichterischen Abschnitten verwendet. Mit der Verwendung dieses Titels weist der Autor darauf hin, dass er all diese Strophen für die Worte Odins hält. Ob er damit nun richtig oder falsch lag: Es steht jedenfalls fest, dass die Sammlung etwa sechs Gedichte oder Fragmente über verschiedene Themen fragwürdigen Ursprungs enthält. In der Ur-Edda stellt sich diese Frage jedoch nicht, denn dort haben wir ganze zwölf Gedichte und fast zweihundert Strophen. Wenn wir das Alter der mythischen Lieder und ihren Ursprungsort kennen würden, wären wir eher in der Lage, sie als Quellen der Religionsgeschichte anzusehen – und diese hier kommen dem sehr nahe. Ich kann sie auf das siebte Jahrhundert datieren, wenn nicht sogar früher.«

»Das nimmt dem Codex Regius glatt den Wind aus den Segeln«, merkte Juda an.

»Und es widerlegt eine beliebte Theorie, nach der viele der Edda-Lieder norwegischen Ursprungs sind und im zwölften Jahrhundert niedergeschrieben wurden«, sagte Michael. »Ob Sturluson solche Lieder in schriftlicher Form besaß oder nicht – fest steht, dass er sie für sehr alt hielt, was darauf hindeutet, dass sogar die jüngsten von ihnen einige Generationen vor seiner Zeit verfasst wurden. Wir wissen jetzt, dass es so war, und wir wissen auch, von wem.«

»Ist es nötig zu fragen?«, sagte Galen.

»Ich perfektioniere nur meine Vortragstechnik«, sagte Michael und zwinkerte Juda zu. »Der Autor der Ur-Edda war Bragi Boddason.«

»Bragi Boddason, oder Bragi der Ältere, wie er genannt wurde, war der Erste, dem Verse in skaldischer Form zugeschrieben wurden. Bragis bedeutendstes überliefertes Gedicht ist die Ragnarsdrapa, von der in der Snorra-Edda zwanzig Strophen und Halbstrophen erhalten sind. In der Ur-Edda gibt es dreihundert.«

»Mein Gott«, sagte Galen. »Sind Sie sicher? Ist sie wirklich so vollständig?«

»Ich kann nicht versprechen, dass sie vollständig ist – aber dass sie bei weitem besser ist als jedes andere bekannte Manuskript, darauf können Sie Ihren Arsch verwetten. In dem traditionellen Gedicht beschreibt Bragi die Bilder, die auf ein Schild gemalt sind, von dem es heißt, er habe es von Ragnar Lobrok bekommen. Er beschreibt Szenen aus Legenden und Mythen, unter anderem Gefjons Pflug und Thors Kampf mit der Weltenschlange, und so weiter und so fort. In diesem Text gehen Bragis Gedichte viel weiter zurück, bis zu seiner Romanze mit der woluspischen Sybille.«

»Aus der Älteren Edda?«, fragte Juda skeptisch.

»Ja!«, erwiderte Michael aufgeregt. »Sehen Sie denn nicht, dass Bragi das Bindeglied darstellt? Er ist derjenige, der Mythos und Geschichte beider Eddas in jeder Hinsicht miteinander verknüpft – die erste Beschreibung war die beste. Dies ist die Ur-Edda, im wahrsten Sinne des Wortes.«

Michael hielt inne, damit sich seine Worte setzen konnten. Alle drei wussten, dass dies der Punkt war, auf den es ankam – der Nagel, der alles weitere halten musste.

Juda wirkte merkwürdig unbeteiligt, als sei er nicht vollkommen überrascht. Aber Galen hatte den Gesichtsausdruck eines äußerst hungrigen Mannes angenommen, der plötzlich eine Scheibe feinsten Fleisches vor sich sah.

»Mehrere andere Quellen«, fuhr Michael fort, »erwähnen einen Gott der Dichtkunst namens Bragi – offenbar jener skaldische Dichter, der nach seinem Tod zur Gottheit erhoben wurde. Wenn diese Werke in irgendeinem Maße bekannt wurden, bevor sie in der Versenkung verschwanden, dann ist das kein Wunder – er wäre die Hauptquelle von Jahrhunderten religiösen Glaubens.«

»Wahrscheinlich ist es so gewesen«, sagte Galen. »Die Priester, die die alten Mythologien korrumpierten, hätten sicherlich jeden Band auseinander genommen, der so vollständig ist wie dieser hier. Uns waren bisher nur die Bruchstücke bekannt, die überliefert worden sind.«

»Das ist auch meine Meinung«, sagte Michael.

»Dann haben wir hier noch ein zweites Rätsel«, warf Juda ein. »Wenn der größte Gelehrte historischer Literatur Monate gebraucht hat, dieses Manuskript zu entziffern ...« – Michael strahlte hemmungslos – »... wie ist es dann möglich, dass ein Komponist genug davon verstand, um ihm den Namen ›Ur-Edda‹ zu geben?«

Michaels Lächeln verschwand. »Wissen Sie, das konnte ich

mir auch nicht ganz erklären«, gab er zu. »Liszt hatte das Manuskript als Erster in Händen, das wissen wir. Aber es lässt sich weder sagen, wie lange er es besaß, bevor er es an Wagner weitergab, noch wie lange Wagner darüber verfügte. Ich kann Ihnen versichern, dass sie es gründlich gelesen haben müssen, denn Teile der Fassung des Ringzyklus', die hier niedergeschrieben ist, beziehen sich direkt auf Ereignisse, die ich nur in diesem Schriftstück gefunden habe.«

»Wenn sie so etwas besaßen, warum haben sie dann niemandem davon erzählt?«, fragte Galen. »Wie kann es sein, dass das überhaupt nirgends erwähnt wird?«

»Von allen Fragen, die ich von Ihnen erwartet habe«, sagte Juda schroff, »ist das bei weitem die dümmste.«

Galen wurde rot. »Also, hören Sie ... Juda ...«, setzte er an.

»Denken Sie nach – wem haben *Sie* davon erzählt?«

Galen verstummte. Die einzigen anderen Menschen, die etwas von der Existenz der Ur-Edda ahnten, waren Michaels Assistenten – und sogar ihnen wurde immer nur ein Teil der Übersetzung zur Bearbeitung vorgelegt, nie das ganze Manuskript.

»Sehen Sie?«, sagte Juda leise. »Wenn Wagner es besessen hat, dann hätte er es zu seinem Vorteil genutzt, und zwar nur zu seinem eigenen. Angesichts der durchgängig prekären finanziellen Situation der Bayreuther Festspiele kann ich ihm das wirklich nicht verdenken.«

»Was ist mit Wagners Übersetzung?«, fragte Galen und wechselte abrupt das Thema. »Wie ist sie geworden?«

»Ganz gut«, sagte Michael und griff nach einem weiteren Bündel Papier. »Wie erwartet bezieht sie sich sehr stark auf das Nibelungenlied, aber es gab Aspekte des Siegfried-Mythos, die nur der Ur-Edda entnommen sein können. Das Gedicht selbst geht auf älteste Geschichte zurück und vereint monumentale Bruchstücke halb vergessener Mythen und historische Persönlichkeiten zu einem Gedicht, das im Wesentlichen germanisch ist. Die große Anzahl von Manuskripten, die uns überliefert wurden, lassen vermuten, dass das Gedicht im Mittelalter überaus beliebt gewesen sein muss. Insgesamt sind achtundzwanzig mehr oder weniger vollständige Manuskripte in einunddreißig Fragmenten erhalten geblieben, von denen fünfzehn aus dem dreizehnten und vierzehnten Jahrhundert stammen. Von diesen sind nur neun so gut erhalten, dass sie trotz einiger geringfügiger Lücken als vollständig gelten können, und wiederum nur drei von diesen werden als wirklich historisch wertvoll angesehen. Was die Datierung des Gedichts angeht, so glaubt man aufgrund der Präzision der Reime, dass es in seiner gegenwärtigen Form nicht weiter zurückreichen kann als bis ungefähr 1190. Das mag auf die erhalten gebliebenen Fassungen zutreffen, aber nicht auf die Originalquelle, die nie gefunden wurde. Es sind viele umfangreiche Versuche unternommen worden, die Identität des Autors unseres Gedichts zu ermitteln, aber ich glaube, diese Frage haben wir ebenfalls gelöst.«

»Bragi?«, fragte Galen.

»Ja – in der zweiten Strophenserie.«

Galen stieß einen leisen Pfiff aus. Das Ganze wurde mit jeder Minute Erfolg versprechender – im wahrsten Sinne des Wortes.

»Wie begründen Sie das?«, fragte Juda.

»Die Geschichte von Siegfried«, fuhr Michael mit seinen Erklärungen fort, »die unserem Gedicht zugrunde liegt, ist um mehrere Jahrhunderte älter als das Nibelungenlied. Jedes Volk und jede Generation hat sie auf ihre eigene Weise erzählt und neue, erfundene Elemente hinzugefügt. Diese weite geographische Verbreitung der Legende und die Vielfalt von Formen, in der sie überliefert ist, erschwerte die Suche nach ihrem Ursprung. Die nordische Fassung ist in vieler Hinsicht älter und einfacher in der Form als die germanische. Dennoch glaubt man, dass Norwegen möglicherweise nicht die Heimat der Saga gewesen ist, die stattdessen in Deutschland entlang den Ufern des Rheins bekannt wurde. Die skandinavische Fassung der Siegfried-Legende ist uns in fünf verschiedenen Formen überliefert. Aber nur drei davon waren als Nacherzählung vom Christentum unverdorben und unmittelbar genug, um überhaupt von Nutzen zu sein.

Die erste davon ist die Ältere Edda, die teils heroischen und teils mythologischen Charakter besitzt. Sie ist in alliterierenden Strophen geschrieben, die von Prosa unterbrochen werden, und hat die Form von Dialogen, unter denen wir eine Reihe von Liedern finden, die von Siegfrieds Abenteuern handeln.

Die zweite Quelle der Siegfried-Geschichte ist die so genannte Wölsungensaga, eine Prosa-Nacherzählung der Edda-Lieder. Sie wird auf den Beginn des dreizehnten Jahrhunderts datiert; aber der eigentliche Bericht wurde wahrscheinlich ein Jahrhundert früher niedergeschrieben. Sie ist wichtig, weil sie einen Teil des Codex Regius enthält, der verloren gegangen ist und uns somit den Inhalt der fehlenden Lieder überliefert.

Die dritte Quelle ist Sturluson – er war sowohl mit der Lieder-Edda, als auch mit der Wölsungensaga vertraut, und hält sich eng an beide Berichte. Er erzählt die Siegfried-Saga nur kurz nach, wird aber als Originalquelle angesehen, weil er von zuvor unbekannten Liedern Gebrauch macht, die vom Ursprung des Schatzes berichten.

Die Geschichte, wie sie in den älteren alt-nordischen Versionen erzählt wird, ist in vieler Hinsicht authentischer als das Nibelungenlied. Sie gibt die Geschichte des Schatzes der Nibelungen wieder und führt ihn auf einen Riesen zurück, der ihn von dem Gott Loki als Entschädigung für die Tötung seines Sohnes erhielt, der in der Gestalt einer Otter von Loki erschlagen worden war. Loki hatte das Lösegeld von einem Zwerg namens Alberich, der es seinerseits den Flussgöttern des Rheins gestohlen hatte. Alberich belegt den Schatz und seine Besitzer mit einem schrecklichen Fluch, und dieser

Fluch geht von Loki auf den Riesen über, der im Schlaf von seinen beiden überlebenden Söhnen ermordet wird. Einer von ihnen betrügt den anderen um die begehrte Beute und trägt sie in die Heide, wo er sie in Gestalt eines Drachen bewacht.

Dieser Schatz und der ihn begleitende Fluch gehen als Nächstes in die Hände eines Menschen namens Siegfried über, eines Nachkommens des Geschlechts der Wölsungen, die ihr Geschlecht bis auf Odin zurückverfolgen. Doch wo das Nibelungenlied mit dem Tod der Nibelungen endet, führt der Ring den Hauptkonflikt weiter, den Wagner aus anderen Quellen hinzugefügt hat – den Konflikt zwischen Hagen und Siegfried. Es ist allgemein anerkannt, dass diese Fassung der Geschichte, obwohl sie authentischer ist als die germanische Tradition, nicht die einfachste und archaischste Form der Sage darstellt. Was allerdings ihre ursprüngliche Form war, ist nie bekannt geworden.«

»Bis jetzt«, sagte Juda, der voraussah, worauf Michael hinauswollte.

»Bis jetzt«, bestätigte Michael. »In der Ur-Edda schuf Bragi eine Grundlage für den Siegfriedmythos und versuchte, die Geschichte in einfachsten Worten wiederzugeben – die in späteren Fassungen trotz allem verdreht wurden. Die einen sahen in der Geschichte die Personifizierung von Naturkräften – andere suchten nach einem rein menschlichen Ursprung der Sage, und zwar der Streit zwischen Verwandten um den Besitz eines Schatzes. Bragi zufolge ist der Kern des Siegfried-Mythos die alte Geschichte vom Verwandtenmord.«

»Faszinierend«, sagte Galen. »Hagen und Siegfried als Kain und Abel.«

»Oder Hagen und Attila«, sagte Michael, »denn Hagens Feind ist immer mit Gunthers Schwester Kriemhild verheiratet. Es ist zwecklos, das Datum mit einem Ereignis aus der wirklichen Geschichte in Verbindung bringen zu wollen – derartige Morde kamen häufig vor und könnten sich überall ereignet haben. Der Kern der Legende ist jedoch traditionellerweise die Feindschaft zwischen Verwandten gewesen, die in zwei Formen auftritt: die eine, in der der Schwiegersohn seinen Schwiegervater tötet, und die andere, in der Hagen seinen Schwager tötet und seinerseits von ihm getötet wird. Aber Bragi macht darauf aufmerksam, dass sowohl die altnordische, als auch die germanische Fassung die Verbindung zwischen den beiden Geschichten unerwähnt lassen – das gemeinsame Motiv des Schatzes. Das ist der Kern von Bragis Wiedergabe der Legende und, wie ich glaube, derjenige, den Wagner in seinen Ring integriert hat.«

»Das ist es«, rief Galen aus und erhob sich. »Das ist das Herzstück von Wagners Werk – in allen anderen Sagen war der Schatz eher nebensächlich, doch Wagner wollte ihn wieder in den Vordergrund rücken, so wie es ursprünglich gedacht war.«

»Wie ist das geschehen, Michael? Wie hat Wagner das aufgebaut?«, fragte Juda.

»Er wollte es als einen Jahresmythos darstellen – einen Mythos der Jahreszyklen«, sagte Michael. »Der Drache ist das Symbol des Winters und die Zwerge das der Dunkelheit, während Siegfried den hellen Sommer repräsentiert und sein Schwert die Sonnenstrahlen. Das jugendliche Jahr wird in den dunklen Tagen des Winters erwachsen. Wenn seine Zeit gekommen ist, schreitet es triumphierend voran und zerstört die Dunkelheit und die Kälte des Winters. Und irgendwie – es ist unklar, auf welche Weise – benutzt Siegfried den Schatz, um das zu erreichen.«

»Sehr idealisiert«, sagte Galen und setzte sich wieder ans Fenster. »Und was ist mit Hagen?«

»Seltsamerweise entlastet ihn Bragis Fassung in jeder Hinsicht – der letztendliche Tod Siegfrieds wurde aus der Notwendigkeit heraus idealisiert, seinen Tod als eine schreckliche Tat erscheinen zu lassen, die nach Rache verlangt. Doch der Mord selbst löst sich von der alt-nordischen

Fassung und bestätigt, dass Hagen derjenige ist, der ihn tötet; nicht im Bett, während er schläft, sondern wie in der uns bekannten Fassung, in der Hagen Kriemhild auf verräterische Weise dazu bringt, die verletzliche Stelle an Siegfrieds Körper zu kennzeichnen, mit der Begründung, ihn beschützen zu wollen – und dann bringt er den armen Schweinehund um die Ecke.«

»Ich will Sie nicht kritisieren, Langbein«, sagte Galen, »aber wieso entlastet ihn das?«

»Es entlastet ihn, weil Hagen die einzige Figur ist, die sämtliche Wesensmerkmale aus den frühesten Fassungen des Mythos beibehält«, erklärte Michael. »Er ist der wahre Held der zweiten Hälfte des Nibelungenlieds, und in seiner Fassung des Rings versuchte Wagner, diesen Aspekt zu bewahren. Keine andere Figur ist so wenig von christlichen Einflüssen verdorben wie die seine – er ist in jeder Hinsicht immer noch der gleiche alte, riesenhafte Teutone, wie er es bei Sturluson, Bragi und allen anderen Dichtern von Anfang an war. Und das wirklich Sensationelle ist, dass das Palimpsest sogar eine starke mythologische Grundlage dafür liefert, Hagen zur wichtigsten Figur im gesamten Zyklus zu machen.«

»Wie das?«, fragte Galen besorgt. Revolutionäre Entdeckungen waren schön und gut – bis zu einem gewissen Punkt. Wenn sich die Geschichten zu sehr von den traditionellen Sagen unterschieden, könnte es sich als äußerst schwierig erweisen, die Annahme der Edda – und des Rings – durchzusetzen.

»Von den drei Texten ließ sich das Palimpsest am leichtesten übersetzen, auch wenn der Dialekt älter war als alles, was ich je gesehen habe. Es wurde mit einer äußerst schwachen Tinte geschrieben, die dann entfernt wurde, bevor man die Bögen zum Drucken verwendete. Aber nachdem ich erst einmal das Prinzip durchschaut hatte, war die Übersetzung kein Problem mehr.«

»Was meinen Sie mit ›Prinzip‹?«, fragte Juda.

»Es ist eine Abschrift der Ur-Edda«, sagte Michael schlicht, »fast Wort für Wort – mit einer Ausnahme, die im Laufe des Texts immer wieder auftaucht und die gesamte Geschichte auf eine völlig andere Ebene hebt. Alberich ist nicht einfach nur ein Zwerg – er ist Odins Vater. Der gierige, egoistische, gefühlskalte Ahne des Nibelungenmythos ist der älteste König der Götter.«

Galen schoss wie eine Rakete aus seinem Stuhl und verschüttete, was von seinem Getränk übrig gewesen war. »Mein Gott ... Dann ist Hagen ...«

»Ja«, sagte Michael. »Hagen könnte sehr gut selbst ein Gott gewesen sein, vielleicht sogar Odins Bruder. Dieses Schriftstück, dieses Palimpsest verändert alles, was wir wissen.«

Sie standen schweigend da, betrachteten die verschütteten Getränke, das Manuskript und die Notizen, und niemand wusste etwas zu sagen.

»Was machen wir jetzt?«, fragte Galen schließlich.

Michael blähte seine Wangen auf. »Ich weiß es nicht«, gab er zu.

»Ich schon«, sagte Juda und stand auf, um beiden auf die Schulter zu klopfen. »Wir fahren nach Jugoslawien.«

KAPITEL NEUN
Umkehrung einer Weltanschauung

Die Woche, bevor die drei Gelehrten sich auf die von Juda vorgeschlagene mysteriöse Reise begeben konnten, verlief ereignisreich, besonders für Galen. Das neue Semester begann und seine Gedanken waren ständig mit der Frage beschäftigt, wer Leiter der Universität werden würde. Dann griff die Hand der Vorsehung ein und fegte sämtliche Schachfiguren von Galens Brett – alle, bis auf eine.

Dem gegenwärtigen und hoch geachteten Rektor Andreas Räder wurde eine Stelle bei einer privaten Stiftung angeboten, und er nahm an. Seine letzte offizielle Handlung an der Universität Wien bestand darin, die Berufung von Mikaal Gunnar-Galen in seine bisherige Position zu befürworten. Zwei Tage später war Galen Rektor. Und während die Schrift an seiner Bürotür noch nicht trocken und die Tinte auf seinem Briefkopf noch frisch war, entwarf er bereits ein Angebot an die Leitung der Wagner-Festspiele, das beinahe fünf Prozent des Universitätsetats zukünftigen Inszenierungen des Rings versprach. Er unterschrieb mit ›Mikaal Gunnar-Galen, Rektor der Universität Wien‹ und übergab das Schreiben persönlich dem Kurier.

Während Galens persönliches Drama seinen Höhepunkt erreichte, war Michael damit beschäftigt, die Übersetzungen der Edda durchzugehen und zu etwas zusammenzustellen, das wissenschaftlich und vorzeigbar war. Galen hatte ihm zu verstehen gegeben, dies sei von immenser Bedeutung. Und da Galen nicht nur sein derzeitiger Gönner war, sondern im Begriff stand, sein Hauptarbeitgeber zu werden, wollte

Michael ihn nur ungern enttäuschen. Michael hoffte, die eddischen Schriftstücke irgendwann in den nächsten Wochen der akademischen Welt präsentieren zu können. Doch Galen wollte offenbar, dass sie so schnell wie möglich zur Verfügung standen. Der Grund war nicht schwer zu erraten – schon allein die Büste von Wagner ließ deutlich werden, was Galens Herz höher schlagen ließ. Michael vermutete, dass die Bekanntgabe des Edda-Fundes um den achtzehnten August herum erfolgen werde, am Vorabend der Wagnerfestspiele in Bayreuth.

Wenn das zutraf, würde Galen ihn vielleicht auf Universitätskosten zum Festival schicken und ihn an der Bekanntgabe teilnehmen lassen – es wäre nett, nicht nur als Teil des Fußvolks dorthin zu fahren, sondern als jemand, auf den sich alle Blicke richteten.

Am folgenden Sonntag fuhren Galen, Juda und Michael mit dem Auto zum Flughafen, wo sie einen *Austrian Airlines*-Flug nach Jugoslawien nahmen. In Belgrad mieteten sie sich einen Wagen und fuhren zu einer Wiese auf einem verlassenen Hügel am Ufer der Donau, direkt vor der Stadt Novi Sad.

In Wahrheit hätte Juda Galen und Michael nach den großen persönlichen Siegen der letzten Wochen ins Zentrum von Beirut schleppen können, und sie wären bereitwillig und fröhlich mit ihm gegangen.

Sie spazierten einige Minuten lang auf dem Hügel umher, ehe Juda schließlich das Wort ergriff.

»Was wissen Sie über die Forschung, mit der wir uns in dem Institut für Physik beschäftigt haben?«, fragte Juda beiläufig, die Hände auf dem Rücken.

Galen und Michael gaben verlegen zu, dass sie nur sehr wenig von Physik verstanden, und noch weniger von den speziellen Aufgabenfeldern, mit denen Juda sich beschäftigte.

Er war eindeutig das mathematische Genie von ihnen dreien.

»Nun gut«, sagte Juda. »Es ist nicht so furchtbar wichtig, obwohl es vielleicht hilfreich gewesen wäre, um Ihnen einige der komplexeren Gedankengänge zu erklären. Lassen Sie uns also mit etwas Allgemeinerem anfangen: Was ist Zeit?«

»Zeit?«, fragte Michael. »Die Messung von, nun ... hmm, Zeit«, schloss er lahm.

Galen verdrehte die Augen und blickte Juda an. »Zeit ist die Messung von Wahrnehmung – sie ist die Grundlage für jede Form von Ordnung.«

»Gute Antwort. Wie sieht Zeit aus?«

»Wie sie aussieht?«, fragte Galen.

»Hat sie einen Anfang oder ein Ende?«

Galen runzelte die Stirn. »Ich glaube nicht«, sagte er zögernd.

»Hat sie eine Gestalt? Können wir uns eine Vorstellung von ihr machen?«

»Wir nehmen sie als linear wahr. Eben, gerade, unendlich und in eine Richtung verlaufend.«

»Ich glaube, Zeit ist kreisförmig«, meinte Michael, »Darum kann sie keinen Anfang und kein Ende haben – sie durchläuft einfach immer wieder eine Schleife.«

»Hm«, sagte Juda. »Und was ist, wenn die Schleife so groß ist, dass wir sozusagen niemals denselben Abschnitt zweimal durchlaufen?«

»Dann nehme ich an, könnte Galen wirklich Recht haben«, sagte Michael, »Sie würde vollkommen linear erscheinen und auch unendlich – ohne jegliche Grenzen.«

»Also gut, dann überlegen Sie sich Folgendes – was passiert, wenn die Schleife kleiner wäre? Sagen wir eine Milliarde Jahre? Oder eine Million? Oder Eintausend?«

Sie dachten einen Augenblick darüber nach, bevor Galen widersprach. »Unwahrscheinlich – wenn das wahr wäre, müsste es überall Anzeichen dafür geben.«

»Was ist mit den Büchern in Meru?«

Galen schnaubte verächtlich. »Ich dachte, das hätten wir geklärt. Die Bücher in dieser ›Bibliothek‹ waren apokryph. Die Widersprüchlichkeiten waren nichts weiter als das – Geschichten. In dem von Ihnen angedeuteten Sinn hatten sie nicht mehr Bedeutung, als würde ich Ihnen meinen Armani-Mantel reichen und behaupten, er sei von Jonas im Bauch des Wals gestrickt worden.«

»Denken Sie nach«, entgegnete Juda. »Was würde es bedeuten, wenn sie tatsächlich sind, was ich gesagt habe?«

»Das spielt keine Rolle – sie sind allesamt verbrannt.«

»Wenn es irgendeine andere Möglichkeit gäbe, die Theorie zu erläutern«, sagte Michael, »dann wäre ich bereit, Sie wenigstens anzuhören. Das ist das Mindeste, was wir tun können, nachdem Sie uns die Edda gebracht haben.«

Galen starrte den Historiker an und nickte widerstrebend. »Einverstanden.«

»Ausgezeichnet – denn das ist genau der Grund, warum ich Sie hierher geführt habe«, sagte Juda.

»Nach Jugoslawien?«, fragte Galen skeptisch, »auf einen Haufen Erde und Gras an der Donau?«

»Ja«, sagte Juda. »Wie ich Ihnen bereits mehrere Male im Laufe unserer Bekanntschaft erklärt habe: Alles was Sie suchen, umgibt Sie – Sie müssen sich nur entschließen, es zu sehen.«

»Also gut«, sagte Michael und setzte sich auf einen seltsam geformten Erdbuckel, »lassen Sie hören. Erzählen Sie uns etwas über die Zeit, warum auch immer.«

»James Usher, Erzbischof von Armagh, schrieb in der Mitte des 17. Jahrhunderts in einer Abhandlung mit dem Titel *Annalen des Alten und Neuen Testaments,* dass die Welt am 22. Oktober, 4004 v. Chr., um sechs Uhr abends erschaffen wurde. Überraschenderweise gelangte er allein durch das Studium von alten griechischen, lateinischen und hebräischen Texten zu dieser Schlussfolgerung. Noch überraschender ist, dass er Recht hatte, fast auf die Stunde genau.«

»Hah«, machte Galen. »Das lässt sich leicht behaupten – schließlich gibt es keine Möglichkeit, es zu überprüfen.«

Juda überging diese Bemerkung und fuhr fort, allerdings in festerem Tonfall, der verdeutlichte, dass er Galens Kommentar eher auf seine eigenen Schlussfolgerungen bezogen hatte, als auf Ushers.

»Fast überall auf der Welt wird die Zeit nach dem Gregorianischen Kalender gemessen, der eigentlich nicht viel mehr ist, als eine korrumpierte Version des Julianischen Kalenders. Dieser setzte sich nur deshalb durch, weil Cäsar jeden, der sich nicht nach ihm richten wollte, den Löwen vorwarf. Trotzdem bezieht sich der moderne Jahreskalender auf ein Ereignis – die Geburt von Jesus dem Nazarener.«

»Eine egozentrische westliche Tradition, die dem Rest der Welt aufgezwungen wurde«, sagte Michael boshaft. »Die Chinesen verfügen über eine Geschichtsschreibung, die sechstausend Jahre zurückreicht. Sie mögen sich in Geschäft und Handel nach dem Gregorianischen Kalender richten, aber ihr eigenes Zählsystem haben sie ebenfalls beibehalten.«

»Müßige Spekulation. Wenn sie beschlossen hätten, sich enger an ihr eigenes System zu halten, hätten sie gegenüber dem Rest der Welt die Trumpfkarte in der Hand. Tatsache ist, dass sie genauso verwirrt sind wie wir alle.«

»Verwirrt worüber?«, fragte Galen.

»Das werde ich gleich erläutern«, sagte Juda. »Ich sollte Ihnen zur Orientierung zunächst ein paar Eckdaten liefern, mit den Römern angefangen. Von ihnen stammt die Bezeichnung – Kalendra –, und sie sind auch an dem allgemeinen Durcheinander Schuld. Die Sumerer waren vermutlich die ersten Menschen, die einen Kalender geschaffen haben. Sie nutzten die Mondphasen und zählten 12 Mondumläufe als ein Jahr. Um die Abweichung zum Sonnenjahr auszugleichen, haben sie etwa alle vier Jahre einen zusätzlichen Monat in den Kalender eingefügt. Die alten Ägypter, die Griechen und die semitischen Völker haben diesen Kalender nachgeahmt. Später dachten sich die Ägypter einen Kalender aus, der fast genau dem Sonnenjahr entsprach. Die alten Römer benutzten auch einen Kalender, der auf dem Mond basierte und bei dem das Jahr 355 Tage lang war. Die Monate, die März, Mai, Juli und Oktober entsprachen, maßen jeweils 31 Tage, der Februar hatte 28 Tage, und der Rest 29. In etwa jedem vierten Jahr wurde ein zusätzlicher Monat hinzugefügt. Die Hohepriester regelten den Kalender, und an den *Kalenden* oder ›Tagen des Neumonds‹, verkündeten sie den Menschen die Zeiten der Nonen – des ersten Mondviertels – und der Iden – des Vollmonds – für den jeweiligen Monat.«

»Schon klar«, sagte Michael. »Aber haben sie ihre Sache nicht ziemlich schlecht gemacht? Ich meine, soviel ich weiß, haben die Priester von Anfang an Mist gebaut.«

»Das ist noch milde ausgedrückt«, sagte Juda. »Als Julius Cäsar an die Macht kam, begannen die Sommermonate im Frühling. Cäsar hat diese Situation 46 v.Chr. berichtigt, von einem alexandrinischen Astronomen namens Sosigenes beraten – und damit begann der Julianische Kalender. Sosigenes schlug ein 365-tägiges Jahr vor, dem jedes vierte Jahr oder Schaltjahr ein weiterer Tag hinzugefügt wurde. Er verteilte die neu hinzu gekommenen zehn Tage auf die 29-tägigen Monate und schuf damit die heutigen Monate. Der Monat Quintilis wurde Juli genannt, nach Julius Cäsar, und irgendwann später wurde Sextilis in August umbenannt, zu Ehren von Kaiser Augustus. Gerüchten zufolge hat Kaiser Augustus die Anzahl der Tage in seinem Monat von 30 auf 31 verändert, damit er genauso lang wurde wie Cäsars.«

»Das ist wahrscheinlich apokryph«, sagte Michael.

»Wirklich? Ich bin mir da nicht so sicher«, sagte Juda. »Ich glaube sogar, dass Ergänzungen und Auslassungen dieser Art mehr zu den allgemeinen Ungenauigkeiten des Kalendersystems beigetragen haben als alles andere. Keine mathematische oder astronomische Finesse, kein religiöser oder metaphysischer Eifer ist in der Lage, einen herrscherlichen Temperamentsausbruch auszugleichen. Sogar die Franzosen haben versucht, einen neuen Kalender auf der Grundlage der Revolution zu schaffen. Aber er hielt sich genau zwölf Jahre, bevor er sich auf Grund allgemeiner Unvereinbarkeit mit dem Rest der Welt in Luft auflöste. Julius Cäsars Korrektur von einem Tag in vier Jahren – eigentlich sechs Stunden pro Jahr – machte das Kalenderjahr länger als das Sonnenjahr. Also kamen die Jahrestage jedes Jahr immer früher und früher, und 1582 fiel der Frühlingsanfang auf den 11. März, statt auf das korrekte Datum, den 21. März. Papst Gregor XIII behob dies, indem er Anweisung gab, dass zehn Tage aus dem Kalender gestrichen werden sollten und der Tag nach dem 4. Oktober 1582 der 15. Oktober sein würde. Außerdem verfügte er, dreimal in vierhundert Jahren die Schaltjahrregelung auszulassen. Der neue Kalender wurde der Gregorianische oder ›Kalender nach neuem Stil‹ genannt und hatte auch eine allgemeine Akzeptanz des 1. Januars als Jahresanfang zur Folge. Bis dahin hatten einige Völker das Jahr mit dem 25. Dezember begonnen, andere mit dem 1. Januar oder dem 25. März. Das gregorianische System wurde von allen römisch-katholischen Ländern übernommen, aber die protestantischen oder die russisch-orthodoxen Länder verwendeten noch lange Zeit den Julianischen oder ›Kalender nach altem Stil‹. Der neue Kalender wurde in England erst 1752 übernommen, als es notwendig wurde, 11 Tage zu überspringen. Die russisch-orthodoxe Kirche akzeptierte den neuen Kalender 1923 und strich 13 Tage, und die Chinesen übernahmen ihn – wenn auch widerwillig – 1912. Sie scherten sich nicht wirklich darum, wie viel Zeit ihnen verloren gegangen war, denn sie ließen ihr altes System parallel weiterlaufen.«

»Das hat Michael bereits erwähnt«, sagte Galen. »Gibt es einen Grund für diese Geschichtslektion?«, fragte er verzweifelt.

»Ich glaube, er möchte darauf hinaus«, bot Michael eine Erklärung an, »dass die Welt sich schließlich, um all die Mondkalender und Sonnenkalender und kulturellen Kalender in Einklang zu bringen, auf das geeinigt hat, was wir das Ära-System nennen. Die Geburt Christi wird als Nullpunkt verwendet, um die generelle Chronologie zu vereinfachen. Dabei haben wir allerdings – vielleicht unwiderruflich – eine grundlegende Verbindung zur tatsächlichen Zeit verloren.«

Michael wünschte, er hätte eine Kamera, um diesen Moment aufzunehmen – Juda sah aus wie eine Figur aus einem Bugs-Bunny-Cartoon, die gerade von einer Klippe gesprungen war.

»Ich bin beeindruckt«, sagte Juda. »Wenn ich mich vorher mit Ihnen abgesprochen hätte, dann hätten Sie das alles Galen erklären können. Nichtsdestotrotz glaube ich nicht, dass ›Verbindung‹ das richtige Wort ist – ›Harmonie‹ wäre vielleicht treffender. Und eine Harmonie mit der Zeit hat es ... nun, lange Zeit nicht mehr gegeben.«

Michael kämpfte gegen ein freudiges Erröten über das Lob des jüngeren Mannes an. »Sie machen das ganz gut. Und ich denke, wir haben wahrscheinlich die Vorarbeit gebraucht, besonders wenn Sie auf das hinauswollen, was ich vermute.«

»Und was wäre das?«, zischte Galen. »Ich habe das Ganze langsam ziemlich satt. Was hat all das mit Harmonie zu tun oder an welchem Tag die Welt begonnen hat oder mit dem chinesischen Kalender?«

»Tut mit Leid«, sagte Juda. »Ich hatte versprochen, dass ich das erklären würde. Sagen wir mal, es gibt zwei Arten der Wahrnehmung von Zeit – Kalenderzeit und objektive Zeit.«

»Dafür gibt es Begriffe«, warf Michael ein. »Chronos – oder die Uhrzeit, und Kairos, die reine, dimensionale Zeit.«

»Ausgezeichnet«, sagte Juda. »Vielen Dank. Mit Chronos

sind wir vertraut, aber Kairos ist wichtiger. Um jedoch von Nutzen zu sein, muss Kairos trotzdem irgendwie gemessen werden. Und um dazu in der Lage zu sein, müssten wir mindestens einen Nullpunkt kennen – und im Großen und Ganzen kennen wir zwei. Einer davon ist Ushers Datum, das sich nicht allzu sehr vom Anfang des chinesischen Kalenders unterscheidet.«

»Ja«, sagte Michael, »aber haben sich nicht Usher *und* die Chinesen nach der Chronos-Zeit gerichtet?«

»Richtig – und das ist die Ursache ihrer Ungenauigkeiten. Wenn sie Kenntnis von der Kairos-Zeit gehabt hätten, würden die Chinesen die Welt regieren und Usher hätte es vielleicht versucht – nun, Usher wahrscheinlich nicht, aber sein Kumpel Cromwell.«

»War es einer Kultur überhaupt möglich, sich der Kairos-Zeit bewusst zu sein?«, fragte Galen.

»Es war nicht nur möglich, sondern sogar wahrscheinlich«, erwiderte Juda. »Die Maya kamen ihr näher als irgendjemand vor oder nach ihnen. Ihr Ausgangsdatum – oder ›Tag Null‹ – unterschied sich von Ushers. Das Datum, an dem ihrer Meinung nach die Welt begonnen hat, entsprach in unserem Kalender etwa dem 13. August 3114 v. Chr. Aber Tage als Maßeinheit bedeuteten den Maya vergleichsweise wenig. Das deutet darauf hin, dass sie mehr auf Muster achteten, die ihnen wichtiger waren, als das exakte Datum zu bestimmen. Für die Maya gab es für alles eine Zeit, und jede Sache hatte ihren Ort in der Zeit. Ihr Verständnis von Zeit, Jahreszeiten und Zyklen war enorm. Aber wenn es um einzelne Tage ging, dann war die Null der einzig wichtige.«

»Null?«, fragte Galen.

»Ein Anfang, der keiner ist – ein Ende, das nicht aufhört«, sagte Juda. »Null war der Tag, an dem der Gott des laufenden Monats von seinen Verpflichtungen zurücktrat und der nächstfolgende Gott sie aufnahm. Ein Tag der Übertragung. Die Maya hatten sechs verschiedene Kalender, aber dieser

Aspekt war allen gemeinsam: der Nullpunkt. Und das wurde entscheidend, wenn verschiedene Kalender denselben Nullpunkt gemeinsam hatten.«

»Worin unterschieden sich die Kalender?«, fragte Michael. »Sie sagten, die Maya hätten Kenntnis von der Kairos-Zeit gehabt, also ...«

»Das hatten sie«, unterbrach Juda, »aber Kairos-Zeit hat oft wenig oder gar nichts zu tun mit den alltäglichen Kreisläufen von Geburt und Tod, Aussaat und Ernte und all diesen Dingen, mit denen wir unsere Tage verbringen. Die Maya verfügten über den Kairos-Kalender – Wissenschaftler nennen das den *long count* oder die *Lange Rechnung*. Sie verwendeten ein bürgerliches Jahr, das dem Sonnenjahr entsprach, ein rituelles Jahr, das *Tzolkin,* das Zyklen auf der Grundlage von Zahlen besaß, die Menschen und Götter darstellten. Es gab den Kalender des ›Totengotts‹, der einem Zyklus von neun Glyphen entsprach, die die ›Herren der Nacht‹ darstellten, die ebenfalls über ihre entsprechenden Tage herrschten; den Mondkalender, der nicht so wichtig war; und dann seltsamerweise einen Kalender, der auf der Konjunktion von Erde, Venus und Sonne basierte.«

»Kein Wunder, dass ihre Kultur ausgestorben ist«, sagte Michael und schüttelte den Kopf. »Sie haben sich zu Tode gezählt.«

»Das kommt der Wahrheit ziemlich nahe«, sagte Juda, sehr zu Michaels Überraschung. »Und nicht nur das – sie wussten, dass das Ende bevorstand.«

»Wie das?«

»Nicht die Zahlen in ihren Kalendern waren wichtig – sondern die Gleichzeitigkeiten. Am meisten fürchteten die Maya das Ende der Dinge. Das ist einer der Gründe, weshalb das Ende von Zyklen oder Monaten eher als Übergang angesehen wurde denn als eigentliches Ende. Aber, so überlegten die Maya, Tage und Nächte durchliefen einen Zyklus und endeten – konnte nicht auch die Welt, das Universum selbst, aufhören? Daraus ließ sich ableiten, dass alles enden konnte, und das sahen die Maya als den größten Mangel der linearen oder Chronos-Zeit an. Also griffen sie zu außergewöhnlichen Maßnahmen, um den Fortgang ihrer Welt zu sichern. Sie übertrugen den Kreislauf des Himmels auf die lineare Zeit und schufen eine nicht-lineare Schleife, die während ihres Verlaufs keinen Haltepunkt besaß. Aber es gab immer noch einen Ausgangspunkt, und somit könnte es also auch einen Haltepunkt geben, was für die Maya unerträglich war. Ein Null- oder Übergangspunkt musste eingefügt werden. Sie schufen also einen weiteren Zyklus zur Erweiterung des ersten, der jedoch zeitversetzt war. Also würde die Zeit nicht anhalten, außer in jenen seltenen Momenten, wenn die Enden beider Zyklen zusammentrafen. Die Zeiträume zwischen diesen Daten wurden Kalender-Umläufe genannt, und die Endpunkte betrachtete man als Zeiten großen Aufruhrs. Den verschiedenen Göttern wurden Opfer dargebracht, und die Maya hofften, dass diese sich wieder beleben und die Aufgaben der neuen Kreisläufe aufnehmen würden, um die Welt erneut beginnen zu lassen.«

»Und weil die Mathematiker der Maya diese Kalenderzyklen Millionen von Jahre in die Vergangenheit und in die Zukunft verlängerten, hatte die Zeit keinen Anfang und kein Ende«, sagte Michael, die Augen vor Verwunderung weit aufgerissen. »Erstaunlich.«

»Das war es«, stimmte Juda zu. »Doch der Trick mit dem Hut kam erst noch – was ist, wenn die *Lange Rechnung* selbst zyklisch verlaufen würde?«

»Sie meinen die Kairos-Zeit?«, fragte Galen. »Aber ich dachte, eben das sei der Unterschied – dass Kairos-Zeit nicht von den Grenzen der linearen Zeit eingeschränkt wird.«

»Das ist richtig«, sagte Juda. »Theoretisch erstreckt sich die *Lange Rechnung* unendlich weit in die Vergangenheit und in die Zukunft. Aber denken Sie mal einen Augenblick darüber nach – wenn die Kairos-Zeit selbst auf irgendeine Weise zyklisch wäre, dann spielen die Gleichzeitigkeiten eine wesentlich bedeutendere Rolle. Die Kalender-Umläufe jeder Kombination von Zyklen wurden bestimmt, indem man die Anzahl der in den Zyklen enthaltenen Tage multiplizierte und sie dann durch den größten gemeinsamen Nenner teilte. Bedenken Sie also Folgendes: Was glauben Sie, würde nach Meinung der Maya passieren, wenn die Endpunkte all ihrer Kalender zusammenträfen, die *Lange Rechnung* mit eingeschlossen?«

»Das buchstäbliche Ende der Welt«, sagte Galen. »Sie würden es als einen Endpunkt ansehen, der ihnen keinen Ausweg mehr ließ, keinen weiteren Durchlauf ermöglichte.«

Juda antwortete nicht. Seine Schultern entspannten sich, und er saß ruhig da und ließ die Theorien durch sie hindurchströmen.

»Für mich haben Sie gerade einen Kreis quadriert«, sagte Michael und blähte die Wangen auf. »Meine Vorstellungskraft ist überfordert.«

»Ich weiß nicht«, sagte Galen skeptisch. »Wir sind von der Frage ›was ist Zeit‹ ziemlich weit abgekommen.« Er ließ seinen Blick über die Wiese schweifen, während ein lauer Wind durch das warme Gras des Hügel fuhr. »Ich kann nicht glauben, dass das alles mit einem isländischen – Pardon – tibetanischen Manuskript angefangen hat. Aber was soll das Ganze? Was hat ›die Zeit‹ mit der Edda zu tun? Wir haben sie übersetzt, wir haben ihre Ursprünge bis an die Grenzen der Glaubwürdigkeit bestätigt. Wo ist der Zusammenhang mit all dem, was Sie uns hier erzählt haben?«

»Es gibt mehrere Zusammenhänge, wenn man sich die Zeit nimmt, danach zu suchen – und das habe ich getan«, sagte Juda, »Tatsächlich ist der tibetanische Kalender dem der Maya so ähnlich, dass es durchaus möglich ist, dass sie denselben Ursprung haben. Das hängt sehr stark mit den Ursprüngen und, wie ich glaube, der eigentlichen Funktion der Edda zusammen. Wozu würde Ihrer Meinung nach die

Bibliothek von Meru sonst dienen, wenn nicht dazu, ein Muster zu schaffen, nach dem man das Ende der Welt bestimmen könnte?«

»Das Ende der Welt«, grübelte Galen. »Und keine andere Kultur hat das je vorausgesehen?«

»Oh, die Azteken wussten recht genau, dass es passieren könnte«, erwiderte Juda. »Der aztekische Kalender war dem der Maya im Grunde ähnlich. Die Azteken unterschieden sich von den Maya hauptsächlich durch ihr primitiveres Zahlensystem und ihre weniger präzise Art, Daten aufzuzeichnen. Sie glaubten jedoch an die zyklische Zerstörung und Wiedererschaffung der Welt. Und im Unterschied zu den Maya versuchten sie, solche Ereignisse nur aufzuzeichnen, statt sie durch die Manipulierung ihrer Kalender zu beeinflussen. Der ›Kalenderstein‹ im Nationalmuseum für Anthropologie in Mexico City stellt auf seiner mittleren Tafel das Datum dar, an dem die Azteken die Zerstörung ihrer damaligen Welt durch ein Erdbeben erwarteten, und ebenso die Daten früherer Katastrophen. Es ist wenig bekannt, dass diese Daten den Endpunkten der Kalender-Umläufe der Maya entsprechen, ebenso wie bestimmten historischen Ereignissen in Babylon.«

»Die Sintflut«, grübelte Galen.

»Gut mitgedacht«, sagte Juda. »Und wahrscheinlich die Zerstörung von Sodom und Gomorrah, der Fall des Turmes zu Babel und die Erfindung des ungesäuerten Brotes.«

»Sie sagten, wir kennen zwei Nullpunkte«, sagte Michael. »Was war der zweite?«

»Als die Welt das Ära-System übernahm, versuchte man im Wesentlichen, dasselbe zu erreichen wie die Maya mit ihrer *Langen Rechnung* – man wollte ein objektives Kalendersystem einrichten, das nicht auf irgendeine frühere Zählmethode zurückgriff. Rein zufälligerweise kam man einem tatsächlichen Nullpunkt auf Kairos-Basis recht nahe. Unglücklicherweise wurden die Unterschiede zwischen den zur Zeit der

Umstellung verwendeten Kalendern willkürlich außer Acht gelassen, und viele wertvolle Informationen gingen verloren. Ushers Datum war falsch, weil er vom falschen Datum ausgegangen war und rückwärts gerechnet hatte. Und der chinesische Kalender wurde geschwächt, weil alles, was ihm Bedeutung verlieh, auf den neuen Kalender übertragen wurde.«

»Aber«, sagte Michael, »wenn Ushers Datum und der chinesische Nullpunkt so nahe beieinander liegen ... Stimmen die Zahlen des christlichen und vorchristlichen Kalenders nicht ungefähr mit dem gegenwärtigen chinesischen Datum überein? Wenn das zutrifft, können wir unmöglich einen von beiden verwenden, um einen weiteren Nullpunkt abzuleiten – besonders, wenn Ungenauigkeiten aufgetreten sind. Es muss andere Anhaltspunkte geben – vielleicht einen weiteren Nullpunkt zwischen damals und heute.«

»Natürlich«, warf Galen ein, »aber es gibt eine Teilung im westlichen Ära-System ...«

»Ah«, entfuhr es Juda. »Entschuldigen Sie die Unterbrechung, aber Sie haben den Nagel sozusagen auf den Kopf getroffen.«

»Wie meinen Sie das?«

»Die Teilung. Das war eine Zeit grundlegenden Wandels auf der Welt, und viele der herrschenden Kulturen waren scharfsinnig genug, das zu erkennen und sich dementsprechend anzupassen. Aber keine einzige Kultur war schlau genug, es richtig zu machen, als die Zeit für einen neuen Kalender auf der Grundlage der Kairos-Zeit gekommen war.«

»Die Geburt Christi?«, fragte Galen und runzelte die Stirn. »Der Nullpunkt des Ära-Systems ist ein Nullpunkt?«

»Ja«, sagte Juda. »Es ist nur der falsche.«

»Wollen Sie damit sagen, dass die Geburt Christi keinen grundlegenden Wandel in der Welt darstellt?«, fragte Michael.

»Nein«, sagte Juda fröhlich. »Der Wandel fand mit dem

Tod Jesu statt. Das Ära-System hat den Kairos-Nullpunkt um mehr als dreißig Jahre verfehlt.«

»Das Ära System stimmt also nicht genau mit der Kairos Zeit überein«, sagte Galen. »Na und? Was würde sich ändern, wenn das nicht so wäre?«

»Vielleicht gar nichts«, antwortete Juda. »Vielleicht alles. Nehmen Sie diesen Ort zum Beispiel – der Erdhügel, auf dem Michael sitzt? Was würden Sie sagen, wenn ich Ihnen erzählen würde, dass er in Wirklichkeit ein siebentausend Jahre altes Lehmhaus ist?«

»Liebe Güte!«, rief Michael, sprang auf und wischte seinen Hosenboden ab. »Meinen Sie das ernst?«

»Todernst. Es gibt hier an die dreißig Erdhügel, die zusammen ein Steinzeitdorf mit dem Namen Lepinski Vir bilden, das etwa 5000 v.Chr. gebaut wurde.«

»Ist das nachgeprüft worden?«, fragte Galen. »Ich habe gedacht, sogar die sumerischen Siedlungen sind nicht älter als dreitausend Jahre. Und Sie wollen uns erzählen, dass es woanders ältere Dörfer gibt?«

»Ich glaube, er hat Recht, Galen«, sagte Michael. »Ich meine, es wird tatsächlich angenommen, dass Jericho – das erste Jericho – dreimal so alt ist wie Rom. Vielleicht sogar zehntausend Jahre alt. Es ist also nicht abwegig zu glauben, dass es noch andere Siedlungen gibt – wir müssen nur, äh, wissen wo wir hinschauen sollen«, schloss er und war froh, dass die Abenddämmerung sein Erröten verhüllte, als er Judas Worte nachplapperte.

»Vielleicht. Aber ich wette, dass ich Forscher auftreiben könnte, die Teile dieser Fundstätte genauso exakt auf zehnmal diese Zeitspanne datieren würden, und umgekehrt Forscher, die schwören würden, dass sie letzten Donnerstag erbaut wurde.«

»Ich stimme Ihnen zu«, sagte Juda.

»Wirklich?«, rief Galen überrascht.

»Ja. Und ich glaube, sie hätten allesamt Recht.«

»Wie ist das möglich?«

»Ich vertrete die Theorie«, sagte Juda, »dass die Endpunkte der Kalender-Umläufe der Zeit häufiger auftreten als wir ahnen – und ich glaube, relativ gesehen, treten sie die ganze Zeit auf.«

»Das Ende der Welt?«, fragte Michael.

»Sozusagen«, meinte Juda. »Aber ich glaube nicht, dass es so endgültig ist. Ich denke, wenn die Welt ›endet‹, wird nicht jeder Aspekt ersetzt oder ausgelöscht – manche Dinge bleiben bestehen.«

»Und worauf gründet sich ihr Glaube?«, fragte Galen grinsend. »Auf Lehmhütten?«

»Nein«, sagte Juda, »auf Fische.«

Michael schnipste mit den Fingern. »Richtig – der Fisch, dieser Coelacanthus. Sie haben uns nie erklärt, wo er herkam.«

»Die Meruvier haben es mir nie gesagt. Ich wusste nur, dass die Fische in einem der Seen in der Nähe von Kailas lebten – aber bedenken Sie: Wenn meine Darstellung von Meru zutrifft, würde das dann nicht bedeuten, dass die Bibliothek genau so ein fester Punkt wäre, an dem sich während der Umkehrungen nichts verändert?«

»Umkehrungen?«

»So nenne ich die Zonen der Annäherung oder des Übergangs zwischen den Endpunkten – Umkehrungen der Weltanschauung.«

»Wie bitte?«, fragte Galen.

»Umkehrungen der Weltanschauung – ›eine Auffassung der Welt als Ganzes‹. Ich glaube, genau das haben die Meru-Ankoriten in ihrer Bibliothek gesammelt. Denn sie befanden sich an dem einzigen Ort der Erde, wo das geschehen konnte – der Berg im Mittelpunkt der Schöpfung. Ich glaube, die

Bücher waren allesamt Aufzeichnungen von Umkehrungspunkten.«

»Mmh«, machte Michael nachdenklich. »Das würde eine ganze Menge erklären, besonders was Meru betrifft. Es stimmt außerdem mit vielen der Maya-Daten überein, die mit gewaltigen, weltverändernden Ereignissen zusammenfallen.«

»Es müssen nicht unbedingt immer weltverändernde Ereignisse sein«, sagte Juda. »Viele dieser Bücher waren ziemlich trivial – manche sogar ausgesprochen langweilig.«

»Bedeutet das«, warf Galen ein, »dass die Ur-Edda einen dieser ... Umkehrungspunkte beschreibt?«

»Das ist möglich«, sagte Juda.

»Großartig«, sagte Michael. »Ich habe mich schon immer gefragt, wie die Ragnarök aussehen würden.«

»Wenn Sie mich bitte entschuldigen«, sagte Galen und erhob sich aus der Hocke. »Ich muss mich verabschieden, um mich einer persönlichen Angelegenheit zu widmen.«

»Ist das Ihr Ernst? «, fragte Michael. »Sie wollen verschwinden?«

Galen machte ein finsteres Gesicht und stapfte in Richtung einer Schonung davon.

»Sie Schaf«, schmunzelte Juda. »Er verschwindet nicht – er muss nur mal pinkeln.«

»Oh. Tut mir Leid.«

Juda saß in der Nähe der Uferböschung und ließ Zweige in die Wasserstrudel fallen, während Michael unbehaglich von einem Bein aufs andere trat.

»Was ist?«, fragte Juda, als er die nervösen Bewegungen seines Gefährten bemerkte, »müssen Sie auch pinkeln?«

»Nein«, sagte Michael und setzte sich rasch. »Ich habe nur ... ich ... ich habe mich gefragt ...«

»Fragen Sie ruhig. Es macht mir nichts aus.«

»Sie sagen, diese Umkehrungen können von einer einzelnen Weltsicht geformt werden, richtig?«

»Von einer umfassenden Weltsicht, ja.«

»Was hat *Ihre* Weltsicht geformt, Juda?«

Huschte da ein leichtes Stirnrunzeln über Judas Gesicht? Michael konnte es in der zunehmenden Dunkelheit nicht genau erkennen. »Was bringt Sie zu der Annahme, dass meine Weltsicht geformt wurde?«, antwortete Juda, während er sich über den Erdhügel zwischen ihnen beugte, und einen Grashalm in den Mund steckte. »Ich für meinen Teil neige zu dem Glauben, dass manche von uns mit vorgefertigten Ansichten ausgestattet auf die Welt gekommen sein könnten, wie Athene aus dem Kopf von Zeus. Ich behaupte nicht, dass ich ein solches *enfant capabilis* gewesen bin, aber es ist immerhin denkbar, dass einige Ansichten nicht das Ergebnis der Umstände sind, sondern einfach da waren.«

»Das ist denkbar«, stimmte Michael zu.

Juda sah ihn mit dem Anflug eines Lächelns an, das verdeutlichte, dass er – wie beide wussten – der Frage ausgewichen war und dadurch ihre Berechtigung zugegeben hatte. Eine Zeit lang wirbelte er das dunkle Wasser unterhalb seiner Füße mit einem Stock auf und begann dann – zu Michaels Überraschung, wie zu seiner eigenen – zu erzählen.

»Als ich ein Kind war, befand ich mich in einer unerträglichen Situation – der Mann, mit dem meine Mutter zusammenlebte, hegte eine ernsthafte und tiefe Abneigung gegen mich. Es hätte mich nicht überrascht, wenn er mir den Tod gewünscht hätte.«

»Himmel«, sagte Michael. »Was hat Ihre Mutter davon gehalten?«

»Gar nichts. Es hat sie nicht gekümmert, was mit mir geschah, ob ich am Leben blieb oder starb. Sie interessierte sich nur für ihre Flasche.«

»Warum sind Sie nicht weggelaufen?«

Juda hielt einen Moment inne, bevor er antwortete. »Ich

hatte eine Schwester. Ich habe sie Mai genannt. Ich blieb, weil sie noch nicht alt genug war, um mitzukommen. Eines Tages beschloss der Alte, dass er genug von uns habe. Er steckte uns in einen Leinensack, ruderte mit uns in die Bucht hinaus und kippte den Sack über Bord.«

Michael war sprachlos vor Entsetzen.

Juda fuhr fort. Er erzählte die Geschichte gleichermaßen Michael wie sich selbst. »Aus dem Sack herauszukommen, war nicht schwer, aber Mai an die Oberfläche zu schleppen, verlangte meinem sechs Jahre alten Körper das Letzte ab. Als ich die Wasseroberfläche erreichte, war er mit dem Boot verschwunden. Wir wären beide gestorben, wenn nicht wenige Minuten später ein Stück Treibholz vorbeigeschwommen wäre. Ich schob Mai hinauf und fasste den Entschluss, sie in Sicherheit zu bringen, auch wenn ich bei dem Versuch umkommen sollte. Ich war fest davon überzeugt, dass ich mein Leben für sie geben würde. Stunden vergingen; ich schwamm und schob das Brett vor mir her. Mai erwachte hin und wieder und schlief wieder ein. Aber jedes Mal, wenn ich in ihre Augen sah, fühlte ich ein Auflodern neuer Kraft, denn ich erblickte in ihnen den Glauben eines Kindes an seinen Beschützer. Ich gab mein Bestes und mehr. Ich weiß nicht, wie viel Zeit verging, nur dass es mir wie eine Ewigkeit vorkam. Dann sah ich den Pier, der direkt vor uns lag. Ich wollte schneller schwimmen, aber ich hatte keine Kraft mehr. Irgendwie fand ich den Willen, mich vorwärts zu schieben und hatte schließlich Sand unter den Füßen. Mit einem letzten Stoß wuchtete ich das Brett mit meiner schlafenden Schwester an Land und brach zusammen.«

»War das der Augenblick, an dem sie beschlossen, wegzulaufen?«, fragte Michael.

»Weglaufen?«, sagte Juda und seine Stimme klang seltsam hohl. »Wie wunderbar die Vorstellung doch ist, ich hätte es getan. Ich glaube nicht, dass ich länger als ein paar Minuten bewusstlos war. Doch als ich meine Augen öffnete, sah ich, dass die Flut zurückging, und sie nahm das Brett und meine Schwester mit sich.«

»Gütiger Gott«, sagte Michael und ließ das Gesicht in die Hände sinken.

»Ich versuchte aufzustehen, hinauszulaufen und sie zurückzuziehen – sie war nur wenige Meter entfernt – aber ich hatte keine Kraft mehr. Ich brach auf dem Sand zusammen und sah zu, wie sie mit der Flut hinaustrieb. Sie erwachte, bevor sie außer Sichtweite war, und winkte mir zu.«

Juda hörte auf zu sprechen und starrte in den Fluss. Michael fühlte sich wie ein Idiot. Er suchte nach etwas Tiefgründigem und Aufmunternden, das er hätte sagen können, als Galens Stimme die Stille zerschnitt.

»Nun«, sagte Galen, »haben Sie beide schon die Geschichte der Welt durchschaut?«

»Ja«, sagte Juda und stand auf. Alle Spuren der starken Gefühle, die Michael gesehen hatte, wichen aus seinem Gesicht. »Und sie ist, wofür ich sie immer gehalten habe – nur Wasser unter einer Brücke.«

»Wollen wir los?«

»Ja, lassen Sie uns gehen.«

Mit Galen an der Spitze brachen sie auf, um am Ufer der Geschichte entlang zu ihrem Parkplatz zurückzukehren. Michael zögerte und berührte Juda an der Schulter.

»Ja?«

Michael biss sich auf die Lippe, während er sich überlegte, ob er fragen sollte. »Ihre Eltern, Juda – was ist mit ihnen passiert?«

Juda lächelte, und es war nicht das Lächeln, das Michael bisher von ihm kannte – es wirkte kalt und raubtierhaft.

»Ich habe ihre Wirklichkeit verändert.«

Michael ließ seinen Arm sinken. Schweigend gingen sie zum Auto.

»Warum mussten Sie mit uns nach Jugoslawien, um uns Ihre Theorie über die Umkehrungen zu erklären?«, fragte Galen, als sie vor Judas Villa im Wienerwald hielten. »Hätten Sie uns das alles nicht genauso leicht hier in Wien erklären können?«

Juda nickte, als er die Tür öffnete. »Hätte ich. Aber bis jetzt habe ich von Ihnen verlangt, eine ganze Menge phantastischer Informationen als Realität hinzunehmen, die sich auf wenig mehr als dreimal erzählte Geschichten gründeten – ein einziges Manuskript, von dem Sie beide hoffen, dass es authentisch ist, und die ungenaue Erinnerung an einen Kinderreim. Bevor wir uns dem nächsten Schritt zuwenden können, wollte ich Sie mit einem physischen Beweis für eine Umkehrung konfrontieren. Vor drei Monaten hat ein archäologisches Team von der Universität Utah ein Gutachten über Lepinski Vir erstellt und die Erlaubnis erhalten, einige kleinere Ausgrabungen durchzuführen. Sie hatten nicht erwartet, irgendetwas Ungewöhnliches zu finden. Doch sie fanden etwas.«

Er griff in die Innentasche seines Mantels und zog einen kleinen Gegenstand hervor, den er hochhielt und im Mondschein betrachtete. »Sie nahmen an, dass es sich hierbei nur um etwas handle, das frühere Expeditionen zurückgelassen hatten. Doch die Erdschicht, in der es gefunden wurde, schrie förmlich das Gegenteil. Nichtsdestotrotz wäre es außer Acht gelassen worden, wenn sich nicht eine der Studentinnen dafür interessiert hätte. Es gelang ihr, das Objekt außer Landes zu schmuggeln – eine Kleinigkeit, da es nicht wie archäologische Schmuggelware aussah – und ließ es schließlich vor einigen Wochen mit Hilfe der Radiokarbon-Methode datieren.«

»Was ist dabei herausgekommen?«, fragte Michael. Er war sich nicht sicher, ob er die Antwort hören wollte. »Wie alt ist es?«

»Lassen Sie es mich so sagen«, sagte Juda. »Ich erfuhr von dem Bericht weniger als zwei Tage nachdem er eingereicht wurde, und gerade noch rechtzeitig – weniger als dreißig

Stunden später brannte das Gebäude in Utah, in dem das Institut und das Forschungslabor untergebracht waren, vollkommen aus. Das Team wurde in alle akademischen Winde zerstreut und die Studentin selbst ist verschwunden. Nur das hier blieb übrig.«

Juda stieg aus dem Auto, wandte sich um und drückte Michael den Gegenstand in die Hand. »Den Radiokarbon-Tests zufolge ist dieses Ding fast achtzehntausend Jahre alt.«

Damit drehte er sich auf dem Absatz um und war innerhalb von Sekunden in der sich verdichtenden Nachtluft verschwunden.

Galen blickte dem jüngeren Mann hinterher und trat an Michaels Seite. »Was ist es, Langbein? Was hat er Ihnen gegeben?«

Langsam öffnete Michael seine Hand und enthüllte einen Gegenstand, der vermutlich dreimal so alt war wie die Siedlung selbst – ein Mechanismus aus geprägtem Kupfer, versehen mit einer gläsernen Ziffernblattscheibe. Er besaß sechs Zeiger, die alle auf eine Vielzahl von Glyphen wiesen, die wiederum in drei konzentrischen Bögen angeordnet waren. Auf einer separaten Drehscheibe befanden sich einander kreuzende Linien. In das weiche, grünliche Metall auf der Rückseite war eine größere Glyphe geritzt. An den Kanten wechselten sich mehrere Einkerbungen mit hervorstehenden Stiften ab, von denen der größte leicht gerillt und etwa einen Zentimeter lang war. Galen sah Michael verblüfft an, langte hinüber und drehte an dem gerillten Stift. Dann drückte er ihn einer Eingebung folgend hinunter.

Die Eingeweide des Gegenstandes gaben ein schwaches, knirschendes Geräusch von sich, dann erwachten zwei der Zeiger zum Leben. Galen sah zu, wie Michael ihn an sein Ohr drückte und vor Verwunderung nach Luft schnappte.

»Was ist? Was ist los?«

»Das hier ist eine achtzehntausend Jahre alte Uhr«, sagte Michael mit aufgerissenen Augen. »Und sie tickt.«

KAPITEL ZEHN

Die Anabasis-Maschine

»Also«, begann Galen, als er sich Juda in dessen Labor gegenübersetzte. »Wir haben gedacht, wir besäßen ein Geschichtsbuch, und es stellt sich heraus, dass wir auf das Ende der Welt gestoßen sind.«

»Auf *ein* Ende der Welt«, korrigierte ihn Michael aus dem hinteren Teil des Raumes, wo er eine große Maschine untersuchte, die wie ein Atomreaktor aus der Muppet-Show aussah. Sechs Arme ragten wie Kontrollstäbe aus ihr heraus, wanden sich jedoch in übereinanderliegenden Schlaufen zur Maschine zurück. Den Mittelpunkt bildete ein Staubsauger – jedenfalls sah es so aus. Michael fand, dass die Maschine hübsch war, aber wahrscheinlich auch teuer – und fragte sich dann, ob sie nur annähernd so viel gekostet habe, wie er ständig für modrige Papierfetzen ausgab.

Juda winkte beide entschuldigend zu sich. »Ich glaube, das ist mein Fehler – ich wollte nicht andeuten, dass das Ende eines Kalender-Umlaufs tatsächlich das Ende der Welt bedeutet – ganz und gar nicht. Für die Maya bedeutete der Tag Null, selbst auf einem Kalender-Umlauf, nicht unbedingt Zerstörung. Manchmal war er einfach nur ein Übergang. Das konnte alles heißen – zwei Spektralwelten, die einander in der Nacht passierten, ein Verschmelzen bestimmter Aspekte der Welt; oder eben auch Zerstörung.«

»Was glauben Sie, wird sich denn in nächster Zeit abspielen?«, fragte Michael. »Ein Film oder eine Katastrophe?«

»Das lässt sich unmöglich mit Gewissheit sagen, aber ich habe folgende Theorie: Meiner Meinung nach treten die zerstörerischen Umkehrungen nur während der großen Zusammentreffen auf; das heißt, wenn ein ganzer Durchlauf der *Langen Rechnung* mit anderen Kalender-Umläufen zusammenfällt. Wenn das Zusammentreffen kleinere Bögen betrifft, findet möglicherweise eine Übertragung von Aspekten der Welt statt, zum Beispiel Aluminum, das im alten China landet.«

»Oder Coelacanthus in einem See in Tibet«, warf Michael ein.

»Genau«, sagte Juda. »Und dann gibt es noch die Umkehrung, die meiner Meinung nach am häufigsten auftritt. Dann werden während des Übergangs beide Welten füreinander sichtbar. Das dauert vielleicht nur einen Augenblick, oder ein Jahr – aber während dieser Zeit besteht ein Bewusstsein des ... Andersseins. Davon handeln, wie ich glaube, die meisten Bücher in Meru – es sind Chroniken von sichtbaren Umkehrungen.«

»Aha«, sagte Galen, »etwa der Bericht über Londonium in einem Schriftstück, das eine halbe Million Jahre alt ist.«

»Ja. Und ich glaube, dass das auch auf die Ur-Edda zutreffen könnte.«

»Ich kann mir das ganze Umkehrungskonzept immer noch nicht richtig vorstellen«, sagte Michael. »Das liegt ein wenig außerhalb meiner Lesegewohnheiten.«

Juda dachte einen Augenblick nach, griff dann in eine Schreibtischschublade und nahm ein Blatt Papier und eine Schere heraus. Er schnitt einen langen Streifen ab, der etwa zwei Zentimeter breit und vierzig Zentimeter lang war. Dann legte er die Enden aufeinander, nachdem er den Streifen zuvor in sich verdreht hatte. Er entfernte die Enden etwa einen halben Zentimeter voneinander und befestigte sie mit durchsichtigem Klebeband.

»Schauen Sie sich das an«, sagte er.

»Ein Möbiusband«, sagte Michael.

»Ein Zeichen für Unendlichkeit«, sagte Galen.

»Sehr gut, beides ist richtig«, sagte Juda. »Wir haben die ganze Zeit von der Möglichkeit gesprochen, dass die *Lange Rechnung* der Kairos-Zeit zyklisch ist, was eigentlich dem

Zweck einer *Langen Rechnung* zuwider läuft, die ja grenzenlos sein soll – nicht-lineare, objektive Zeit. Diese Auffassung stützt sich auch auf die Annahme, dass Zeit kreisförmig verläuft. Aber überlegen Sie sich Folgendes – wenn Zeit nun *nicht* kreisförmig verlaufen würde, sondern in einer Möbiusschlaufe, dann wird es möglich, dass Zeiten sich überlappen. Die Endpunkte sind fließend und tatsächlich nicht-linear. Wie ich bereits sagte, besteht die wirklich bahnbrechende Vorstellung darin, dass der Nullpunkt kein Punkt ist, sondern in Wahrheit ein Übergangszeitraum, so wie im Kalender der Maya. Das wird hier durch die Lücke im Band dargestellt. Gehen wir also einmal davon aus, dass die Maya sich an der Lücke am Endpunkt befinden, und darunter auf der entgegengesetzten Seite der Schlaufe liegt das Chicago von 1890. Wenn sich beide Zeiten tatsächlich überlappen, wäre es dann möglich, Kontakt nach drüben aufzunehmen?«

»Möglicherweise«, sagte Galen.

»Wenn das zutrifft, wäre es nicht mehr allzu unwahrscheinlich, zu glauben, die Maya hätten tatsächlich chirurgische Eingriffe in das Gehirn vorgenommen – vielleicht konnten sie das, weil sie es uns abgeschaut haben.«

»Das stimmt so nicht«, sagte Michael. »Es funktioniert nicht.«

»Haben Sie eine bessere Idee?«

»Vielleicht. Darf ich?«

»Nur zu!«

»Also«, sagte Michael und trennte das Klebeband von der Möbiusschlaufe ab, »ich glaube nicht, dass es eine Lücke ist, sonst gäbe es auch Überlappungen mit der unteren Hälfte der Schlaufe. Ich denke, es sieht eher so aus«, schloss er und reichte Juda das Papier.

Michael hatte die Enden aneinander geklebt und dem Band eine frei bewegliche Schlaufe aus Klebeband hinzugefügt. »Sehen Sie? So funktioniert es. Das Papier selbst stellt Kairos dar, und Kairos hat keine Endpunkte. Aber es gibt

Zyklen – dargestellt durch das Klebeband –, und um eine Umkehrung zu bestimmen, müssen Sie einfach nur feststellen, an welchem Punkt das Klebeband beide Zeiten umschließt.«

»Aber das Modell funktioniert immer noch nicht«, sagte Galen, »Weil Kairos-Zeit extrem ausgedehnt sein soll, ist sie im Wesentlichen nicht-linear – also würden überlappende Zeiten in so großen Intervallen auftreten, dass das Experiment bedeutungslos wäre.«

»Dann schauen Sie sich das hier mal an«, sagte Juda. Er schnitt zehn weitere Streifen von dem Papier ab und klebte sie zu Möbiusbändern zusammen. Aber anstatt die Enden aneinander zu befestigen, schob er sie jeweils zwei Zentimeter auseinander und klebte sie dann an einem anderen Band fest.

Als Juda fertig war, hatte er eine Kette miteinander verbundener Möbiusbänder, von denen jedes eine *Lange Rechnung* darstellte – und indem er sie miteinander verband, stellte er sicher, dass sie ihrem Wesen nach zyklisch waren.

»Wie finden Sie das?«, fragte Juda.

Michael trat an den Tisch heran und sah sich die Konstruktion an. Dann griff er nach der Klebebandschlaufe. Sie bewegte sich immer noch frei über einer der in sich verdrehten Schlaufen, konnte aber auch das Klebeband durchbrechen und sich auf einer weiteren Schlaufe bewegen, und auf der nächsten und der nächsten.

»Erstaunlich«, sagte Michael.

»Sensationell«, sagte Galen.

»Na, bitte«, sagte Juda. »Ich wusste, Sie beide würden in der Lage sein, es zu verstehen.«

»Was?«, fragte Galen verärgert. »Sie haben das alles gewusst?«

»Natürlich«, sagte Michael. »Es ist sein Fachgebiet und seine Theorie, erinnern Sie sich?«

»Ja«, sagte Juda, »aber ich wollte, dass Sie selbst darauf

kommen und verstehen, wie es funktioniert, denn ich brauche Ihre Hilfe.«

»Wobei?«

»Wir werden es tun«, sagte Juda. »Wir werden uns eine Umkehrung ansehen.«

»Ich habe an der praktischen Anwendung der Theorie gearbeitet, die dieser Papierdarstellung zugrunde liegt«, sagte Juda, »und genau so könnte ein Experiment funktionieren. Ich habe eine Maschine konstruiert, die die Mandelbrot-Menge analysieren und die sich wiederholenden Muster nutzen kann, um Daten miteinander zu korrelieren – das sollte auf ähnliche Weise auch für unsere Umkehrung funktionieren.«

»Die Mandelbrot-Menge – Fraktalgeometrie? Darauf basiert Ihr Gerät?«, fragte Michael.

»Die Anfänge davon; oder zumindest die Anfänge meines Interesses daran, geordnete Systeme aus chaotischer Information zu gewinnen. Es funktioniert nach den Prinzipien der Chaos-Theorie – das muss es eigentlich auch. Denn die konventionelle Physik bietet sehr wenig, mit dem man sich ein solches Gerät vorstellen, geschweige denn es beschreiben oder bauen könnte.«

»Sie können es nicht beschreiben?«

»Nicht seine Funktionsweise – nicht ohne drei Meter dicke Bücher voller Gleichungen und Zeichen. Aber ich kann sie selbst beschreiben. Ich nenne sie die *Anabasis*-Maschine.«

»Anabasis?«

»Ein außergewöhnliches Wort – es definiert sich selbst, sein Gegenteil und das, was dazwischen liegt. Es bedeutet vorwärts zu gehen, sich zurückzuziehen, und auf der Stelle stehen zu bleiben – alles in einem.«

»Wie treffend«, bemerkte Galen trocken.

»Wie sieht sie aus?«, fragte Michael.

»Das wissen Sie bereits«, sagte Juda selbstzufrieden. »Sie haben sich gerade dagegen gelehnt.«

»Die Muppet-Maschine?«

»Genau die.«

Die drei begaben sich in den hinteren Teil des Raumes und betrachteten das seltsame Gerät. »Viel her macht das Ding nicht«, sagte Galen.

»Ich hoffe, ich kann Ihre Meinung darüber ändern«, antwortete Juda grinsend, »denn die Rechnung dafür steht auf dem nächsten Institutsetat.«

»Wie viel?«

Juda nannte eine Zahl und der Rektor wurde bleich. Michael lächelte breit. »Glückwunsch«, sagte er und klopfte Galen auf den Rücken. »Da fühle ich mich gar nicht mehr so schlecht mit meinem eine Million Dollar teuren Taschentuch!«

Juda erklärte ihnen, was für Material er benötigen würde, um die Umkehrung zu berechnen. Er hatte die wesentlichen Daten eingegeben – die Kalender der Maya, Azteken, Sumerer, Anasazi, Tibetaner und ein Dutzend andere –, ebenso wie einige tausend Berechnungen, die sein Institut den größten Teil des Jahres auf Hochtouren hatten laufen lassen. Das einzige, was noch fehlte, waren Orientierungspunkte, die man am besten aus der Edda gewinnen konnte – und Michael war auf diese spezielle Arbeit gut vorbereitet.

Sie kamen überein, sich am nächsten Abend zu treffen und das Experiment zu versuchen. Juda brachte Michael allein zur Tür – offenbar wollte er, dass Galen noch zu einer privaten Besprechung blieb.

Wahrscheinlich wegen des anstehenden Etats, dachte Michael. Die Nacht war ein wenig kühl, doch der Gedanke, dass er nur der zweitgrößte Geldverschwender an der Universität war, hielt ihn den ganzen Heimweg über warm.

Michael erschien am nächsten Abend kurz vor sechs in Judas Büro, die Arme voll beladen mit Zahlen und Daten. Galen war bereits da und hatte mit einem Drink in der Hand und einem sonderbaren Ausdruck im Gesicht Platz genommen.

Michael tauschte den Stapel gegen einen Wodka Cola ein und setzte sich auf den Stuhl am Schreibtisch, während Juda zur Anabasis-Maschine ging und die Informationen über eine kleine Tastatur an der Seite des Gerätes eingab.

Eine Stunde verging, dann noch eine. Und schließlich: »Ich hab's!«

Michael und Galen stellten ihre Getränke ab und eilten zu der Muppet-Zeitmaschine hinüber. »Und?«, fragten sie einstimmig.

Juda zog eine seiner typischen pflaumenfarbenen Notizkarten hervor und hob eine Augenbraue. »Wir hatten Recht«, sagte er leise. »Es gibt einen Annäherungspunkt in der Edda, der zu unserer Zeit in Beziehung steht. Er ist klein, aber es gibt ihn.«

»Wann? Wann ist es?«

Juda drehte die Notizkarte um und zeigte ihnen das endgültige Datum, das die Anabasis-Maschine errechnet hatte.

Der sechsundzwanzigste August – in nicht einmal drei Wochen.

»Ich wusste es!«, rief Galen aus und klatschte die Faust in die Hand. »Ich wusste es!«

»Heilige Scheiße!«, sagte Michael.

»Okay.« Juda grinste. »Wer will Alberich kennen lernen?«

Es ließ sich nicht mit Sicherheit sagen, wie lange die Umkehrung andauern oder mit welchem Grad von Intensität sie sich manifestieren würde. Sie beschlossen, dass alle Drei sich an dem besagten Tag nach Bayreuth begeben und bis dahin sämtliche Bekanntgaben hinsichtlich der Edda zurückhalten würden. Selbst wenn sich nichts Sensationelles ereignete, hätten sie auf diese Weise immer noch ein historisch wichtiges Schriftstück, das sie der ganzen Welt an einem angemessenen Ort präsentieren konnten. Und wenn wirklich etwas geschah, wären sie dennoch in der Lage, die Wahrnehmungen derer, die sie umgaben, zu erklären und zu steuern; ganz zu schweigen von der unausgesprochenen Hoffnung, dass gerade Bayreuth die ideale Bühne sei, um die Entfaltung der eddischen Geschichten mitanzusehen.

Die Notiz flatterte zu Boden, als Michael gerade die Tür zu seinem Büro aufschließen wollte: Der Rektor wünscht eine Besprechung – umgehend. So, so, dachte Michael. Es musste etwas mit der Reise zu tun haben, die in drei Tage stattfinden würde. Er hatte einen vollen Terminkalender, nahm aber an, dass er einige Minuten erübrigen konnte, um sich anzuhören, was Galen wollte. Er steckte den Schlüssel in die Tür – und stellte fest, dass er sich nicht herumdrehen ließ.

Das Schloss war ausgetauscht worden.

Das war nur der erste Schock von vielen.

Sein Vorlesungssaal war nicht verschlossen, doch es handelte sich um eine reguläre Veranstaltung und der leere Raum hätte voller Studenten sein müssen.

Die sonst recht freundlichen Sekretärinnen wichen seinem Blick aus und flüsterten hinter seinem Rücken, wenn er an ihnen vorbeiging. Einer der Professoren für Soziologie spuckte nach ihm, als er den Hof der Verwaltung betrat, aber der Kerl war schon immer ein Idiot gewesen.

Die Sekretärin des Rektors bedachte ihn mit einem angewiderten Blick und betätigte den Summer, um ihn in das Büro zu lassen.

Michael klopfte an der schweren Eichentür. »Hallo? Sie wollten mich sprechen, Rektor Gunnar-Galen?«

»Ach Langbein, halten Sie einfach die Klappe «, sagte Galen ärgerlich. »Kommen Sie herein und machen Sie die Tür zu.«

Michael schloss die Tür und setzte sich in den teuren Sessel aus violettem Leder vor Galens Schreibtisch. Er betrachtete seinen ehemaligen Gefährten und stellte fest, dass das Ambiente zu ihm passte. Der Brokatmantel am Kleiderständer, das Edda-Manuskript auf dem Schreibtisch, die byzantinischen Skulpturen, die er mit dieser Stelle übernommen hatte – das neue Büro passte zu dem pompösen Gehabe, das Galen normalerweise zur Schau stellte. Heute allerdings nicht.

Galens Blick war schwer einzuschätzen. Er zeigte teils Erschöpfung, teils Ärger, und teils ... Erleichterung?

Er ließ eine schwere Akte vor Michael auf den Schreibtisch fallen. »Sie sind entlassen«, sagte er in einem Ton der Endgültigkeit. »Der Senat hat eingewilligt, dass ich es Ihnen sage, um einen Skandal zu vermeiden.«

»Das ist ein Witz, oder?«, fragte Michael nervös. »Ist Juda hier?«

»Juda ist nicht hier, es ist kein Witz, und wenn ich Sie wäre, würde ich darüber nachdenken, mir einen Anwalt zu nehmen«, sagte Galen ernsthaft.

Michael fing an zu stottern. Er konnte nicht fassen, was er da hörte. »W-warum, Galen? Was ist passiert?«

Galen klopfte auf die dicke Aktenmappe. »Wissen Sie, was das ist?«

»Ja – das ist die Akte über meine Anschaffungen«, sagte Michael.

»Wir haben gerade die Etatprüfung beendet«, sagte Galen, »und jemand kam auf die Idee, Ihre Akte durchzusehen. Wissen Sie, was man gefunden hat?«

»Nein. Ich wüsste nicht, was damit nicht in Ordnung sein sollte, Galen. Ich schwöre es.«

Galen sah ihn düster an und schlug die Aktenmappe auf.

Michael beugte sich vor und überflog die Listen – und sein Gesicht erstarrte vor Entsetzen.

Es gab zwei Hauptbuch-Einträge für jedes Stück, das das Institut für Ältere Literatur und Geschichte erworben hatte: einen über den tatsächlichen Preis des Objektes, und einen über den Betrag, den Michael angefordert hatte. Die Zahlen in der zweiten Spalte waren deutlich höher als die in der ersten, und es gab für jeden Eintrag entsprechende Belege.

»Das ... das kann unmöglich stimmen!«, rief Michael. »Galen, ich weiß nicht was hier vor sich geht, aber ...«

»Es tut mir Leid«, sagte Galen. »Der Entschluss steht fest.«

Er stand auf und streckte Michael die Hand hin. »Viel Glück, Michael.«

Benommen schüttelte Michael seine Hand und stolperte aus dem Büro. Weniger als eine Stunde später saß er auf dem großen Riesenrad am Prater und versuchte, die niederschmetternde Umkehrung zu begreifen, von der sein Leben gerade heimgesucht worden war. Da wurde ihm bewusst, dass Galen ihn zum ersten Mal Michael genannt hatte.

Am nächsten Tag wanderte Michael durch Wien, trank Kaffee und fragte sich, ob er das Land verlassen sollte. Er dachte daran, Juda zu besuchen, aber nach der Reaktion anderer Fakultätsmitglieder an der Universität fürchtete er sich vor dem Empfang, der ihn erwarten könnte. Er hoffte außerdem, dass Juda noch gar nichts davon zu Ohren gekommen war – aus irgendeinem Grunde war es ihm lieber, Juda hatte einen guten Eindruck von ihm, als ihm das Dilemma eingestehen zu müssen, in dem er sich befand.

Er stand an einem Zeitungskiosk, überflog die Zeitschriften

und dachte darüber nach, ob er es riskieren sollte, seine Tochter in Amerika anzurufen, als ihm ein Satz ins Auge fiel. Er griff danach, starrte ihn eine Minute lang an, und eine wilde Theorie begann in seinem Kopf Gestalt anzunehmen.

Michael ließ ein wenig Kleingeld in die Hand des überraschten Verkäufers fallen, riss die Seite aus dem Magazin und rannte davon.

»Verdammt, ich weiß, dass er da drin ist!«, sagte Michael zu Galens Sekretärin. »Ich muss ihn nur eine Minute sprechen! Nur eine Minute!«

»Ich hab Ihnen bereits gesagt, dass der Rektor sich auf eine sehr wichtige Reise vorbereitet«, erklärte sie steif.

»Das weiß ich, Nora! Ich habe bei der Planung mitgeholfen, erinnern Sie sich? Nur ...«

Die Tür öffnete sich unvermittelt, und Galen winkte ihn herein. »Das geht in Ordnung, Frau Bitter«, sagte er beschwichtigend. »Ich werde den Professor empfangen.«

»Vielen Dank, Galen«, sagte Michael, warf der Sekretärin ein schiefes Lächeln zu und betrat das Büro.

Galen bedeutete ihm, sich zu setzen und ließ sich dann selbst auf der Schreibtischkante nieder. Es war nur ein Tag vergangen, aber er sah aus, als sei er um zehn Jahre gealtert.

»Galen«, sagte Michael, »geht es Ihnen gut? Sie sehen ...«

Galen schnitt ihm das Wort ab. »Mir geht es gut. Ich musste eine Menge lesen, das ist alles. Was wollen Sie?«

Michael faltete die zerknitterte Seite auseinander und legte sie neben der Edda auf den Schreibtisch. »Sehen Sie sich das an.«

»Sagen Sie mir schon, worauf ich achten soll, Langbein.«

»Das ist ein Artikel über Phineas Gage.«

»Und?«

»Und schauen Sie sich den Namen der Eisenbahngesellschaft an, für die er gearbeitet hat.«

Galen seufzte verzweifelt und las sich den Artikel durch. Er runzelte die Stirn und las ihn noch einmal. »*Rutland and Burlington´s?* Genau wie ...«

»Genau wie die Besitzer des Nachtclubs, in dem Obskuro aufgetreten ist – die selben beiden Männer, die die verlorene Edda wieder gefunden haben. Das kann kein Zufall sein.«

Galen dachte einen Augenblick darüber nach, knüllte dann das Blatt zusammen und warf es in den Papierkorb. »Bei Juda ist alles Zufall«, sagte er und setzte sich in seinen Stuhl. »Ich verstehe nicht, was das bedeutet.«

»Juda hat gesagt, alles sei entweder Berührung oder Deutung, richtig? Nun, ich frage mich, ob er irgendetwas mit den falschen Zahlen in meiner Anschaffungsakte zu tun hat.«

»Warum sollte er so etwas tun?«

»Ich ... äh ...« Michaels brillante Hypothese fiel mit einem Mal in sich zusammen. Warum war er so sicher gewesen, dass Juda bei seiner Entlassung die Hand im Spiel hatte?

»Er pfuscht wenigstens nicht an seiner Abrechnung herum«, sagte Galen. »Gerade heute Morgen habe ich den größten Freibetrag unterzeichnet, den die Universität dem Institut für Mathematik jemals bewilligt hat, und ich bezweifle nicht, dass Juda über jeden Schilling, den er ausgibt, Rechenschaft ablegen wird.«

Michael erinnerte sich plötzlich an das andere Thema, über das er mit Galen sprechen wollte. Er zog eine Kunststoff-Hülle aus seinem Mantel und legte sie auf den Schreibtisch. In der Hülle befand sich der Upsala-Tanz.

Galens Gesicht wurde rot, als er das Schriftstück erkannte. »Sie wagen es?«, rief er. »Nach dem, was gestern hier passiert ist, werden Sie jetzt auch noch zum Dieb?«

»Eigentlich möchte ich es zurückbringen«, sagte Michael. »Ich hatte es mit nach Hause genommen, als ich an der Edda arbeitete. Galen, bitte – lesen Sie es einfach nur durch. Ich glaube, es hängt mit dem, was hier passiert, auf eine Weise zusammen, die ich nicht erwartet habe.«

Galen schmollte noch einen Augenblick und griff dann nach dem teuren Artefakt. Es bestand aus sechs Strophen zu jeweils vier Zeilen. Er starrte es an und runzelte dann die Stirn, als ihm einfiel, dass er kein Alt-Isländisch lesen konnte.

»Hier«, bot sich Michael eilig an, »ich werde es übersetzen. Die einzige wirklich wichtige Strophe ist die vierte:

Uralte Gewässer hüten das Herz des Schatzes. Der Drache
Lebt unter uns, unbemerkt. Ein Rabe spricht
Der Wasserspiegel sinkt, Ymir grüßt Yggdrasil und die Wurzeln
Wählen die Himmel.

Als er geendet hatte, sah Michael auf – doch er war nicht im Entferntesten auf den Ausdruck in Galens Gesicht vorbereitet. Der Mann war vollkommen entsetzt.

»Woher haben Sie das?«, schrie er. »Hat Juda Ihnen das gegeben? Antworten Sie mir, Langbein!«

Michael holte langsam Luft. »Ganz ruhig, Galen. Der Tanz befand sich das ganze Jahr über hier an der Universität, erinnern Sie sich? Sie waren einer der Verwaltungsangestellten, die seine Anschaffung genehmigt haben.«

Galen schien die Beherrschung wiederzugewinnen. Schließlich wandte er sich ab und blickte auf den Hof hinaus. »Also, was schlagen Sie vor?«

»Ich glaube, wir sollten mit Juda reden.«

Der Gang zu Judas Büro dauerte nur fünf Minuten. Sehr viel mehr Zeit verbrachten sie damit, sich bestürzt in dem Zimmer umzusehen, das vollkommen leergeräumt war. Die Schreibtische, Maschinen, wissenschaftliche Ausrüstung, Aktenschränke, alles – nun, fast alles.

Im hinteren Teil des Zimmers stand auf einem kleinen Allzwecktisch die Anabasis-Maschine.

Michael und Galen tauschten einen Blick, dann sahen beide die Maschine an.

»Haben Sie einen Schraubenzieher?«, fragte Galen.

»Ich bin mir immer noch nicht sicher, ob wir das tun sollten«, setzte Michael an, doch Galen hatte bereits einen kleinen Schraubenzieher aus dem Labor nebenan unter die Deckplatte gezwängt, die den Mittelteil des Gerätes abschloss. Ächzend hebelte er erst eine Kante hoch, dann die andere, bewegte die flache Spitze seitlich entlang der Naht und schob schließlich die stabile Metallschicht beiseite.

Michael hatte bereits einen Schritt nach vorn gemacht, als er Galens erstauntes Keuchen hörte und den Schraubenzieher zu Boden poltern sah.

»Donnerwetter«, sagte Michael.

»Das ist ein Trick«, hauchte Galen. »Es muss einer sein.«

Wo sie Spulen und Drähte erwartet hatten oder kleine sich drehende Teilchen oder einen Gremlin oder zumindest etwas in der Größenordnung von atomwaffenfähigem Plutonium, sahen sie stattdessen gähnende Leere.

In der Maschine befand sich nichts. Sie war vollkommen leer.

Sie stürmten in weit größerem Tempo als zuvor in Galens Büro zurück. In den Augen des Rektors brannte ein Feuer, von dem Michael nicht zu sagen wusste, ob es gut war oder schlecht. Zumindest hatte sich die allgemeine Aufmerksamkeit von Michaels angeblichen finanziellen Ungereimtheiten abgewendet. Er war sich jedoch noch nicht sicher, ob es ihm besser gefiel, wenn stattdessen Juda genauer unter die Lupe genommen wurde, was in Anbetracht der Umstände unumgänglich zu sein schien.

Galen schritt zu schnell durch die Bürotür, als dass Michael der Sekretärin noch einmal ein spöttisches Lächeln hätte zuwerfen können. Als Galen jedoch bewusst wurde, wer da auf einem Stuhl im Wartebereich saß, drehte er sich auf der Stelle um und lief wieder hinaus ins Foyer.

Es war ein Kurier – Sonderzustellung. Und in seinen Händen hielt er einen Umschlag, auf dem das Wahrzeichen der Wagnerfestspiele prangte.

Galen riss ihn an sich und fetzte ihn auf, während Michael dem verblüfften Kurier ein Trinkgeld gab. Dann blieb die Zeit stehen.

Galen erstarrte, und die Wellen, die er aussandte, ließen alles um ihn herum ebenfalls still stehen. Er war kalter Marmor ohne Glanz, nur Marmor bis ins Innerste, doch ebenso schnell verwandelte er sich ins Gegenteil: Schreiend stürmte er durch die Tür und aus dem Gebäude hinaus.

Während Galens Sekretärin ihm nachlief, hob Michael den Brief aus Bayreuth auf und las darin das Todesurteil für Galens geistige Gesundheit.

Die Leitung des Festivals dankte ihm höflich für sein Angebot, ihnen Mittel zukommen zu lassen, lehnten jedoch mit Bedauern ab. Scheinbar hatte eine private Gesellschaft mit Namen Eidolon-Stiftung der Gruppe der *Freunde von Bayreuth* gerade eine Summe vermacht, die ausreichte, um das Festival mehrere Jahre lang zu finanzieren – unter der einzigen Bedingung, dass es Mikaal Gunnar-Galen, dem Rektor der Universität Wien, niemals gestattet sein dürfe, sich an Planung, Ausführung, Finanzierung oder in irgendeiner anderen Weise am Festival zu beteiligen, außer als zahlender Zuschauer.

Der Brief räumte weiterhin ein, dass es sich um einen ungewöhnlichen Wunsch handle, dem man nicht gern zustimme, es jedoch keine Möglichkeit gab, das Geschenk abzulehnen, und man hoffe, in ihm weiterhin einen Freund des Festivals zu haben.

Michael zerknüllte den Brief, warf ihn in den Papierkorb zu dem Artikel über Phineas Gage und ging nach Hause.

Am nächsten Tag war Galen weder in seiner Wohnung, noch in seinem Büro anzutreffen, und auch am darauf folgenden Tag tauchte er nicht auf. Juda war nirgends zu finden, und Michael war sich sicher, dass er das mathematische Wunderkind nicht mehr wieder sehen werde, bis am Morgen des Sechsundzwanzigsten das Telefon an seinem Ohr explodierte.

»Hallo?«, sagte Michael und tastete nach dem Lichtschalter.

»Seid gegrüßt und wohl bekomm´s.«

Michaels Kopf wurde augenblicklich klar. »Hallo, Sie Arschloch. Wo zur Hölle sind Sie gewesen?«

»Ich habe mich auf die Umkehrung vorbereitet – was dachten Sie denn?«

Über der emotionalen Achterbahnfahrt der letzten Tage hatte Michael die Umkehrung vollkommen vergessen – irgendwie war sein Glaube daran verblasst, seit sein Leben den Bach hinunter gegangen war.

»Was wollen Sie, Juda?«

»Es geht um Galen. Er hat die Universität verlassen, und ich fürchte, er ist völlig am Boden zerstört.«

»Vielleicht hatte er einfach nur eine schlechte Woche«, sagte Michael sarkastisch. »Nur für den Fall, dass Sie noch nicht davon gehört haben.«

»Ich weiß.«

»Die Neuigkeiten über die Wagnerfestspiele hätten jeden mitgenommen, aber wenn man sein Interesse an der Sache bedenkt, hat er, glaube ich, ein Recht darauf, verdammt sauer zu sein.«

»Es ist mehr als das«, sagte Juda. »Können Sie in sein Büro kommen?«

»In der Universität?«, fragte Michael und warf einen Blick auf die Uhr. »Also gut. Ich werde – «

Im Hörer summte es bereits. Juda hatte aufgelegt.

Zehn Minuten später betrat Michael die Eingangshalle des Gebäudes, in dem sich das Büro des Rektors befand, und sah, dass er allein war. Wo zum Teufel steckte Juda?

»Ich bin hier drüben«, hörte er eine Stimme quer über den Hof rufen. »Mein Fehler – ich meinte sein altes Büro im Musikgebäude.«

Michael trabte hinüber und gemeinsam stiegen sie die Stufen hinauf. »Was geht hier vor, Juda? Was ist passiert?«

»Etwas Schlimmes.«

Der Mathematiker weigerte sich, Genaueres zu sagen, bevor sie das Büro am Ende des Korridors erreicht hatten, wo er die Tür zu dem ehemals ordentlichen Raum öffnete und ein Chaos enthüllte.

Das Klavier und der Schreibtisch waren Kleinholz, die Bücher und Regale ebenfalls. Von der Edda fehlte jede Spur.

Der einzige intakte Gegenstand im ganzen Zimmer war die Büste von Wagner, die in seiner Mitte auf dem Boden stand. Eine verwischte Nachricht, wieder und wieder und wieder geschrieben, wand sich von ihrem Sockel aus in immer größeren Kreisen um die Büste herum und breitete sich über jeden Quadratzentimeter des Raumes aus – *Ich bin Hagen.*

»Gütiger Gott«, sagte Michael.

»In der Tat«, bestätigte Juda. »Wie ich gesagt habe: wirklich schlimm.«

Michael ging in die Hocke, berührte das Graphit auf dem Fußboden mit den Fingerspitzen und schloss die Augen. Er dachte über seine Möglichkeiten nach und fasste dann mit einer Endgültigkeit, die ihn überraschte, einen Entschluss. Michael stand auf und ging zur Tür.

»Professor«, sagte Juda, »wohin gehen Sie?«

»Wo ich jedes Jahr um diese Zeit hingehe«, antwortete Michael mit einem müden Grinsen und verschwand durch die Tür. »Ich fahre nach Bayreuth.«

KAPITEL ELF

Die Wahrhaftigkeit

Wie kommt man nach Bayreuth?

Wenn man bei der Antwort auf diese Frage einem ähnlichen Gedankengang folgt, wie ihn die Frage »Wie kommt man in die Carnegie Hall?« auslöst, dann lautet die Antwort: »Üben, Junge, Üben.« Damit wird freilich angedeutet, dass jeder, der in die Carnegie Hall will, nach dem Ruhm und der Anerkennung strebt, die ein Auftritt dort mit sich bringt, statt nach einem Platz im Publikum. Der Witz daran ist natürlich, dass man ein Musiker von Weltklasse sein muss, um in der Carnegie Hall auftreten zu können, und der Durchschnittsmensch wahrscheinlich eher nach dem Weg fragen wird, als nach einem Karriere-Ratschlag. Jeder kann eine Eintrittskarte kaufen, um sich eine Aufführung anzusehen, doch nicht jeder kann auftreten.

In New York erzählen viele Leute diesen Witz – in Bayreuth allerdings kommt das niemals vor, und zwar deshalb, weil es in Bayreuth Jahre der Ausbildung und des Vorsprechens und des Knüpfens von Beziehungen und oft des reinen Glückes bedarf ...

... nur um eine *Eintrittskarte* zu erwerben.

Aber *aufzutreten* – in Bayreuth aufzutreten war undenkbar, stand vollkommen außer Frage. Nur einige wenige, nicht allein der von der Spreu getrennte Weizen, sondern vollkommene goldene Körner, ausgewählt vom erlesensten einzelnen Weizenhalm, den es gibt – nur diesen wird das Privileg zuteil, einen Fuß auf die Bühne in Bayreuth zu setzen.

Michael fragte sich, wie die Bürger der Stadt und die Leiter des Festivals reagieren würden, wenn ein Korn, das einstmals als golden galt, plötzlich beschloss, dass es auf dieser Bühne stehen würde, in dieser Nacht, koste es was es wolle. Und er befürchtete, dass Galen – wie immer seine Pläne aussahen – es höchstwahrscheinlich schaffen würde.

Michael hatte das Festival im Laufe der Jahre oft besucht, doch er konnte sich nicht entsinnen, dass er jemals mit solcher Hast aufgebrochen war oder so von Furcht und düsteren Vorahnungen erfüllt. Eilig stopfte er frische Wäsche in einen Beutel, packte seine Brieftasche ein und griff mehr aus Gewohnheit in das Bücherregal neben der Tür nach etwas, das er im Flugzeug lesen konnte.

Er langte daneben, und anstatt den gewünschten Roman zu fassen zu bekommen, riss er einen sechzig Zentimeter hohen Stapel Bücher zu Boden, die sich über das Zimmer verteilten.

»Mist«, entfuhr es ihm, als er bemerkte, dass eines der größeren Bücher, die Neue Jerusalemer Bibel, entlang des Rückens gebrochen war. »Wenigstens ist es das Zweitexemplar«, murmelte er, als er das beschädigte Buch aufhob und dabei sah, wie ein Blatt, das in dem Buch gesteckt hatte, zu Boden flatterte.

Es war die erste Seite der Ur-Edda – jene, die er in Absinth getränkt hatte und die in dem nachfolgenden Sturm der Ereignisse in Vergessenheit geraten war.

»Donnerwetter!« Bebend betrachtete er das zerbrechliche Blatt. Es war schon lange trocken, aber das Palimpsest war noch immer sichtbar und die Texte von Bragi und Wagner klar und leserlich. Er dachte einen Augenblick daran, es mitzunehmen, dann kam ihm jedoch aus dem Nichts eine ungewöhnliche Idee. Je mehr er darüber nachdachte, desto besser gefiel sie ihm, obwohl er sich nicht genau erklären konnte, warum. Was würde Juda sagen? ›Lass dich mit dem Strom treiben‹, oder irgend so eine Zen-Platitüde wahrscheinlich, was Michael nur recht war.

Auf dem Weg zum Flughafen hielt er an einer Post an und adressierte einen großen Umschlag an seine Tochter Meredith bei der *Ontario Daily Sun*. Er hatte keine Ahnung, ob oder wann sie ihn erhalten würde, aber er wusste, dass er in diesem Augenblick mehr als alles auf der Welt seiner Tochter etwas schicken wollte, und das Blatt aus der Edda war alles, was er hatte. Er übergab dem Angestellten das Poststück, verließ das Gebäude und machte sich schnurstracks auf den Weg nach Bayreuth.

Für den Rektor der Universität Wien können in Bayreuth in vielerlei Hinsicht eine ganze Reihe von Ausnahmen gemacht werden, von denen die meisten undenkbare Wünsche wären, kämen sie von einem normalen Menschen. Das galt insbesondere, wenn man bedachte, dass er einmal ein geachteter Bewerber um die Gunst der Stadt gewesen war, auch wenn die Verbindung selbst niemals vollzogen wurde. Zudem hatten die Stadtältesten ihm gerade einen persönlichen Schlag versetzt, den man bestenfalls als beleidigend ansehen konnte.

Beschränkungen, wie den Vorverkauf von Eintrittskarten, konnte man außer Acht lassen. Plätze, die an andere wohlhabende Gäste vergeben waren, konnten umbelegt werden. Man lud ihn anstandslos zum Essen mit der Elite der Welt ein, und jegliche anfallenden Rechnungen wurden von dem Etablissement zerrissen, in dem sie gerade speisten – aus Dankbarkeit, dass er sich dazu herabließ, ihre Einrichtung mit seiner Anwesenheit zu beehren.

Die Verantwortlichen des Festivals würden sogar zulassen, dass ein Mann wie er an diesem, dem siebten Tag des Festivals, während der Aufführung der *Götterdämmerung* seinen Platz verließ, den Zuschauerraum des Festspielhauses durchquerte und auf die Bühne kletterte. Nun ja, es war ihnen nicht *bewusst*, dass sie es zulassen würden, bis es tatsächlich geschah. Dann war es für sie jedoch zu spät, um ihre Meinung zu ändern, ohne ein heilloses Durcheinander auszulösen.

Das Publikum war gewillt, sich das Ganze gefallen zu lassen, in der Hoffnung, es handle sich um irgendeine Innovation in der Aufführung – was bestenfalls Gesprächsstoff für das Abendessen liefern würde und schlimmstenfalls wohl immer noch besser wäre als die schlechten Aufführungen der 70er Jahre.

Die Künstler ließen es sich gefallen, weil sie gar keine andere Wahl hatten – bis Galen das Schwert zum Vorschein brachte und sie beschlossen, dass es womöglich die beste Form der Improvisation sei, ihre Version in die Kulissen zu verlegen und Platz für Galens Vorhaben zu machen.

Galen war noch nie in Bayreuth gewesen – er hatte sich geschworen, niemals einen Fuß in die Stadt zu setzen, es sei denn als Künstler auf der Bühne des Festspielhauses. Und jetzt, nach all den Jahren der Sehnsucht, war er hier. Er fühlte sich ein wenig verwirrt und war unsicher, wie er hierher gekommen war. Vage erinnerte er sich, dass er in ein Auto gestiegen und nach Bayreuth gefahren war, wo man ihn höflich, wenn nicht gar enthusiastisch empfangen hatte. Und dann wurden Hände geschüttelt und es gab Aperitifs und schließlich war er hier, im Festspielhaus.

Wie lautete sein Text? Er konnte sich kaum entsinnen. Es kam ihm seltsam vor, dass er ihn vergessen haben sollte – hatte er sich nicht sein ganzes Leben lang auf diese Rolle vorbereitet?

Er erinnerte sich an die Aufzeichnungen, die er mitgebracht hatte, die Übersetzungen – der echte Ring. Er zog sie aus seiner Weste und sah sie in aller Ruhe durch, bis ihm ein vertrauter Name ins Auge fiel, und da erinnerte er sich.

Hagen. Er war Hagen.

»Ich flehe Sie an, Sie müssen mich hineinlassen«, sagte Michael noch einmal zu dem aufreizend korrekten Beamten an der Tür. »Sie verstehen wirklich nicht, was hier vor sich geht.«

Der Beamte begutachtete seine Fingernägel, dann sah er Michael an, als habe dieser ihm gerade einen unsittlichen Antrag gemacht. »Es tut mir Leid«, erwiderte er mit gerümpfter Nase, »aber wenn die Vorführung begonnen hat, darf sie auf keinen Fall unterbrochen werden. Die Türen bleiben geschlossen.«

Michael ließ sich gegen die Wand sinken und überlegte, ob er sich gewaltsam Zutritt verschaffen solle, verwarf den Gedanken jedoch sofort wieder. Ein solches Vorgehen würde zu viel Ärger verursachen, besonders eingedenk der Tatsache, dass er keine Ahnung hatte, in welcher geistigen Verfassung Galen sich befand oder was er letztendlich vorhatte.

Er wollte gerade zu simpler Bestechung greifen, als die nicht zu öffnenden Türen aufgingen und ein weiterer Lakai seinen Kopf hindurchsteckte. Michaels Herz rutschte in die Hose – es war ein Verstoß gegen das Protokoll, die Türen während einer Aufführung zu öffnen. Was immer gerade passierte: Wahrscheinlich handelte es sich um ein Sicherheitsproblem, und der Schwarze Peter wurde weitergereicht.

Es folgte ein eiliges, nervöses Flüstern, untermalt von hochgezogenen Brauen, aufgerissenen Augen und schließlich mehreren kurzen Blicken in Michaels Richtung.

Das Gespräch endete, und Beamter Nummer Eins schickte Beamten Nummer Zwei im Laufschritt zu den Büros des Festivals. Dann packte er Michael am Kragen und reichte den mutmaßlichen Schwarzen Peter weiter.

»Sie haben die Wahrheit gesagt«, flüsterte er, um keine Unruhe auszulösen. »Gunnar-Galen ist hier – was können Sie gegen ihn unternehmen?«

»Unternehmen?«, fragte Michael. »Wieso? Was ist los?«

»Er steht auf der Bühne«, zischte Beamter Nummer Eins, während er die Tür öffnete und Michael hindurchschob, »und er fuchtelt mit einem Schwert herum. Viel Glück!«

Ich habe es geschafft, dachte Galen. Das war der Auftritt seines Lebens, und jede wichtige Persönlichkeit aus den Elfenbeintürmen der Welt war hier, um ihn zu sehen.

Wohin Galen auch blickte, jeder Zuschauer im Publikum hatte sich in Obskuro, den Zen-Illusionisten verwandelt.

Sie jubelten – genauer gesagt, sie jubelten *ihm* zu: Mikaal Gunnar-Galen bei seinem großartigen und triumphalen Comeback auf der glorreichen Bühne Bayreuths.

Tränen strömten sein Gesicht hinab, als er stehen blieb und sich erst einmal, dann ein zweites Mal verbeugte, um seine Dankbarkeit zum Ausdruck zu bringen. Dann zog ihn jemand leicht am Ärmel – vielleicht ein weiterer Bewunderer, der sich einen Augenblick der Vertrautheit mit dem großen Mann erhoffte.

»Galen – Galen, kommen Sie. Ich muss Sie hier rausbringen.«

Galen sah sich blinzelnd um, und der Raum schien zu verblassen. Auf der Bühne stand ein Mann – kannte er ihn?

Michael schüttelte ihn noch einmal. »Galen, geht es Ihnen gut?«

Galen rutschte vor Angst das Herz in die Hose – es war Siegfried, der Sonnenkönig. Er war gekommen, um den Schatz für sich zu beanspruchen und ihn zu vernichten. Galen zwang sich zur Ruhe, unterdrückte einen Schrei und richtete statt dessen das Wort an das Obskuro- Publikum: »Ich bin Hagen, und zu herrschen ist mein Schicksal! Ich bin der reine Sohn, ich bin der wahre Sohn, und du sollst mich nicht bezwingen, Siegfried!«

»Wa ...? Siegfried? Galen, ich bin´s – Michael Langbein.«

»Nein«, sagte Galen und schüttelte müde den Kopf. »Zu täuschen suchst du, wie Odin, doch ich kenne dich. Sag es – sag deinen Namen.«

Michael ließ seinen Blick über die reichen Europäer und

Amerikaner gleiten, die noch immer nicht ahnten, warum die Vorführung aus der Spur geraten war, und er kam zu dem Entschluss, dass es wahrscheinlich am wenigsten störend wirken würde, wenn er mit dem Strom schwamm, um die Dinge in den Griff zu bekommen. Zumindest befand sich Galens Schwert noch immer in der Scheide.

»Also gut, also gut«, sagte er und trat näher an Galen heran. »Ich bin Siegfried.«

»Ruf es aus!«

»Ich bin Siegfried!«, schrie Michael.

»Ich beanspruche den Schatz!«, antwortete Galen. »Ich werde ihn besitzen, Siegfried!«

»Gut, von mir aus«, sagte Michael, den der Widerhall seiner Worte im gesamten Festspielhaus verlegen machte. Er hatte nicht erwartet, in dem Gebäude mit der besten Akustik Europas lauthals zu streiten.

Galen entspannte sich, als sei er ein Ballon, aus dem die Luft entwich. Das war es wohl, was er gewollt hatte, dachte Michael. Noch jemand hier oben auf der Bühne, der seine Phantasie wirklich erscheinen ließ. Es war eine Schande – er hatte so viel Potential besessen, und auf diese Weise zusammenzubrechen, in aller Öffentlichkeit ...

»Kommen Sie, Galen«, sagte Michael, »Lassen Sie uns nach Hause gehen.«

»Hagen«, kam die krächzende Antwort.

»Wie bitte?«

»Mein Name«, sagte Galen langsam, »ist Hagen.«

»Von mir aus«, sagte Michael, während er sich umdrehte, um die Bühne zu verlassen. Er konnte sehen, wie die anderen Künstler ihn aus den Kulissen heraus neugierig beobachteten. Viele von ihnen wussten, wer Galen war, und was immer geschah, sie wollten sich nur ungern einmischen oder in diese Angelegenheit verwickelt werden – ob aus Respekt oder Furcht konnte Michael nicht sagen. »Komm schon, Hagen. Lass uns gehen.«

Michael wollte sich gerade in Bewegung setzen, als ihn eine seltsame Empfindung durchlief. Mein Gott, dachte er, konnte es das ...? War das möglich? Doch er schüttelte den Gedanken ab – er sollte sich besser erst einmal um Galen kümmern, und dann über Umkehrungen und den relativen Wert von Geschichtsprofessoren nachdenken.

»Galen?«, fragte Michael leise, als er über seine Schulter blickte und feststellte, dass der Musiker ihm nicht folgte. Das Gemurmel im Publikum wurde lauter, einige waren sogar aufgestanden und schimpften in Richtung Bühne.

Zeit sich aus dem Staub zu machen, dachte Michael. »Galen, was ...« Doch der Sänger schien ihn nicht zu hören. Stattdessen starrte er auf einen Punkt rechts über Michaels Kopf, und seine Lippen bewegten sich in einer lautlosen Beschwörung.

Plötzlich verschwamm der Raum, als habe sich die Linse eines Projektors von selbst gelockert und gleich wieder korrigiert. Michael schüttelte die Empfindung ab, und als er sich umdrehte, um nachzusehen, was die Aufmerksamkeit seines Gefährten erregt hatte, verspürte er plötzlich einen seltsamen Druck in seiner Brust.

Das Schwert, das Galen bei sich getragen hatte, war nicht nur Zierde gewesen – er hatte es aus der Scheide gezogen und tief in Michaels Rücken gestoßen.

»Al-Alberich?«, fragte Michael und blickte neugierig auf die Spitze der schmalen Klinge, die etwa fünfzig Zentimeter aus seinem Brustbein ragte. »Alberich? W-was ...?«

»Ich bin nicht Alberich«, zischte Galen. »Ich bin Hagen. Und du bist tot.«

Einen Augenblick lang herrschte Stille in dem großen Saal. Die meisten Zuschauer hatten begriffen, dass der Wechsel der Schauspieler weder geplant noch erwartet gewesen war. Nur einige Dutzend wussten, wie fatal die Oper verunstaltet worden war. Ein knappes Dutzend etwa hatte sogar richtig erkannt, dass dies den Abbruch der Festspiele bedeutete.

Und eine einzige Frau in der zweiten Reihe durchschaute, was passiert war, und übermittelte ihren Gefühlsausbruch in Form eines langen, schrillen Schreis. Und dann brach in Bayreuth die Hölle los.

Menschen drängten sich zu Hunderten schreiend an den Türen und versuchten, dem zu entkommen, was sie, wie ihnen langsam bewusst wurde, gerade mit angesehen hatten. Dutzende von Menschen stürmten die Bühne und zogen Mikaal Gunnar-Galen in den Orchestergraben, wo die Musiker noch immer in starrem Entsetzen saßen. Niemand kam Michael zu Hilfe, da noch kaum jemand wirklich wusste, was geschehen war – außer, dass eine Waffe gezogen und Blut vergossen worden war, und dass die einzigen Menschen auf der Bühne ein in Ungnade gefallener wahnsinniger Bariton und ein Fremder waren, den man gar nicht erst auf die Bühne hätte lassen dürfen.

Das Orchester floh durch den Wartungsbereich im hinteren Teil des Saales, und Galen wurde von einem Meer zuckender Hände davongetragen. Innerhalb von Minuten hatten alle Zuschauer das Festspielhaus verlassen. Nur Michael blieb zurück; sein Gesicht war weiß und sein Blut lief über den Boden. Ganz kurz sah er das Licht der Eingangshalle, als sich die Türen an der Vorderseite des Gebäudes öffneten und schlossen. Er lauschte, als langsame, gemächliche Schritte die Gänge entlang wanderten, auf der linken Seite die Stufen zur Bühne herauf und durch die Kulisse schritten, bis sie einige Meter entfernt von der Stelle stehen blieben, an der er lag.

»Hallo«, sagte Juda ruhig, während er eine Hüfte gegen die falsche Balustrade direkt über dem Orchestergraben lehnte. »Ich dachte, wir könnten uns ein paar Minuten unterhalten, nachdem sich die ganze Aufregung nach draußen verlagert hat und Sie wahrscheinlich nicht mehr sehr lange leben werden.«

KAPITEL ZWÖLF

Der Hut-Trick

»Wissen Sie«, sagte Juda im Plauderton, »der schwierigste Teil des ganzen Jahres war die erste Woche: Ich musste jede Erwähnung eines bestimmten Mordes aus allen Zeitungen ausschneiden lassen, in denen er auftauchte, und das war eine verdammt aufwändige Arbeit. Am Ende musste ich fast siebzig Studenten anheuern, aber sie haben es geschafft.«

Michael war vom Blutverlust ganz schwindelig. Er drehte seinen Kopf herum, während er das Gehörte zu begreifen versuchte. »Studenten ...? Sie haben ... Studenten ... angeheuert ... um ... Zeitungsartikel auszuschneiden ...?«

»Fast neunzigtausend Zeitungen, der abschließenden Zählung zufolge. Sicher, sie haben sich reichlich beklagt. Aber die meisten von ihnen waren es gewohnt, sich Plasma heraussaugen zu lassen oder in einen Becher zu wichsen, für den selben Betrag, den ich ihnen dafür bot, durch die Stadt zu radeln und Artikel aus Zeitungen auszuschneiden. Karrieremäßig nicht gerade ein Aufstieg, aber so ist das Akademikerleben.«

»Ich ... ich verstehe nicht ...«, antwortete Michael schwach.

»Ich weiß und ich bedaure das, wenn auch sonst nichts – deshalb bin ich hier, um einige Dinge klarzustellen, bevor Sie sterben.«

»Ich werde nicht ... Krankenwagen ...«

»Ich fürchte, doch«, sagte Juda sachlich. »Und ich würde mich nicht darauf verlassen, dass der Notarzt rechtzeitig hier eintrifft. Haben Sie es noch nicht bemerkt? Sie sind derjenige, der niedergestochen wurde, aber im Augenblick ist jedermann nur damit beschäftigt, dass einer der wichtigsten Administratoren der ältesten Universität im gesamten deutschsprachigen Raum ausgerechnet in Bayreuth durchgedreht ist. Ich schätze, es wird gute zehn Minuten dauern, bevor sich überhaupt irgendjemand an Sie erinnert.«

Michael nahm genug Kraft zusammen, um sich auf einen Ellbogen aufzurichten, bevor er wieder in die klebrige, dunkelrote Lache zurückfiel, die sich unter ihm bildete. »Was hatten die Zeitungen damit zu tun?«

»Ich musste verhindern, dass Sie das hier lesen.« Juda ging rasch in die Hocke und zog einen zerknitterten Zeitungsausschnitt aus seiner Tasche. Er faltete ihn auseinander und strich ihn glatt, um ihn Michael vors Gesicht zu halten, damit der schwächer werdende Mann ihn entziffern konnte. Als er den erwarteten Ausdruck von Bestürzung und Erkenntnis sah, steckte er das Papier wieder weg.

»Wasily?«, keuchte Michael. »Wasily Strugatski? Tot?« Er sah Juda an, und seine Augen zuckten angstvoll hin und her. »Haben ... Haben Sie ihn umgebracht?«

»Ich? Wo denken Sie hin. Ich kenne von ihm nur seine Abstammung väterlicherseits und was ich in diesem Zeitungsausschnitt gelesen habe. Warum fragen Sie?«

Michael lachte leise, ein schwaches, glucksendes Geräusch. »Ja, natürlich ... Sie sind der große Intrigant, erinnern Sie sich? Und Sie ... Sie haben nicht gewusst, dass Wasily und ich beinahe so was wie ... wie Verwandte waren?«

»Verwandte?«, rief Juda aus und schien zum ersten Mal, seit er den Opernsaal betreten hatte, selbst erschrocken. »Auf welche Weise?«

»Wir waren mit der gleichen Frau verheiratet – zu unterschiedlichen Zeiten natürlich.«

»Das ist interessant. Das ist eindeutig ein weiteres Puzzleteil – und bestätigt einmal mehr den Lauf der Ereignisse.«

»Wenn Sie das nicht gewusst haben ... Warum sich dann solche Mühe machen ... die Zeitungsausschnitte zu verstecken?«

»Weil er seit über tausend Jahren der erste Erlkönig war, der gestorben ist. Und ich brauchte Zeit, um herauszufinden, was genau das bedeutete, um angemessen zu reagieren, bevor es jemand anderes tat. Und in diesem Fall bedeutete ›jemand‹ auch dieselbe einzigartige Ansammlung von Individuen, die mir dabei helfen konnten, die Anhaltspunkte zu entziffern – um genau zu sein, Sie selbst.«

Michael blinzelte. »Noch mal von vorn – wie war das mit den Erlkönigen?«

Juda zuckte mit den Schultern. »Wie ich gesagt habe – Wasily Strugatski war ein Erlkönig.«

Michael ließ seinen Kopf zurücksinken und schloss die Augen. »Irrsinn ...«, murmelte er, »das ist alles kompletter Irrsinn ...«

»Ich weiß, warum Sie das glauben«, sagte Juda, »und ich wünschte wirklich, Ihnen bliebe genug Zeit, dass ich es Ihnen erklären könnte. Aber manche Dingen sollen einfach nicht sein.«

»Bitte ... Bitte, wollen Sie nicht Hilfe holen? Wir waren Kollegen ... Lassen Sie mich wirklich einfach so sterben?«

»Nein«, antwortete Juda, »ich werde Sie gar nichts tun ›lassen‹ – schließlich war es Sinn der Sache, dass Sie sterben. Sonst wäre all das eine völlige Verschwendung von Zeit und Mühe gewesen.«

»W-wir haben eine ganze Weile daran gearbeitet, w-was?«, sagte Michael.

»Genau genommen länger als ein Jahr«, sagte Juda. »Als Erstes musste ich zwei Erlkönige ausfindig machen – einen, der geopfert und einen, der kontrolliert werden konnte. Ich habe drei gefunden, aber zwei von euch befanden sich in derselben Stadt – an derselben Universität sogar. Ob durch Vorsehung oder durch die Machenschaften der Zeit, meine Aufgabe war plötzlich nur noch halb so schwer. Mit meinen Zeugnissen war es kein Problem, eine Stelle an der Universität zu erhalten. Als Nächstes ging es darum, Sie und Galen zur Zusammenarbeit zu zwingen und dabei gleichzeitig Ihre speziellen Leidenschaften anzufachen.«

»Warum das?«

»Konzentration. Es gab Augenblicke, da hätte ich Ihnen beiden erzählen können, dass ich das Buch auf dem Mond gefunden habe, und Sie hätten über die Kleinigkeit, wie ich denn dort hingelangt war, hinweggesehen, nur um das Manuskript noch einen Augenblick länger in Händen zu halten. Das Wichtigste war, diese Art von Konzentration das ganze Jahr über aufrechtzuerhalten. Bei Galen ging es um seine Karriere und die Aussicht auf einen ruhmreichen Auftritt hier. Bei Ihnen um die drohende Entlassung.«

»Vielen Dank auch«, sagte Michael trocken.

»Das ist nicht persönlich gemeint. Manche Menschen arbeiten besser unter Druck.«

»Sie hatten keinen Einfluss auf mein Anstellungsverhältnis.«

»Das änderte sich, als ein einfacher Diebstahl das Vertrauen der Universität in Ihre Fähigkeiten erschütterte.«

Michael blinzelte. »Das Aethelberht-Schriftstück ... Sie ... Sie ...«

»Ja, ich. Tut mir Leid. Ich war auch derjenige, der dafür gesorgt hat, dass Ihnen der Upsala-Tanz für einen Preis verkauft wurde, der um einiges höher lag als das, was Sie sonst dafür gezahlt hätten. Oder haben Sie Bertram wirklich nicht erkannt, als Sie ihn bei Obskuros Vorstellung gesehen haben?«

Michael hatte das Gefühl, er werde gleich ohnmächtig, und das nicht wegen des Blutverlusts. »Der Schmuggler ... Er war der Mann mit dem Brecheisen im Kopf? ... Wie konnte ich das übersehen?«

»Konzentration – Eins. Langbein – Null.«

»Was haben Sie mit dem Aethelberht gemacht ...?«

»Ich habe ihn einem guten Zweck zugeführt – der Prinz von Wales war sehr froh, ihn zu erhalten, und zahlte eine äußerst großzügige Summe.«

»W-was?«

»Was ich mit dem Geld gemacht habe? Ich habe die Eidolon-Stiftung gegründet. Dahin gingen auch die Gelder des Instituts, ebenso wie der frühere Rektor.«

Michael hörte ein Klicken in seinem Kopf, als das Puzzle Gestalt annahm. Eidolon- Stiftung war der Name der Gesellschaft, die Bayreuth einen Blankoscheck für die Wagnerfestspiele überreicht hatte – unter der einzigen Bedingung, dass Mikaal Gunnar-Galen von jeglicher Beteiligung ausgeschlossen wurde. Apropos Konzentration ...

»Der wichtigste Teil des Planes bestand darin, Sie beieinander zu halten, bis der Umkehrungspunkt eintreten konnte. Das war der Grund für die Machenschaften an der Universität. Wenn Galens Ehrgeiz auf die Möglichkeit gelenkt werden konnte, die verpasste Gelegenheit seiner Jugend wettzumachen, dann standen Ihnen für Ihre Arbeit alle Ressourcen der Universität zur Verfügung. Galen brauchte Sie, um die zwei Schichten des Palimpsests zu übersetzen. Sie brauchten ihn, damit er sich für die Verlängerung Ihres Lehrstuhls an der Universität einsetzte.«

»Das hat verdammt viel gebracht«, keuchte Michael. »Ich wurde gefeuert, erinnern Sie sich?«

»Ja, aber zu dem Zeitpunkt war der größte Teil der Arbeit bereits getan – und es kam nur noch darauf an, sicherzustellen, dass Sie beide am sechsundzwanzigsten August am selben Ort sein würden.«

»Und es musste bei den Wagnerfestspielen sein? Wenn das so wichtig war, was sollte dann der Schachzug mit Eidolon? Warum haben Sie ihn nicht einfach das machen lassen, was er wollte, nämlich in die Leitung des Festivals aufzusteigen?«

»Weil er von Begehren getrieben wurde – und wir begehren immer das am stärksten, was wir ...«

»Was wir nicht haben können, ja, ja, bla, bla, bla«, sagte Michael und hustete. »Furchtbar praktisch – dieses Manuskript, in dem Wagner herumgekritzelt hat.«

»Ich gebe es zu – ich habe das alles erfunden.«

»Was?«

»Die Randnotizen auf dem Edda-Manuskript – der Wagner-Nachtrag, oder Liszt- Nachtrag, oder wie immer Sie es nennen wollen. Es spielt keine Rolle, das stammt alles von mir. Oh, nicht vollständig – so etwas könnte ich in so kurzer Zeit nicht von Grund auf erfinden. Ich habe Nachforschungen über Wagners Schriften angestellt und Teile früherer Versionen des Zyklus' gefunden, die er verworfen hatte. In gewisser Weise war also nur die Schrift selbst eine Fälschung. Die Worte gehörten Wagner.«

»Warum war die Fälschung überhaupt notwendig? Genügte die Edda allein nicht?«

»Die Edda hätte genügt, um Ihre Aufmerksamkeit zu wecken, dessen war ich mir sicher. Doch es brauchte mehr, um Galen anzulocken, und die Edda war der einzige Band, der Elemente enthielt, die für Sie beide gleichermaßen reizvoll waren. Ein Schuss Wagner genügte, um das Ziel zu erreichen.«

»Der einzige Band?«, fragte Michael. »Sie hatten noch mehr in Ihrem Besitz? Mehr als den einen, an dem Galen und ich gearbeitet haben?«

»Oh ja – viel, viel mehr.«

»Und Sie haben uns die anderen nicht gezeigt?«

»Nein«, sagte Juda nachdrücklich, »ich habe Ihnen die anderen Bände nicht gezeigt.«

»Warum?«

»Aus drei Gründen: Erstens war nur die Edda für meine Pläne entscheidend – der entsprechende Annäherungspunkt der Umkehrung wurde auf Alt-Isländisch geschildert. Zweitens wusste ich, dass Sie sich zwangsläufig von unserer Hauptaufgabe hätten ablenken lassen, wenn Sie nur die leiseste Ahnung gehabt hätten, dass ich noch weitere Bände besaß. So wären wir Gefahr gelaufen, den richtigen Umkehrungspunkt zu verpassen. Und schließlich konnte ich nicht riskieren, dass Sie die Wahrheit über die Erlkönige herausfinden.«

Auf Michaels verdutzten Blick hin grinste Juda. »Der achtzehnte Band – das tatsächlich jüngste Buch in der Reihe. Es war alles ziemlich eindeutig und Galen hat es sehr genossen.«

Trotz seiner Verletzung setzte sich Michael mit einem verächtlich schnaubenden Lachen halb auf. »Aha. Sie hatten sich also beide die ganze Zeit über gegen mich verschworen, was?«

»Nicht die ganze Zeit«, sagte Juda. »Aber ich schweife ab, und Sie sind dabei zu verbluten.«

Schwafelte Juda nur daher? Michael konnte sich dessen nicht sicher sein – der Blutverlust begann die Ränder seines Gesichtsfeldes einzuengen.

»Wenn ich schon einmal dabei bin, ein Geständnis abzulegen«, sagte Juda, »sollte ich unbedingt noch erwähnen, dass ich auch derjenige war, der dafür gesorgt hat, dass Sie gefeuert wurden. Einige meiner Komplizen haben sich in den Aktenkeller geschlichen und die echten Belege durch Fälschungen ersetzt.«

»Wie das? Sie hätten schon selbst Zen-Illusionisten sein müssen, um in ...«

Juda nickte. Ein weiteres Puzzleteil fiel an seinen Platz.

»Sie haben sie aus Meru mit hierher gebracht, richtig?« fragte Michael. »Zwei der Ankoriten.«

»Ja – die überlebenden Us. Aber Sie haben die beiden unter anderen Namen kennen gelernt – Rutland und Burlington.«

Michael setzte zu einer Antwort an, hustete dann aber nur blutigen Schleim auf den Boden und betrachtete ihn. »Eine komische Angewohnheit ist das«, sagte er und seine Wangen strafften sich. »Ist Ihnen jemals aufgefallen, wie menschlich es ist, die eigenen Ausscheidungen zu untersuchen? Kleine Kinder begutachten ihren Kot, Teenager riechen ständig an ihren eigenen Achselhöhlen, und ich glaube nicht, dass es einen Menschen auf diesem Planeten gibt, der nach einem ordentlichen Nieser nicht in sein Taschentuch sieht.« Er hustete noch einmal und spuckte einen weiteren fasrigen

Klumpen aus. »Glauben Sie, dass das ein Versuch ist, nach Mustern im Chaos zu suchen?«

»Das klingt eher wie ein Dialog aus einem dieser schauderhaft prätentiösen Independent-Filme«, erwiderte Juda. »Netter Versuch, trotzdem.«

Der Historiker wurde erneut von einem Hustenanfall heimgesucht, und Juda sah ihm besorgt zu. »Ich hoffe, Sie haben nicht allzu große Schmerzen? Ich lasse andere nicht gern unnötig leiden, und ich genieße unsere Unterhaltung ausgesprochen. Ich hoffe sehr, dass Sie noch ein paar Minuten durchhalten.«

Gerade lange genug, dachte Michael. So lange, bis irgendjemand kommt. Wie viel Zeit war eigentlich vergangen? Zehn Minuten? Eine Stunde? Er wusste es nicht.

Mit einer großen Willensanstrengung schob er sich seinen zerknitterten Mantel tiefer unter die Taille, um den Blutfluss aus seinem Rücken etwas zu stillen, und versuchte sogar ohne großen Erfolg, sich aufzusetzen, damit er den jungen Mann besser ansehen konnte. »Die anderen Bücher?«, fragte er mit aufrichtiger Neugier. »Die hätte ich gern studiert.«

»Ich hätte sie Ihnen auch gerne gezeigt. Aber, wie gesagt, ich wusste, dass Sie das vom Sturluson ablenken würde. Und wenn diese Umkehrung ungenutzt verstrichen wäre, hätte ich schon wieder ganz von vorn beginnen müssen.«

Michael ließ seinen Kopf gegen eine der Bodenlampen sinken und lachte schwach. »Schon wieder? Jetzt weiß ich, dass Sie mich verarschen«, sagte er. »Machen Sie, dass Sie hier rauskommen, Juda oder Obskuro oder Odin oder wie Sie verdammt noch mal heißen.«

»Sie glauben doch nicht, dass unser kleines Melodrama hier die erste Umkehrung ist, die es gegeben hat, oder?«, fragte Juda sanft. Er kniete nieder, um sich davon zu überzeugen, dass seine Worte gehört und verstanden wurden. »Eine Umkehrung löst Veränderungen aus, aber sie kann niemals vollkommen auslöschen, was vorher war. Wenn das, was wir heute Nacht getan haben, möglich ist, wer sagt dann, dass frühere Umkehrungen nicht beim Zusammentreffen zwischen Ur-Städten und dem Aufstieg des Maya-Reichs auftraten, oder dass die Gründung Englands nicht zur Zeit des Gartens Eden stattfand?«

Er beugte sich vor und blickte den Historiker nachdenklich an. Wie viel sollte er erzählen? Was mochte es schaden, hatte er doch bereits so viel gesagt? Er fasste einen Entschluss.

»Lassen Sie mich eine kleine Geschichte erzählen«, begann Juda. »Das letzte Mal, als eine Umkehrung der Weltanschauung stattfand, wurde der Lauf einer Geschichte, wie wir sie hätten kennen sollen, verändert. Ein Pilger kam zum Berg Kailas, um *kora* zu laufen. Doch er stellte sich eine Frage, die tausend Jahre lang niemandem eingefallen war. Wenn der Berg tatsächlich die Heimat der Götter und ein heiliger Ort war, warum sollte es dann für einen bescheidenen, ehrfurchtsvollen Gläubigen Blasphemie sein, einen Fuß auf seine Hänge zu setzen? Er gelangte zu keiner befriedigenden Antwort, und niemand sonst konnte ihm eine liefern. So beschloss er den Berg zu besteigen, und traf dabei auf den damaligen Lehrer, einen Römer, wie ich annehme, mit Namen R.«

»Sie nehmen an?«, fragte Michael sarkastisch.

Juda zuckte mit den Schultern. »War Marx ein Marxist?«

»Bitte?«

»Vergessen Sie´s. Wie dem auch sei, R war ratlos – keiner der Jünger war gestorben. Doch ungeachtet der Tatsache, dass der Pilger R überhaupt sehen konnte, merkte R bald, dass dieser sich offenbar auf einem Pfad befand, der ihn dazu berechtigte, Meru zu betreten.«

Michaels Augen leuchteten auf, als ein weiteres Puzzleteil an seinen Platz fiel. »Der andere Zufallstreffer – Sie hatten einen weiteren Fall erwähnt, dass ein Lehrer in Meru ankam, bevor einer gebraucht wurde.«

»Sehr gut. Dieser Pilger war jedoch einzigartig, weil er

zudem noch ein Erlkönig war. Die Ankoriten hatten gelegentlich mit den Erlkönigen aller Zeitalter verkehrt. Allerdings war noch nie einer als Eingeweihter in Meru eingetroffen.«

»Was ist daran so besonderes?«

»Weil in den meisten Fällen eine Geschichte nach Meru gebracht wurde, *nachdem* sich eine Umkehrung ereignet hatte, *nach* der Herrschaft oder dem Tod eines Erlkönigs. Dies war das erste Mal, dass ein Erlkönig nach Meru kam, dessen Geschichte noch nicht geschrieben war.«

Michael hustete. »Wie bei H?«

»Nein – Hs Geschichte war ungeschrieben, aber er war kein Erlkönig. Seine Geschichte würde bezeugt, aber nicht beherrscht werden. Rs Schüler war dagegen ein bedeutender Erlkönig. Einer, von dessen Umkehrung man erwartete, dass sie den Endpunkt eines kosmischen Kalender-Umlaufs markierte, der länger andauern würde, als jeder andere zuvor. Man rechnete jedoch nicht damit, dass die Umkehrung des Schülers eine Kultur auslöschen würde, an deren Erschaffung einer der Ankoriten beteiligt gewesen war – und zwar R selbst. Entgegen aller Tradition, und den gewaltigen Mächten der Zeit zum Trotz, beschloss R, die Umkehrung zu verhindern oder sie zumindest zu manipulieren. Er verließ Meru, und der Schüler, der sich ›I‹ nannte, nahm seinen Platz als Lehrer ein. Mehrere Jahre hindurch unterrichtete I die Ankoriten und erfuhr nach und nach von seinem wahren Platz im Lauf der Geschichte. Eines Tages kehrte R zurück und brachte mehrere Dutzend Mönche aus einem semitischen Kloster am Toten Meer mit sich. Er wollte sich die Bibliothek aneignen und eine manipulierte Zeitlinie schaffen. Wenn er Is Herrschaft als Erlkönig verhindern konnte, um dann durch die Ungenauigkeit zukünftiger Umkehrungsbücher die Aufrechterhaltung des Status Quo sicherzustellen, könnte seine Kultur auf unbegrenzte Zeit bewahrt werden.«

»Ich nehme an, es ist ihm nicht gelungen?«

»Das steht außer Frage. R hatte die Mönche die Methoden

der Meruvier gelehrt, und sie hatten eine Anzahl falscher Bücher geschaffen, die sie zum Berg brachten, um sie in die Bibliothek zu stellen. Die Ankoriten willigten dem Anschein nach ein und öffneten die Tore – doch als die Mönche eintraten, stürzten sie in einen leeren Raum, vermutlich ihrem Tod entgegen.«

»Die Deutung der Ankoriten war stärker.«

»Richtig. Die Bibliothek war wirklich, und R konnte diese Wirklichkeit nicht ersetzen, sondern versuchte lediglich, eine bestimmte Deutung zu erzwingen. Und was die Mönche angeht – das Verlangen nach einer Methode und ihre Beherrschung sind nicht immer gleichbedeutend mit Erleuchtung – in ihrem Fall nur all zu wörtlich.«

»Wollten Sie das nicht auch mit Galen und mir machen?«

»Nicht ganz«, sagte Juda. »Bei dieser Umkehrung ging es einfach nur darum, über so viele Informationen wie möglich zu verfügen, mehr als jeder andere, und dafür zu sorgen, dass ich die Informationen, die ich besaß, vollkommen unter Kontrolle hielt. R hat jedoch versucht, neue Informationen mit Gewalt Wirklichkeit werden zu lassen, und so funktioniert es einfach nicht.«

»Was ist mit I passiert?«

»Er hat Meru verlassen und sich wieder seiner Bestimmung zugewandt, genau wie R. R konnte nicht verstehen – oder wollte es nicht – dass I ein besseres Verständnis von seiner Bestimmung hatte als frühere Erlkönige, da er ein Eingeweihter Merus gewesen war. Und R konnte nichts tun, was die bevorstehende Umkehrung verändern würde. R machte einige Anstrengungen, doch er ging davon aus, dass I weit ... aggressiver vorgehen würde. Und als er ihn ausfindig gemacht hatte, befanden sich bereits zu viele Elemente der Umkehrung am richtigen Platz und konnten nicht mehr verschoben werden. Hinterher versuchte R weiter, der Geschichte seine Deutung aufzuzwingen, doch letztendlich gelang es ihm nur, ein paar Kalender zu manipulieren und einige glücklose Mönche zu schwachen Nachahmungen Merus zu verleiten. Seine Kultur brach zusammen und die Zeit lief weiter.«

»Wenn das wahr ist«, sagte Michael schwach, »warum finden sich dann nicht mehr Spuren, eindeutigere Überreste der Umkehrungen in traditionellen historischen Bibliotheken? Wenn die Welt während jeder Umkehrung von einem dieser so genannten ›Erlkönige‹ regiert wird, warum waren sie nicht leichter zu erkennen?«

Ein ruhiger, gefährlicher Ausdruck leuchtete in Judas Augen auf, und er verzog den Mund, während er sich eine Antwort überlegte. »Auf der Welt ist alles Berührung und Deutung. Nichts – nichts – ist jemals verborgen. Wenn Sie also nach Kenntnis über etwas suchen, mit dem Sie keine Berührung hatten, brauchen Sie sich nur umzusehen und die richtige Deutung auszuwählen.«

»Wollen Sie damit sagen, dass es die Erlkönige die ganze Zeit über gegeben hat? Irgendwann in der Geschichte?«

»Ja.«

»Vielleicht Dschingis Khan? Attila der Hunne? Wer kann solchen Einfluss besessen und die Welt nicht zum Einsturz gebracht haben?«

Juda schüttelte leise lachend den Kopf. »Interessant, wie Sie automatisch annehmen, dass eine solche Macht nur zur Zerstörung eingesetzt werden würde. Lassen Sie sich gesagt sein – die Bücher in der Bibliothek von Meru waren keine willkürlichen Ergänzungen oder einfache Sammlungen von Mythen und Geschichte. Ich habe Ihnen bereits erzählt, dass jeder Band, jedes Buch in diesen endlosen Regalen, die Aufzeichnung eines Umkehrungszeitraums darstellte. Doch nicht jeder Umkehrung entsprach ein Buch. Es sind mehr Geschichten der Welt verloren gegangen als jemals aufgeschrieben wurden, und von diesen befinden sich nicht alle in Meru.«

Plötzlich ließ eine grauenvolle Erkenntnis das wenige Blut

gefrieren, das Michael noch geblieben war. »Die Übersetzungen – Sie haben mich überhaupt nie gebraucht, richtig? Nicht wenn Sie auch nur über einen Bruchteil der Fähigkeiten verfügen, die Sie angeblich besitzen.«

Juda sah ihn an und verschränkte die Arme. »Das ist nicht wahr. Ich habe Sie gebraucht, Michael. Ich habe Sie sehr dringend gebraucht.«

»Für den Mord.«

»Ja, so Leid es mir tut – für den Mord.«

Michael schnaubte verächtlich. »Sie verstehen, wenn ich Ihnen das nicht abnehme.«

»Ich meine es wirklich ernst«, widersprach Juda. »Ich halte nichts von willkürlichen oder unnötigen Schritten, und wenn ich wollte, dass die Umkehrung gelingt, dann war der rechtzeitige Tod eines Erlkönigs von höchster Wichtigkeit.«

»Warum?«, fragte Michael und ein Schluchzen entwich seiner Kehle. »Wir wussten, dass ein Umkehrungszeitraum bevorstand. Wir kannten den Zeitraum und die Kultur, die ihm unterliegen würde. Wir kannten sogar den genauen Zeitpunkt des Zusammentreffens. Warum muss ich sterben, damit Sie und Galen die Umkehrung beobachten können?«

»Weil«, sagte Juda, »die Umkehrung durch Ihren Tod nicht nur Deutung wird, sondern wahre Berührung – und dadurch die Möglichkeit geschaffen wird, die Annäherung dauerhaft zu machen.«

Das war es, dachte Michael, von Schwäche und Übelkeit überwältigt.

Das war der Bogen, den er übersehen hatte, die große Klammer, die das Puzzle der Welt zusammenhielt und die so viel erklärte: Der Tod eines Erlkönigs – ganz gleich, was genau sich hinter diesem Begriff verbergen mochte – besiegelte den *Erfolg* der Umkehrung, ihr unabwendbares und dauerhaftes Eintreten. Sein eigenes Sterben besiegelte das Aufgehen von Judas Plan. Er dachte an die Papierstreifen, die sie gemeinsam gelegt hatten – er selbst befand sich jetzt auf einer dieser Verbindungen zwischen den Zeitaltern, die sie damals aus Klebeband gefertigt hatten. Und, wie ironisch: Immerhin war er Juda ja ganz buchstäblich auf den Leim gegangen.

Juda schloss die Augen – ein Zeichen der Achtung vielleicht? Dann fuhr er fort, seine Stimme klang gedämpfter, als sei ein Druck von ihr gewichen. »Die Maya und die Anasazi haben das alles gewusst. Die Ägypter – zumindest die frühen Dynastien – und die Hettiter wussten es ebenfalls. Die Sumerer wussten davon, vergaßen es wieder, und entdeckten es noch einmal von Neuem. Die Abendländer haben es nie wirklich verstanden – besonders nicht, nachdem jemand die Vorstellung des Rittertums erfunden hatte. Doch die Barbaren entwickelten es eigenständig, als eine natürliche Folge der Evolution ihrer Kultur. Sie bildeten Gesellschaften, die einer Monarchie ähnelten, mit dem Unterschied, dass das Anrecht auf die Königswürde verdient und bewiesen werden musste und nicht vererbbar war. Wenn ein König oder Kriegsherr nicht mehr in der Lage war zu herrschen, war es Pflicht der Thanen des Königs – die den Rittern ähnelten – ihn zu opfern, damit dem Land die Fruchtbarkeit zurückgegeben würde. Dies wurde als Ritual der ›Opferung des Heiligen Königs‹ bekannt und von den meisten druidisch begründeten Glaubensrichtungen durchgeführt. Und manchmal war ein Ritual wirkungsvoller als andere, obwohl man nicht die geringste Ahnung hatte, warum.«

»Weil diese Opferungen während einer Umkehrung stattfanden.«

»Ja – und wenn sie absichtlich durchgeführt wurden, mit dem vollen Wissen, wodurch ein solches Ereignis begünstigt wurde –«

»Dann konnte derjenige, der es eingeleitet hatte, auch das Ergebnis kontrollieren«, beendete Michael den Satz.

»Allerdings. Die Geschichten der Welt können zusammenfließen wie Wasser und Öl – sie berühren sich, vermischen sich jedoch nie. Und doch sind sie für jeden sichtbar, der die richtige Zeit und den richtigen Ort kennt. Wenn es aber außerdem noch ein Blutopfer gibt, dann können beide eins werden ...«

»Es ist möglich, die Welt zu verändern.«

Juda nickte. »Die ausschlaggebende Frage war: *wann*, und das konnte uns die Anabasis-Maschine verraten, wozu sie auch sonst gut sein mag. Wer genug wusste, um die Situation zu seinem Vorteil zu nutzen – was offenbar nur auf mich zutraf –, konnte das tun, was die alten Völker getan haben, die weiser waren als wir: unsere Götter auswählen.«

»Sie? Sie wollten ein Gott sein?«

»Nein«, antwortete Juda mit einem solchen Ausdruck der Offenheit, dass Michael überzeugt war, er sage die Wahrheit. »Ich will einfach nur derjenige sein, der die Fäden in der Hand hält.«

»Sie kranker – kranker Mistkerl«, fauchte Michael. »Sie Irrer ...«

»Es hätte jeden von Ihnen treffen können, ehrlich«, sagte Juda. »Das spielte für mich wirklich keine Rolle.«

»Warum dann ... Galen?«

»Weil es die Bestimmung eines Erlkönigs ist, zu herrschen, und das erfordert ein gewisses Maß an Ehrgeiz und Rücksichtslosigkeit – und ohne Sie beleidigen zu wollen, aber in dieser Kategorie haben Sie den Anforderungen einfach nicht genügt. Darum habe ich mir die Mühe gemacht, die Handschrift der Wagner-Zeit zu erlernen.«

Michael hustete rau und spuckte Blut. »Dann war also nichts davon wahr? Nichts an dem *Buch des Alberich* war echt?«

»Oh, doch, natürlich. Ich konnte das Wagner-Material fälschen, aber ich habe niemals die Möglichkeit in Betracht gezogen, dass das Manuskript auch noch ein Palimpsest sein könnte. Einige Sekunden lang musste ich ernsthaft meine Alternativen abwägen: Wenn sich Alberichs Buch, so wie Sie es entdeckt hatten, als Fälschung erwies, dann lief ich

Gefahr, Sie zu verlieren. Und ohne Sie wären die Anstrengungen, die Edda zu übersetzen, zwecklos gewesen. Wenn der Text andererseits zu stark von den Aufzeichnungen der Edda abwich, und damit beide als Vorlage für einen neuen Ring-Zyklus unbrauchbar werden ließ, hätte ich riskiert, auf Galens Beteiligung verzichten zu müssen.«

»Aber Sie haben sich dennoch entschieden, weiterzumachen.«

»Natürlich – aber erst nachdem ich das Buch untersucht und festgestellt hatte, dass es keine Gefahr darstellte, sondern genau die Art von Ersatz-Nibelungenlied war, die ich brauchte, um Galen im Griff zu behalten. Und als ich seine Authentizität festgestellt hatte, stand Ihr Interesse niemals in Frage.«

»Es untersucht?«, fragte Michael verwirrt. »Aber wann ... Ah, ich verstehe. Die *Gage* – Sie steckten hinter ihrem Angriff, richtig?«

Juda nickte. »Als ich bemerkte, was Sie da entdeckt hatten, gab ich Bertram durch das Fenster ein Zeichen, sich bereit zu halten – mir war nicht klar gewesen, dass die anderen ihm alle folgen würden – und sie kamen auf Kommando, um das Buch zu holen. Es war nicht schwer, es aufzuspüren. Sie hatten es im Augustinerlesesaal in der Nationalbibliothek liegengelassen. Und nachdem ich das neue Material untersucht hatte, sorgte ich dafür, dass es ›zurückgegeben‹ wurde.«

»Das war gut inszeniert.«

»Danke. Es zeigt lediglich, dass man nicht alles im Voraus planen kann – manchmal muss man einfach mit dem Strom schwimmen.«

»Wissen Sie«, sagte Michael, »das mit dem Zen-Kram machen Sie wirklich überzeugend – abgesehen von Mord und Fälschung und so.«

Der zierliche Mann lächelte. »Nochmals vielen Dank. Es ist trotzdem komisch – all meine Pläne wären beinahe von den hartnäckigen Kritzeleien eines verbitterten, machthungrigen

Zwergs aus der Bahn geworfen worden. Noch ungewöhnlicher ist, dass einiges von dem Material in den Wagner-Archiven einen Großteil des Textes von Alberichs Buch wiedergab, und das ohne eine entsprechende historische Grundlage. Es war alles intuitiv – ein wenig wie bei Melvin, ohne die Löcher. Wenn sein Leben einen anderen Verlauf genommen hätte, vielleicht wäre Wagner dann selbst in Meru gelandet.«

Michaels Augen verengten sich. »Wagner muss also ein gewisses Verständnis von Kairos-Zeit gehabt haben, um etwas aufzuschreiben, das gleichermaßen wahr und unsichtbar war.«

»Die endgültige Umsetzung des meruvischen Zen – die Fähigkeit, eine Umkehrung ohne eine Anabasis-Maschine oder sogar ohne die Mittel der Bibliothek vorauszusehen. Tatsächlich reichte ein Element des Zyklus', den Wagner verworfen hatte, fast aus, um die Bedeutung all meiner anderen Entdeckungen zu überschatten. Aber das stand nicht im Palimpsest.«

Michaels Augen flatterten, dann wurden sie schmal, und er konnte wieder deutlicher sehen. »Der Upsala- Tanz ... Die vierte Zeilengruppe über den Schatz ... Den Schatz der Nibelungen ...«

»Sehr gut«, sagte Juda anerkennend. »Ich habe Sie wieder einmal unterschätzt.«

»Aber wenn er wahr ist ...« Mehrere Gedankenketten durchzuckten Michaels Geist, während Juda wartete. Plötzlich blickte der Gelehrte auf, ein schwache Welle der Beunruhigung zog über sein bleiches Gesicht. »Der Schatz ... das ist es, nicht wahr? Das ist der Schlüssel ...«, flüsterte er schwerfällig.

»Hmm«, machte Juda. »Ich habe Sie wirklich unterschätzt. Wenn Sie sich das alles selbst zusammengereimt haben, hätten wir gemeinsam wohl bemerkenswerte Fortschritte machen können. Andererseits ist genau diese Art von Einsicht der Grund, warum Sie von der Universität entfernt werden mussten, sobald die Übersetzung erledigt war. Nichtsdestotrotz«, schloss er, »ist Galen auf lange Sicht derjenige, der gebraucht wird. Und in diesem Fall ist es besser, einen Teufel zu haben, der nicht weiß, dass er einer ist.«

Vor dem Eingang breiteten sich Hektik und Lärm aus, und man konnte sehen, dass sich die Schatten auf der anderen Seite der Türen jetzt weniger ziellos hin und her bewegten.

»Ah«, sagte Juda. »Da kommt die Kavallerie.«

Er winkte den anrückenden Notärzten zu, die durch die Türen am Kopfende des Saales eilten, und einen Augenblick lang hüpfte Michael das Herz in der Brust. Dann rief Juda Ihnen zu: »Bitte, bitte beeilen Sie sich. Er wird schnell schwächer – ich kann kaum einen Puls fühlen, und er atmet nicht mehr ...« – und Michael wusste, dass es wirklich vorbei war.

»Eine letzte Frage, wenn es Ihnen nichts ausmacht.«

Juda sah den nahenden Notärzten entgegen. »Dann aber schnell.«

»R, dieser abtrünnige Lehrer – der versucht hat, die Umkehrung zu untergraben. Ich würde seinen Namen kennen, wenn Sie ihn mir nennen würden, oder? Wer war er?«

Juda lächelte. »Ganz der Historiker, was? Ja, Sie dürften ihn kennen. Es war Romulus – der Gründer von Rom.«

Das Blut verließ Michaels Gesicht. »Dann ... Dann war der Schüler, dieser Erlkönig, dessen Umkehrung das Heilige Römische Reich zerstören würde ...«

Juda zwinkerte ihm zu. »In der Tat. Haben Sie etwa gedacht, er hätte seine Zeit nur damit verbracht, durch Galiläa zu wandern und in Gleichnissen zu sprechen? Versuchen Sie es doch mal positiv zu sehen – Sie befinden sich in erstklassiger Gesellschaft.«

»Vielen Dank auch«, sagte Michael und seine Kraft schwand. Nur noch ein paar Sekunden.

»Sie haben länger durchgehalten, als ich erwartet hätte«, sagte Juda kühl und kniete neben ihm nieder. »Gut für Sie. Schlecht für Sie.« Er beugte sich weiter vor, drückte einen Knöchel fest in den unteren Bereich von Michaels Kehle und erhöhte rasch den Druck.

Durch den sich verdichtenden Dunst konnte Michael sehen, wie der Notarzt gerade die Stufen am anderen Ende der Bühne erreichte. Juda sah seinen Blick und schüttelte den Kopf, ein weiches, fast sanftes Lächeln auf seinem Gesicht. »Es tut mir Leid«, flüsterte er, »aber sie kommen leider etwas zu spät.« Er beugte sich vor und legte sein ganzes Gewicht in den Druck auf die Kehle des Gelehrten, seinen Rücken den besorgten Gesichtern des Notarzt-Teams zugekehrt. »Der Sommer ist vorbei und die Sonne untergegangen. Sag *Gute Nacht,* Siegfried.«

Einen Augenblick lang glaubte Juda, sie würden es tatsächlich schaffen – trotz zerquetschter Kehle, Blutverlust und allem – doch nachdem die Notärzte sich eine dreiviertel Stunde an Michael zu schaffen gemacht hatten und Teile des Gelehrten mit einer Vielzahl lebensrettender Geräte verbunden waren, kam er zu der Feststellung, dass keine Reaktion mehr erfolgen werde. Unauffällig entfernte er sich aus dem Schatten, von dem aus er die Bemühungen um den leblosen Erlkönig beobachtet hatte.

Es dauerte mehrere Stunden, bis er sich von dem Vergnügen losreißen konnte, der Menge aus Festivalveranstaltern, Sanitätern, Polizisten und Reportern dabei zuzusehen, wie sie mit mehreren hundert vormals panischen Opernbesuchern redeten, von denen jeder behauptete, der kühne Wohltäter gewesen zu sein, der an der Seite des sterbenden Opfers ausgeharrt hatte. Die Ehre wurde schließlich einem großen Schweden zuteil, den Juda in Wirklichkeit dabei beobachtet hatte, wie er in seiner Eile, das Gebäude zu verlassen, ein kleines Mädchen niedertrampelte. Bevor er den Park verließ, spürte Juda beide auf: Er gab dem tränenüberströmten Mädchen einen Schokoladenriegel und legte im Auto des Schweden einen Draht von der Batterie zum Benzintank.

Während er eine von Bäumen gesäumte Straße entlang ging und erste Schneeflocken sachte im Schein der Straßenlaternen trieben, dachte Juda darüber nach, was er mit Galen machen sollte, der sich zu diesem Zeitpunkt mit ziemlicher Sicherheit entweder in einer Gefängniszelle befand oder in einem Raum, an dessen Wände Matratzen genagelt waren. Welches von beidem spielte keine Rolle – die wichtigste Hürde war genommen, und mit ein wenig Geduld würden sich die Dinge von selbst regeln. Und Juda wusste schließlich, dass er alle Geduld der Welt besaß.

Das explodierende Auto des Schweden erschütterte die anderen Fahrzeuge entlang der Straße und sandte einen leuchtenden Feuerball neun Meter hoch in die Luft. Juda drehte sich nicht um, als mit Schnee vermischte Funken zu seinen Füßen niedergingen. Entschlossen schritt er in die Nacht hinaus, durch Feuer und Eis in eine neue Welt.

EPILOG

(DPA) Meldung der Deutschen Presseagentur – 27. August

BAYREUTH – Ein brutaler Mord brachte in der vergangenen Nacht die jährlichen Wagnerfestspiele in Bayreuth zu einem abrupten Ende, nachdem zwei Männer während der Aufführung der *Götterdämmerung*, der vierten Oper des Ring-Zyklus', die Bühne des Festspielhauses stürmten. Während einer Szene sprang der Rektor der Universität Wien, Mikaal Gunnar-Galen, auf die Bühne und begann mit dem Vortrag der improvisierten Version einer – wie Zeugen behaupten – unorthodoxen Variante der Oper. Plötzlich zog er ein Schwert und durchbohrte das Opfer, das ebenfalls auf die Bühne gesprungen war und Szenen aus der Oper rezitierte. Bei dem Opfer, das später als Michael Langbein identifiziert wurde, handelte es sich um einen Gastprofessor für Literatur an der Universität Wien, der, wie Untersuchungen ergaben, gerade die Nachricht von seiner Entlassung erhalten hatte. Vermutungen der Ermittler zufolge könnte dies den Konflikt zwischen den beiden Männern ausgelöst haben. Es ist noch immer ungeklärt, warum sich beide im Festspielhaus aufhielten oder welche Rolle eine neue Fassung von Wagners Oper bei dem Vorfall gespielt haben könnte. Nach Augenzeugenberichten spielte Langbein anscheinend die Rolle des Siegfried und Gunnar-Galen die Rolle des Hagen, ein weiterführendes Verdachtsmoment, da der Abschnitt der Oper, den sie übernommen hatten, die Ermordung Siegfrieds durch Hagen beinhaltet. Ein Ärzteteam traf nur Minuten nach Langbeins Verletzung ein, doch alle Bemühungen um seine Wiederbelebung blieben erfolglos. Er wurde noch am Tatort für tot erklärt. Die Behörden nahmen Gunnar-Galen fest und verhörten ihn, doch er redete wirr und verhielt sich irrational. Es wurde festgestellt, dass er einen psychotischen

Zusammenbruch erlitten hatte und man übergab ihn zur weiteren Beurteilung in die Obhut einer privaten psychiatrischen Einrichtung. Die verbleibenden zwei Tage des Festivals wurden abgesagt und sämtliche damit zusammenhängende Veranstaltungen bis zum Ausgang der Ermittlungen eingestellt.

(DPA) Meldung der Deutschen Presseagentur – 27. August

MÜNCHEN – Mehr als fünfzig Einwohner Münchens erwachten heute morgen und mussten feststellen, dass ihre Autos gestohlen worden waren – manche davon sogar aus verschlossenen Garagen. Offenbar wurden sie Opfer eines wohlorganisierten Verbrechens; der erste Bericht über kriminelle Aktivitäten ging kurz vor 6 Uhr morgens ein, gefolgt von einer Reihe weiterer Meldungen aus allen Teilen der Stadt. Die Polizei steht angesichts der Diebstähle vor einem Rätsel, da ihre reibungslose Ausführung im Widerspruch zu der offensichtlichen Vielfalt der gestohlenen Fahrzeuge steht. Diese reicht von einem eine Woche alten Mercedes bis zu einem zwölf Jahre alten Citroen, dessen Besitzer schwört, er habe sich seit mehreren Jahren nicht mehr in fahrtüchtigem Zustand befunden. Zum gegenwärtigen Zeitpunkt liegen nur wenige aussagekräftige Anhaltspunkte vor. Den in mehreren Berichten erwähnten massiven und gewaltsamen Schäden an den Garagen wird nachgegangen. Ein Gerücht, das besagt, dass die Schäden bei verschlossenen Toren im Inneren der Garagen und nicht etwa durch Einwirkung von außen entstanden seien, konnte bislang nicht bestätigt werden.

(DPA) Meldung der Deutschen Presseagentur – 28. August

STUTTGART – Als Verkehrsknotenpunkt im Südwesten Deutschlands verfügt Stuttgart über direkte Zugverbindungen zu den meisten großen Städten des Landes. Doch irgendwann im Laufe der letzten zwölf Stunden wurde jeder Zug auf dem Fahrplan versehentlich nach Paris umgelenkt. Der folgenschwere Fehler im Fahrplan trat aufgrund eines Zusammenbruchs der Kommunikation zwischen Zugführern und der zentralen Schaltstation auf und konnte bis zum gegenwärtigen Zeitpunkt nicht behoben werden. Behauptungen, dass der Aufenthaltsort der Züge bisher noch nicht festgestellt wurde, sind unbestätigt, obwohl die Satellitenüberwachung gezeigt hat, dass sich gegen drei Uhr achtzehn der Züge im Umland von Paris befanden. Familien von Passagieren, die mit den Zügen verschwunden sind, fordern die Stuttgarter Transitbehörden auf, ihre Suche auszuweiten. Eine öffentliche Stellungnahme wird in Kürze erwartet.

(DPA) Meldung der Deutschen Presseagentur – 28. August

BERLIN – Eine massive Unterbrechung des weltweiten Kommunikationsnetzes verursacht Störungen bei der s&^%kjht in allen Ländern der Welt. Der Präsident der Vereinigten St76hHK sah sich gezwungen, den nationalen Notstand auszurufen, und ein sofortiges Gipfeltreffen der Staatsoberhäupter der G8-Länder zu fordern, um nach der Ursache und einer Lösung des Problems zu suchen. Die Aktienmärkte wurden zeitweilig gesperrt, ebenso der Luftverkehr, abgesehen von unab%$& Versorgungsflügen. Im nordwestr™□™koK□ Pazifik, der Sonora-Wüste, den Philippinen, und ganz Australi□™□ut ist die Stromversorgung unterbrochen, was zu einem Mangel an Not–¨®Ý□©©□dcc□™©□

führte. Führende Wissenschaftler vermuten, eine gewaltige Sonneneruption oder eine mögliche Zu%&75□□© kosmischer Strahlung könnte für den Kommunikationsausfall verantwortlich sein. Sie::: einen elektromagnetischen Impuls, □†ˆ□ nuklearen ^%$%©□™™©™©™ UYfhgfcchn Ukraine, was Regierungsvertreter :L•ØooO aller Schärfe zurückwiesen. Ein Ende ist noch nicht abzusehen.